《百年鼓岭》编委会

闽都文化丛书

百年鼓岭

福州闽都文化研究会
福州市鼓岭旅游度假区管理委员会 编

福州鼓嶺
三年六月初一日
KULIANG

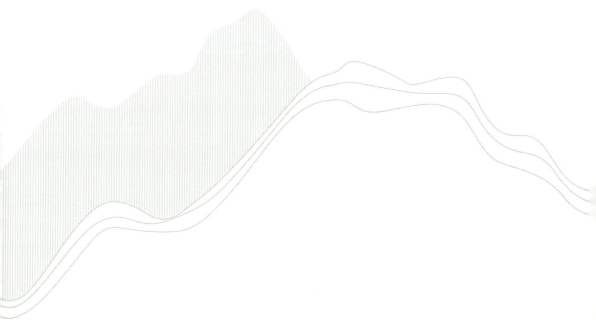

海峡出版发行集团 | 海峡文艺出版社

图书在版编目(CIP)数据

百年鼓岭/福州闽都文化研究会编;福州市鼓岭旅游度假区管理委员会编. —福州:海峡文艺出版社,2024.6
(闽都文化丛书)
ISBN 978-7-5550-3732-3

Ⅰ.①百… Ⅱ.①福…②福… Ⅲ.①散文集—中国—当代 Ⅳ.①I267

中国国家版本馆 CIP 数据核字(2024)第 091294 号

百年鼓岭

福州闽都文化研究会　福州市鼓岭旅游度假区管理委员会　编

出版人	林　滨
责任编辑	林可莘
出版发行	海峡文艺出版社
经　　销	福建新华发行(集团)有限责任公司
社　　址	福州市东水路 76 号 14 层
发行部	0591—87536797
印　　刷	福州凯达印务有限公司
地　　址	福州市金山红江路 2 号浦上工业园 B 区 47 号楼
开　　本	720 毫米×1010 毫米　1/16
字　　数	230 千字
印　　张	15.75
版　　次	2024 年 6 月第 1 版
印　　次	2024 年 6 月第 1 次印刷
书　　号	ISBN 978-7-5550-3732-3
定　　价	60.00 元

前言

鼓岭距福州中心城区约12公里，是与江西牯岭、浙江莫干山、河南鸡公山齐名的近代中国四大避暑胜地之一。1886年，西方传教士开始在鼓岭避暑度假，逐渐形成了一个功能完善的国际社区，最鼎盛时，在鼓岭居住度假的各国人士有3000多人，中西别墅数量多达300多幢。除住宅外，还建有教堂、学校、医院、邮局、游泳池、万国公益社。外国人士和当地民众相处融洽，抒写了中外民间友好交流精彩的一页。2012年，时任国家副主席的习近平在美国友好团体的欢迎午宴上动情地讲述一个关于鼓岭的故事后，全世界的目光一下子聚焦在了这片翠色的山岭。当年鼓岭外国人士的后人们也陆续来鼓岭寻根、度假，结成深深的“鼓岭缘”。2023年6月28日，习近平主席向“鼓岭缘”中美民间友好论坛致贺信，他指出，“鼓岭之友”的经历再次证明，中美两国人民完全可以跨越制度、文化、语言的差异，建立起深厚的友谊。“国之交在于民相亲”，国与国关系发展的根基在于两国人民。鼓岭故事的传诵，生动地诠释了“人民友好交往是国与国关系的源头活水”的理念和真谛。

今天，鼓岭已经成为中外游客纷至沓来之地。鼓岭的旅游设施建设也日臻完善。酒店、民宿、公园、游步道以及满山花木，让鼓岭愈发生机盎然，充满活力。为了挖掘鼓岭深厚的历史文化底蕴，让世人更好地了解鼓岭的历史和现实，讲好鼓岭故事，传承鼓岭情缘，近年来福州市闽都文化研究会和鼓岭旅游度假区管理委员会多次共同组织省内外作家、学者到鼓岭进行采风活动，撰写了一批文学作品，经遴选，汇编成《百年鼓岭》一书。

在作家们的笔下，鼓岭是一处绝佳的旅游度假胜地。清风、薄雾、柳杉、古厝，交织成一幅幅恬美的山居图。而百年度假文化，让一座山岭贮满浓浓的情谊。一条鼓岭老街、一间夏季邮局、一口公用水井，都在无声地诉说着一段中外文化交流的鲜活历史，一座座百年别墅留下的，不仅仅是建筑风格，而且也是别样的人生记录。加德纳、穆蔼仁、福益华、蒲天寿、力玛莉……都以他们独特的经历和心路，讲述着不一般的鼓岭故事，描摹出不一般的鼓岭风情。

在作家们的笔下，鼓岭是茶的故乡、树的王国、花的世界和鸟的天堂。丰富多样的自然生态，让鼓岭四季花木葱茏，茶香飘逸。

在作家们的笔下，鼓岭是红色老区，第二次国内革命战争时期，共产党领导下的游击队员曾在这里扎营、战斗；鼓岭也是抗战时期的一处重要战场，高高的山崖上，辉耀着民族英雄们血染的风采。

闽都文化源远流长。鼓岭故事也是闽都文化中一道靓丽的色彩，留在历史的镜框间，留在世人的目光里，留在时间的长河中。

鼓岭是一片神奇的土地，鼓岭的神奇还在延续。一个自然与人文交相辉映的鼓岭，让人心向往之。

目　录

岭上春秋

万里邮缘

山居佳境

岁月如歌

鼓岭风云

附 录

岭上春秋

一座鼓满情的山岭

简福海

鼓岭，默默观望闽江奔腾不息，山叠水环的迢遥里，循着嶙峋山脊蜿蜒起伏的，除了光阴入海流，还有吹不尽的风，以及风里鼓荡着的种种传说和情意……

情缘鼓岭

既然，鼓岭的前世今生冗长得望不到尽头，那么还是将搜寻的目光停驻在400多年前吧，因为彼时一截历史刻有“传奇”二字。

清乾隆进士黄任修的《鼓山志》中有这样的撰述：“万历间，僧悟宗结茅庵于鼓山之凤池。深山峭谷，人迹罕绝。每至中夜，山魈木怪，奇诡万状……散作金光数百道，朗耀烛天，弥漫而灭。如是者四。僧依其光处踪迹之，遂得白云洞。”

悟宗。白云洞。发黄的纸片用寥寥数语就将两者紧紧缠结，字里行间涂抹着层层叠叠的传奇色彩。可是，在潺潺流光里，一人，一洞，到头来究竟是谁遇见了谁，谁守候了谁，谁成就了谁？如今，悟宗早已青衫隐去，但留下了盛有一窝白云及关于他不朽传说的一方洞穴，以及他亲建的积翠庵。它们朴素而不失威仪，依然沾着他的血汗与符号，钉在翠林深处。

也许正因有这些具物，它们仿佛时光的酵母，不断地发酵与醇化，与之关联的人物才会在线性的单一里酝酿着纷繁多叠的意味。譬如悟宗，本是一个在远年里撞钟念经的寻常和尚，但在鼓岭的幕布上疏淡地画了一笔，剃发为僧，修建积翠庵或其他，及后便有源源不断的故事如影随形地为之扩容。所以，我不太费力就逮到这样的记述："万历三十四年（1606），有个叫阿勇的福州人，因贪恋鼓岭的风光，出家结茅于凤池山上，僧名悟宗。这结茅的地方称白云洞。"

如此一段有时间、有地点、有起因、有结局的讲述，要素齐全且富有逻辑，布满细节的回环和斑斓的着色，总归更接近地气，所以更深入人心。不过，我还是有些许的疑问：阿勇，邻家小伙般的昵称，是否为他最初的名字？他与鼓山的情缘从何开头？他遭逢了怎样的急景凋年？他的遁世是否心怀三生二世的悲悯伤怀？他如何打发云下的日子？这团团云雾是否如心理学家，无声无色地掌控着他？历史往往只有事实，没

有真相。当然，时光湍急而过，真相亦可动荡。

为解开疑团，我曾迫不及待地亲近过白云洞。高踞的岩崖，竖起一座简陋的庙宇，扯来几片不知从哪来要到哪去的飘忽白云，与苍天遥相对接，金色的曦光在瓦檐上粼粼荡漾，宁谧中有香火袅袅，散布着松脂抑或柏屑的清芬。零距离的踏访触摸，终究也没觅到实质性的答案，但却记得当时的心灵无比超拔旷阔，一如那日万里无云的蓝空。不可否认，观照大千的宗教，总在不知不觉间把人的目光引离俗世，向上，一直向上。

“奇崖划开，深丈许，广逾五丈，崖为屋，石天为盖，白云混入，咫尺莫辨，实天下第一奇景。”古人的笔法简约洗练，描画的实景与传达的感受却从不潦草，让后人即便不到实地探访，也能依着文字的脉络找寻一些身临其境的美感和耐人寻味的意向。

“白云洞天”“佛窟仙台”“高枕白云”……这般词书合璧、意味隽永的题刻，星散在白云洞附近柯坪山的摩崖上，远远望去，凹凸，阔狭，干润，朱红，灿烂，带着春天般的体温和思想的光芒，无不令人安宁或澎湃。

抒写白云洞的诗文丰繁更甚，往往以“白云洞”三个字直接点题，信手翻阅，“古洞知何处？山僧路亦迷”“过溪分一径，梯石上穹嵌”“洞门无锁老僧闲，云去云归自开合”，那么多绮丽的词句，悠悠白云般，倏忽间从不同年代的岸崖旁涌出来，淹没你我……

这就够了。白云生处有法相，试想一下，某位年轻人在尘垢扑面的世间，因着偶然的情缘而邂逅一处生长着一窝又一窝白云的地方，还有什么理由比“贪恋美景”更率真可信？还有什么名字比“阿勇”更能契合一个身染几朵白云就出家的那份勇毅决绝？还有什么故事比此更能凸显鼓岭的奇绝胜景呢？

情致鼓岭

大抵名山绝岭，是缺不了文人踪迹的。

庐隐，作为从福州走出去的作家，注定不会错过鼓岭的邀约。“不久又到了夏天，赤云千里的天空，可怜我不但心灵受割宰，而且身体更郁蒸，我实在支持不住了，因移到鼓岭来住”，她的文字与她的性格一样毫不隐晦。这是1926年的夏天，城里溽热蒸腾，她内心更是烈烈如焚。

就在前一年的11月，她丧失了好不容易挣扎才赢来的丈夫郭梦良，护送丈夫的灵柩回榕，与郭的发妻同住郭家开设于东街的纸行，婆婆不待见她，“晚饭后夜间不许点灯耗油 不准与婢女佣人辈闲话”，真是一段“极人世之黯淡生活”，直至她在福州女子师范学校谋得饭碗，境况略有好转，但人生的底子依然遍布苍凉。人世疏旷，人情又不够练达，肃然的世界里，心比身先老得沧桑，如何去折腾与逆袭呢？待在原地，是荏苒而狭长的处境，无人并肩，她那夜一般黑的凄苦只能是沉积在旧瓷缸底的污垢，再努力也擦拭不净，唯有找一个“生命的休息处”。有人考证，她当时是寓居在鼓岭三宝埕一个叫“难民俤”的家里。

不知道别的城市是否也像福州一样，在城郭处巍巍然耸立着这么一座山岭；不知道别处耸立的山岭能否像鼓岭一样，可以容纳人们的向往，可以安放人们在喧噪中折皱揉碎了一地的心叶。然而，鼓岭，一座崔嵬大岭，恰在庐隐几近耗成黑灰暗火的时候，慷慨地为她伸出了手，提供了生命的给养，拨开了她人生的迷雾。

白雾裹着山岭，如此意境，宛如一轴水墨画，有着微茫的诗意。庐隐安安心心住了两个月，在这个清凉的世界，觅得的却是温暖，于是，直抒胸臆地写了许多华丽文字，并完成了丈夫遗稿的整理。对鼓岭、对那个急转弯的暑期、对清平的内心、对天堂里的丈夫，都有了交代……

“两个月之中我得到比较清闲而绝俗的生活。因为那时我是离开充满了浊气的城市，而到绝高的山岭上。那里住着质朴的公民和天真的牧童村女，不时倒骑牛背，横吹短笛。况且我住房的前后都满植苍松翠柏，微风穿林，涛声若歌，至于涧底流泉，沙咽石激，别成音韵，更使我怔坐驰神。我往往想，这种清幽的绝境，如果我能终老于此，可以算是人间第一幸福人了。”一个人被安静和寂寞浸泡久了，自是沉静自持而又气度高华，何况是有着暖老温贫情怀的民国才女。这些文字无疑是她心底的清泉流淌，即便今日读来，仍有凉意自头顶缓缓降落。

遗憾的是，她终究没有“终老于此”，与鼓岭独对59天后，她坐着轿子下山了，带着人生的行李和满怀的眷恋，“真仿佛离别恋人的滋味一样呢，一步一回头”。念去去，烟波浩渺，舟行天涯，再没回航上岸，直至8年后天幕猝落，星陨上海，令人鼻酸泪下。

写到这里，我按捺不住地想搬出郁达夫。将他与庐隐摆在一起，不是比较，而是两者游弋在鼓岭的年代相近，都对鼓岭的种种美好留下密密麻麻的笔墨注脚，并且两个都是声名卓著的文人，情致相似。

当然，他们在鼓岭没有相遇，脚前脚后隔着整整10年的光阴，郁达夫登岭的具体时间是1936年一个叫“清明”的日子。

他来旅游，并非避暑，时日不太长，经历却丰富，犹如逶迤的石阶山道，一截截，接驳出没有尽头的绵长：他被不熟识的鼓岭父老邀请喝了当地桃花色的“清明酒”，又看了鼓岭的社戏，然后从白云洞的“龙脊道”下山，然后在城里继续居住走动，感受闽都风情。面对饮不淡的青红酒，吃不厌的荔枝肉，听不够的地方戏，看不腻的千年榕，走不完的古街巷……他有很多感动，有很多话要说，他一口气写了《闽游滴沥》系列游记6篇，如椽之笔，既状风物，兼怀家国，笔墨淋漓，篇篇锦绣。此刻，一串文字如同活蹦的鱼群，列队泅出水面：“文字若有灵，则二三十年后，自鼓岭至鼓山的一簇乱峰叠嶂，或者将因这一篇小记而被开发作华南的避暑中心区域，也说不定。”没有别的文字比它们更能贴近和诠释鼓岭，“也说不定”里自有一份铿锵与果断。

别人的吐气开声，可能只是单手弹击钢琴，不成曲调。而这段话是郁达夫先生写的，每一个字都是长空鹤唳，清音穿云。“江山留胜迹，借与骚人吟”，时代不肯辜负他的期望，鼓岭早已成为闻名遐迩的避暑胜地。

郁达夫甚至发愿：“千秋万岁，魂若有灵，我总必再择一个清明的节日，化鹤重来一次，来祝福这些鼓岭山里的居民。”人读花间字句香，那些被祝福的淳良山民确实没有把他忘记片刻，甚至建了一座“鹤归亭”，对他的愿望做出了悠长的回应。

阴晴雨雾，亭子就泊在那里。此去经年，在雨纷纷的甜蜜惆怅里，这位富春江才子的灵魂必定翩翩归来，栖落此间。

情怀鼓岭

照例是一个酷烈的夏天，因着一位牧师不经意的发现，鼓岭引起了太多的关注和回音。既然命运为鼓岭选择了这样一个人物和时机，鼓岭也就顺理成章地翻开崭新一页。

那是清光绪十一年（1885）的夏天，美国医生伍丁被请到连江县出诊，病家心急，雇轿一顶，抄鼓岭近路。山下阵阵热浪逼出蝉声一片，行至山中，暑气全消，蝉儿也忘记了鸣叫，静谧得恰如人和事都沉睡着。仅一岭之隔，几百米的海拔，竟是两重天地，伍丁深为震惊，告之以朋友英国医生任尼。任尼同样是有心人，次年就择了鼓岭梁厝顶一处柳杉染翠的坡地盖了别墅。这一年夏天，任尼在这个石头垒成的别墅里收获了从未有过的惬意。这就是鼓岭的首座避暑别墅，任尼冠之以一个东方气息浓厚的名字——“宜夏别墅”。之后，人潮纷涌，住在仓前山的牧师来了，领事馆的官员来了，电光刘等商贾贵胄也来了……幢幢别墅如雨后春笋般冒出。《闽县乡土志》说：“外国官、商、士、女避暑岭巅，筑有洋楼多所。”

于是，一度草堂春睡的山岭，霎时喧闹繁华。于是，仄仄的石阶板上，郁郁的林木丛中，人们追寻清幽的足迹纷至沓来，不绝如缕。

有些事情，往往就是此等奇妙，说不出是偶然还是必然。伍丁如不抄近路走山道，鼓岭的生命也许不会被扳到这样一个通往另一重精彩的岔道口。感谢博闻多识的伍丁，诊治了疾病，也附带诊出了鼓岭适合避暑度夏的脉息体征。

鼓岭的时光仿若洋别墅里的钟摆，踱着方步从容迈进。到了1935年，鼓岭名墅云集，累计362栋；生活娱乐配套也相继跟进，门类齐全：19座泳池、7座网球场、夏季邮局、礼堂、医院以及各类镶牙店、古董店、照相馆、成衣店、水果行……在“福州最早的会所”万国公社的笙歌曼舞、灯影摇红里，能映照出曾经的繁华绮年，因此，鼓岭裹着“左海小庐山”之美誉，当仁不让地成为全国最早的外国人度假村。

在鼓岭这座舞台，各种角色进进出出，人影憧憧，纷纷繁繁，但却可以清晰地拎出一个名字来——密尔顿·加德纳。他10个月大就来到福州，此后10年，每年夏天均与父母一同在鼓岭度过，及至宣统三年（1911）6月辛亥革命前夕才回美国念书。咫尺天涯相思长，各在一方，后来，他心心念念人生最初的故乡，直到1986年弥留之际，还一声声呼唤着“Kuliang”。他记住了名字却丢失了方向，想必懊恼自己没有将更多的关于鼓岭的声响、气味、流年、光影都装进记忆。

童年的故土乐园，鹭鸶一样泊在漠漠心田，影影绰绰。于他而言，每一次的向往与出发，只为更靠近故乡。可它在哪里？

再往后，便是那段有确凿开头美妙结尾的中美友好佳话。1992年繁花似锦的春天，小小一篇文章《啊，鼓岭！》引起了时任福州市委书记习近平的高度关注，他力邀加德纳夫人来访。那天，鼓岭有9位年届90高龄的加德纳儿时玩伴，与加德纳夫人团团围坐畅谈往事，帮她找回了丈夫丢失很久的童年。她泪盈眉睫，折一支柳杉归去。

假设，没有一双洞穿历史的睿眼，没有一双珍贵的大手牵引，加德纳夫人，虽然努力，未必成功，因为长时间以来，她无非是沿着外国人

最熟悉的长江找寻丈夫梦中“故园”，甚至一度误读“Kuliang”而错认江西庐山牯岭。当智者的远见卓识和天下情怀，甘霖似的及时抵达，那文化的力量便带着善意，载动一路的情谊，穿洲过境，一直一直，翻滚到世界的另一端。

写到这里，我还想用温暖的笔触来延伸一下因这个传奇般的故事而澎湃着的感动，我要提一种蔬菜——嗨菜，冲着它见证过中外情谊，我必须对它有所表示。

它的身世同它的模样，如出一辙的贴心贴意。人们称其为“亥菜”或“海菜”，但它仍不失为整个鼓岭上知名度最高的一种植物，它的芳名一直被传说，芳味一直被咀嚼。

曾经，山高路陡的鼓岭在宁谧的背后也有不便，供给得从山下手提肩挑而来，于是外国人就带了些菜种到鼓岭，撒在庭前院后，其中有一种菜长势旺盛，不费气力就能长出一片深绿浅绿来，且不遭虫害，当地村民引以为奇，就向外国人索要种子，因语言不通，不知其名，想想外国人每次碰面总喜欢说“hi”，久而久之，以“嗨菜”代称。

“嗨菜”，我更愿意将之顿挫断开——嗨，菜！这样一来，立马有动感有声音有场景，仿佛两个热络的朋友迎面相撞正兴奋地挥着手打招呼，竟至让我浮想起多年前这个宾主和静相欢的故事。只是与那些前来避暑的各种肤色的人不同，在天地寂然无声里，这嗨菜不仅路过，并且扎根。

我曾到田地里看过一畦畦的嗨菜。单棵看，枝枝叶叶不缠不绕，根部一段葱白，中间一截浅碧，末端一尾深绿，干净直爽得了无烟火气；整丘瞧，依偎丛生，那种蓬勃的绿，铺天盖地，仿佛一口气能吞下领地。我喜欢它的野性、随和，带些恣意与磅礴，生命长河中，不也是这样，总有斑斓华彩的日子，所有美好情绪和传说都浓墨重彩地绽放，一如世界都聆听过的关于这个山岭的空谷绝响。

据说，这似韭非韭的小小生命，只有在鼓岭才出落得此般青葱胜玉，移栽别处，奄然失翠。不管真假，我愿意想象嗨菜有灵性含情义，横来纵往感恩地根植在这片土地，长成锦绣的诗行，来见证和提示滥觞于此的传奇，直到地老天荒……

岭上春秋

景　艳

1952年9月3日，当20岁的郑万里意气风发地走在鼓岭的山路上的时候，他没有想到会刚巧和一个下山的外国人打上照面。彼时，刚从部队退伍的他，身着军装，背着背包，即将奔赴的新岗位是鼓岭民兵的副分队长，其中一项重要的工作就是人员安全管理，已知的消息是，曾在鼓岭居住的外国人一年多前已经全部离开了。即便是有些意外，郑万里还是和眼前这个蓝眼睛、高鼻子，中等个头，衣着简单的外国人打了声招呼。对方看他的装扮问："部队的？"他回道："是。"没有多聊，擦肩而过。郑万里说，之后在鼓岭工作的时间里，他再也没有看见过那个人——那是他唯一一次在鼓岭见到外国人。那时候的郑万里，并不知道那些外国人，曾经怎样改变了这座山岭近百年历史的运行轨迹。

一

那株柳杉，站在那里，很久了。盘藤挺立，虬枝四逸。它有1300多年的历史，梁氏族谱把它列入家族所植的外碓古防护林："宋天禧年间始祖有本公来岭时种植。"它成为远近闻名的"柳杉王"。但梁氏一族迁居鼓岭不过千年又四。想当年，双鼓横断山脉褶带上曾有柳杉上千，长寿的柳杉并不罕见，"沿村'饭甑柴'（蒸笼树）"中的一株，并不会成为万众瞩目的焦点。只是这无法企及的生存长度，让它成为这座山岭上独具话语权的见证者。

波澜不惊的岁月中，鼓岭人的生活大多随遇而安。除了少数本地山民之外，大部分迁徙而来的中原人，多少带着些逸世遁怀的情绪。一抔故乡的泥土，一座先祖的灵牌，以至简的生存方式，就可以把记忆原乡与现实沃土揉捏在一起，筚路蓝缕、相濡以沫。文化心灵的荒寂，汇合命脉中的渊源，让精华与糟粕共同得以传承。梁氏、郭氏、刘氏、黄氏、叶氏……族人的墓碑在这周遭高高低低，被后人视作血脉的家传和宗族的护佑，与星辰相连。

大自然的富足和乡民的贫穷成为这片土地的一体两面，不便的交通让“岭猴”成为与平地人区分的专属称谓。少数乡绅是土地、私墅和教育资源的拥有者，绝大多数的乡民没有办法接受教育，埋着头，在没有灯光的暗色中，淳朴地攒着劲生活。

并不丰产的稻米、萝卜、地瓜，撇去口粮，一肩两挑，送至山下，换取微薄的营收，或者成为礼尚往来的份子。9月到12月，每到风大天冷月亮特别明的日子，家家户户擦“地瓜米（丝）”的声音便会此起彼伏。就着明亮的月光和山泉，借着那岩石间隙流出的水，洗地瓜、擦地瓜、晾地瓜，直到半夜。因为只有经过那样的风吹，地瓜米才能干得快，好

的才能留着卖。从闽江边带上来被渔民们抛弃的臭鱼烂虾，被当地人称作“gie”和“wei yang”，好的留给自己吃，差的做瓜肥。除了节日，雪天里遇到了摔死的、被咬死的动物牲畜，那便是乡民们打牙祭的开心时刻。那滴沥的水雾和浮降的气温，是岭上四季的分界。湿漉漉的云、急吼吼的风、沉甸甸的雪、滑溜溜的冰以及那种名叫“阿义”的凄切秋蝉，镌刻出黑褐粗糙深刻的纹理，是树的皮、乡民的手，毫厘之间都是对生活命运自由主宰的渴望。

假如没有1840年鸦片战争的爆发，鼓岭人对于异族的印象可能只及于明朝嘉靖三十七年（1559）4月倭寇由福宁穿过鼓岭到福州的掠夺和牛头寨的防卫工事。然而，正是那场战争引爆一个动荡时代的来临，将中国东南的省会城市福州无情地卷入。从《中英南京条约》到《中美望厦条约》，福州被迫成为通商口岸，不得不赋予外国人租地、传教、建校等特权。越来越多的外国人开始进入，或以晚清福州开埠的先行者姿态前来，或以传播“福音”的“救世”之心而来，或以术业专攻交流而来，甚至不乏怀揣着征服贪掠的野心而来。在福州城中充满剸繁决剧的重压之下，再困顿的交通也难以保持一片近郊的“遗世独立”。当第一座外国人的建筑在鼓岭破土动工的时候，当带着绸带、花边、褶皱的克里诺林裙、巴斯尔和那些用色沉着而讲究的夫拉克与晨礼服，像花朵般在这块土地上刮起炫目的异域之风时，一场前所未有的改变可预见地就要发生了。

二

在很多叙事中，人们都把外国人入住鼓岭归于1885年美国传教士伍丁医生的偶然发现，实际上，在那个外国势力纷纷抢滩，圈地扩容、大兴土木，“洋界”兴盛的时刻，作为闽江之畔“沿海陆路入省之咽喉”“文报馈遗亦由此达”的鼓岭重地，终归是躲不开列强视线的。尤其是当南台山的建筑几近饱和，福州市内爆发了“乌石山教案”，英国人先行尝试把川石岛变成避暑胜地效果不彰之后，寻找新的势力落脚点和生活宜居区就成了许多外国人暗自努力的方向之一。此时，再去追究到底是英国医生任尼最先私建了别墅，还是俄国人在双贵顶抢先修建了别墅已没有太大的意义。事实是，在太兴洋行的茶寮完工的时候，一旁任尼的别墅还没有影子。

1886年，中法马江海战中福建水师惨败的阴云还没有散去，外国人的建筑已然开始在鼓岭悄然而立。1887年，海关税务司在仑光顶侧建屋一所，为东乡秀才卢而康上报闽浙总督杨昌濬，官方“饬勘得实，估价收回，暂赁居任在案”。谁曾想，之后不到一年，仑光顶“树椿围界”，狮鼻峰之古岭坪“高筑石屋”“正对东门”的外国人建筑便又如雨后春笋。1888年2月，在福州闲居的陈宝琛写《呈词》给即将调任陕甘总督的杨昌濬，终由其后任总督卞宝第“估价收回，撤去夷屋”。对违法私建建筑给予怎样的“估价”不得而知，据郭柏苍《记光绪戊子夷人设寨福州古岭事》披露，最后的结果是“州、县欲惩奸民，夷人为之包蔽，事遂两寝”。陈宝琛所担忧的“奸民实为玩法，况官地可鬻，势必踵起为利”最终成了现实。

那些所谓的“奸民”，往往大字不识，其与“夷人”所签的土地租约中，涉及公用租赁的少不了盖章等手续，其余的通常由人代笔，自己在下面画几个圈横笔画便作了数。看那抬头，“夷方”均加称“大”，如“大美国”“大英国”“大日本”等，里面的行文更充斥居高临下的语气。除了那几十元或百来元的“洋番”“龙番”、外国银票的收入或工资之外，其余尽是对土地原主“不得异说”“不得阻止”的要求，和对“夷方”“听任”“任从”“听凭”的放纵。若是寻得了有声望的外国人做中人，价钱高些，条件也会好一些；若是没有中人，或被无良中人欺瞒，几乎与不平等条约无异。印象最深的是一纸现今无法窥其全貌的租用契约，系一梁姓山民与一“美国教士”所签，不过是成色90%的“龙番”（日本银圆）80元整，便让自己的山“即听”其“起工建造，其所用土石宜指地一所任从匠人开掘”“设有树木阻碍仍听砍伐，土石亦从取用”“住居十丈以外方许开作粪池”“任从转租他人，不敢藉词阻留”“无论开掘水井或栽种植物，听从其便，亦不敢言说”。“不敢”二字的卑微，隔着纸背都能戳出心头血。

淳朴的乡民，将自己的土地转租给外国人的初始，内心并没有太多的煎熬，他们把这当成土地变现的一种方式，当作是一场改变贫困的生存环境的积极尝试，更为重要的是他们中的大多数所受的教育还不足以从国家、法律与人权的高度认识这些。只是，当他们的脚步被阻挡于新建的围墙之外，只有在向外国人提供生活保障服务的时候才能受邀进入时，内心的酸涩才会一点一点地泛滥起来。乡民把土地租给外国人，有的把自己变成了商人，为他们提供在鼓岭的生活所需；有的则把自己变成了雇佣工，靠帮他们搬运、做饭、挑水倒粪便、看房子换取收入；有的则把自己变成了佃农，需要回头向他们租地耕种，再以部分收成去抵消租金。对此，官府爱莫能助。正如清朝郑祖庚纂、朱景星修的《闽县乡土志侯官县乡土志》所描述的：1899年，“初，后屿郭某居此，转租西人，官不能争。今俨若外人所固有矣”。

1900年庚子国变，闽浙总督许应骙发布告示：“各国案寓闽省官商教士人等身家产业，已经本部堂与各国领事商明，竭力保护。”民国二十一年（1932）6月28日的《福建民国日报》登载了《外侨定期往鼓岭避暑，市公安局派队保护》的消息：“时届夏令，居留本市之外国侨民，多定期前赴鼓岭避暑，按年均由当局派队保护，以重外交。”在彼时的国人眼中，与去鼓岭避暑居住的外国人之间，终究横亘着一条立场与阶级的鸿沟。

三

如果万物皆有灵性，柳杉公园东南侧那幢单层石木结构的西式度假小屋，一定会记得它最初的主人——美以美会传教士、工程师范哲明，他在华工作的39年间，设计、监督了大约400个项目的建设，包括大学、医院、大坝、防波堤以及“中国最早的自来水供水系统”。他用石头砌成的房屋，坚固美观又实用，保暖通风又防潮，即使是在多年以后，那些精致的遗存仍然是鼓岭之上一道亮丽的风景线。

不得不承认，近代中国，外国人带来了以实证科学为基础的西方教育实践和现代化的技能与管理制度。他们在岭上传播西方宗教理念的同时，也在比较和批判的基础上促进了广义中西方文化的衔接与融合。他们对慈善公益事业的推崇，倡导的男女平权思想，开启了鼓岭一带的风气之先，给鼓岭人创造了更好的生活，激励和培养出了更多的人才。

19世纪80年代末，英国圣公会女传教士平师姑成为福建省教会理事会第一位女性，发表了关于废除女童早婚和强制婚配的演讲；美国卫理公会传教士兰玛丽亚收养的鼓岭女孩兰醒球，担任了毓英女中、进德女中的校长；从小在美籍教师卫玛黛家做杂工的薛廷模担任了格致书院的校长；美德信医生在威廉·甘布尔夫人的捐赠下，在鼓岭创办了鼓岭医院；宜夏三宝埕，万国公益社“救济旅”筹办了免费入学的岚光小学；寄生虫学家陈心陶、鸟类学专家郑作新、动物学家陈则湍等一大批农畜、生物、医学专家得益于美国生物教师克立鹄的培养……教学相长、施受增益中，更深的情愫潜滋暗长。

当第二次世界大战全面爆发，中国的抗战进入战略反攻阶段的时候，那些曾在鼓岭积蓄的力量迸发出了耀眼的光芒。

1944年，在日本侵略机的轰炸中，范哲明的个人财产损失殆尽。他作为熟悉汉语福州方言的专才加入了美国海军陆战队，并在冲绳为海军陆战队编写了万一降落中国，向当地人求助相处的手册。1945年，他见证了日本的投降，获得了铜星勋章。同年，他修订的《福州话手册》出版。

福州红十字会主席华惠成，一家三代都与中国有着不解之缘，他生于福清的儿子，是美国海军舰载俯冲轰炸机的中尉飞行员。1945年4月7日，在坊之岬海战中，为掩护鱼雷友机，对日军驱逐舰发动了自杀式攻击，壮烈牺牲。

任尼的儿子生于福州，英国陆军少将，1945年3月在横渡莱茵河战役中被德军迫击炮弹击中身亡。

9岁之前在鼓岭生活过的密尔顿·加德纳，“二战”时期加入了麻省理工学院辐射实验室，为盟军开发和改进雷达系统付出了巨大努力，这些雷达系统对打败德国和日本侵略者起到了重要的作用。

和福益华医生一起在邵武共过事，也在鼓岭度过假的林查理先生在南京大屠杀中保护了中国平民，为此遭到刺刀威胁和拳击，返美休整后又重返中国，加入流亡中的金陵大学，指导学生，向中国工业协会提供技术援助，帮助中国军队制造织布机，1948年获得国民政府颁发的景星勋章。

在1941年日军空袭福州的时候，76岁的禅益知冒着生命危险留存珍贵的历史记录，为追溯日军的罪责留下了铁证；克立鹄是范哲明的邻居，抗战时，当其他人选择离开时，他却不顾危险，坐着小船返回福州城。

美以美会传教士柏龄威毫不避讳对美国亚洲政策及蒋介石及其军阀政府的不满，他向美国国会议员及院外援华集团表达了自己的主张。

1945年8月，在中国普通的老百姓还不知道抗战胜利的曙光已经到来的时候，鼓岭圣公会福建教区的信徒们已经接到了举行抗战胜利感恩礼拜的通知。

那些外国人，在那场生死浩劫中，和中国人民同呼吸共命运，站到了一条联合抗击侵略的战线上，共同经历了一个国家的苦难和荣光，这是多么深的缘分和情感？或许正是那至高无上的爱和理想穿越了艰难与痛苦，铸成了彼此不可分割的义无反顾。小小的鼓岭，也见证了那些生与死，快乐与悲伤。

禅益知的女儿卡瑟琳出生在鼓岭；华惠成和华万维勤的女儿出生在鼓岭；福益华先生和梅波兹小姐的婚礼在鼓岭举行；打虎英雄柯志仁与培元书院玛丽老师的婚礼在鼓岭举行；华惠成的父亲华雅各在鼓岭去世；马高爱医院院长良志芳弥留之际，仍坚持到“鼓岭的家”。而曾是美国飞虎队中尉飞行员的穆蔼仁，要求在他离世后，把骨灰的一半撒在福州……

我想，那一刻，他们的身份已经没有了国籍，自由升腾的灵魂在追随心灵的家乡，那是鼓岭壁炉里跳动的火焰，是床头插着的一束山花，是杯中新泡的茉莉，是餐桌上一盘刚摘下的佛手瓜。温暖的原乡里，不分彼此。

此时，忽有警报声传来。2023年4月21日，距离禅益知仰着头拍日机轰炸的那一天，整整过去82年了。

鼓岭，挑工雕塑背后的故事

邱泰斌

千米之巅，云上鼓岭，这座百年社区，新近“修旧如旧”，修复了一幢面阔三间的单层石木外国人古厝别墅，作为鼓岭山居生活博物馆、中外文化教育中心工作室。别墅前，屹立着一座女挑工雕塑，雕塑挑筐内有一襁褓里的男婴。雕塑旁，站着一位满头银发、个头不高、身材壮硕，操着一口流利的汉语但语速偏缓的老妇人。

她是谁？她是美籍学者、鼓岭文化研究专家、福州市荣誉市民穆言灵（Elyn MacInnis）。

此时，只见穆言灵手指雕塑男婴，神秘而诙谐地问道：“你们猜猜他是谁？”

“我是一个鼓岭人！他呀，是我丈夫穆彼得（Peter MacInnis）的原型！”

之后，穆言灵激动地向来客和游人讲述起雕塑背后的故事。

一

福州鼓岭有着得天独厚的地理形胜、自然条件和历史机缘：屹立于福建母亲河闽江下游，是福州大鼓山风景名胜区六大景区之一，平均海拔800米，顶峰高千米，盛夏酷暑气温低于30摄氏度，曾为中国四大避暑胜地之一。但鼓岭原为穷乡僻壤，桃花源地，从岭脚至岭顶，岭道狭窄如羊肠小道。

历史上，从鼓岭山脚至岭顶先后开辟过7条石磴路。宋代，这里开始建起石磴路。之后，清咸丰十一年（1861），由鼓岭过仑村乡绅刘敦恒联手鼓山乡湖塘村王朝壁带头募款重建，形成一条经奶奶坪、佛厝通往鼓岭三保埕的石磴山道（又称佛厝石磴路），全长3000多米，路宽1.8—2.1米，有的地方只能通过一个篼子，陡滑艰险！

这条石磴路旁有一座小佛龛，高70厘米、面宽60厘米，选用整块花岗石凿成，门前外壁镌刻一副楹联：“界灵宗千古，比佑把四方。”在佛厝上方数十米处坐落着一座武圣庵。两处均被当地百姓当作神灵之处。郁达夫当年参观过后，在《闽游滴沥之四》中记载：“一座小小的武圣庵和路旁一座不到一立方米的小石龛算是难得的‘古迹’。”

五口通商，福州开埠。光绪十一年（1885），鼓岭门户洞开，开始热闹繁华。岭间从鳝溪村至三宝埕石磴路曾是一条“官道”，是交通要道。当时上鼓岭都走这条石磴路。

在这特定的山岭环境下，一种因地制宜、就地取材的土制交通工具——轿子及其轿夫便应运而生。

鼓山鼓岭一带，从此组建起了一支为外国人服务的轿夫队伍，前后活跃了六七十年。

这里所说的轿子，实际上是一种滑竿（山里人称山篼），就是找来两根适宜的竹竿，从有靠背的藤椅扶手穿过，绑扎固定好。滑竿前后，由两人抬着。轿夫都是些忠厚老实的山民村民，又黑又瘦，力气很大。每年夏季（端午节后至中秋节前后），他们一般肩抬外国人，半夜下山，天明登山，一鼓作气，中途不歇。明码标价（每人次大约2块光洋）。我手边现留有一张1880—1890年西方人从东际亭坐滑竿上鼓山的照片。

外国人上鼓岭避暑带有小孩，会带上中国保姆，把小孩放在筐子里挑着上下岭。

民国福州籍才女庐隐在《房东》一文中这样描述上鼓岭的感受："当我们坐着山篼，从陡险的山径，来到这比较平坦的路上时，篼夫'唉哟'的舒了一口气，意思是说'这可到了'。我们坐山篼的人呢，也照样的深深的舒了一口气，也是说：'这可到了！'因为长久的颠簸和忧惧，实在觉得力疲神倦呢！"

1886年后，中国第一个夏季中外避暑社区诞生了！鼓岭中外人士共同生活于鼓岭。抬轿与坐轿、流汗与感恩、老子与耶稣、稀饭与牛排、筷子与刀叉、办春酒与做礼拜、学堂与教堂、汉语方言与外语，中外人家在这里进行宗教信仰、民风习俗、生活习惯、语言交流等方方面面的大碰撞、大交流、大融合。特别是鼓岭村民与外国人的小孩两小无猜，发生过许多难忘的动人往事。如时任中华人民共和国副主席习近平2012年2月15日访美，在美国欢迎仪式上曾讲述中国福州"鼓岭的故事"：美国加德纳家族与中国鼓岭留下了一家四代百年不解之缘，加德纳临死时还喃喃呼唤"Kuliang！Kuliang……"

20世纪50年代初，外国人撤走之后，鼓岭轿夫的辛劳也终止了。

二

2012年之后，鼓岭实施整治提升。

近日，鼓岭旅游度假区管委会江敬挺、韩莹、王琳等欣喜地向我诉说，美国人穆蔼仁（Donald MacInnis）当年几进几出中国、终生依恋中华，并深深影响穆氏三代人。

1940年，穆蔼仁刚满19岁，还是美国大学在校生，受其老师影响，从美国远涉重洋来到中国福建任教。当时中国战乱，局势不稳，穆蔼仁坚守一年后回美国继续求学。

1942年，穆蔼仁21岁大学毕业后，作为美国陈纳德将军志愿援华航空队（即赫赫有名的飞虎队）的一名中尉，第二次来到中国，被派遣驻厦门，投入中国抗日救亡战争。

1945年8月抗战胜利后，穆蔼仁退役回美国娶妻生子，并转入美国斯坦福大学继续深造，攻读国际关系学位。他毫不犹豫地将研究方向投向中国。1947年9月穆蔼仁刚拿到硕士学位，又迫不及待地重返中国福建继续任教。这一次，他带上了妻子，到福州协和大学当教授，教英文。

1948年穆蔼仁次子彼得在中国出生。

在中国期间，每年夏天，穆蔼仁全家都上鼓岭避暑，每次都由鼓岭轿夫抬上抬下。1948年，两个月襁褓中的穆彼得被挑上了山，在鼓岭度过了人生中的第一个夏天。

抬轿坐轿，配合默契，和睦相处。轿夫敬业艰辛，穆家看在眼里，记在心里，懂得感恩，知恩图报。

一次，有位鼓岭村夫患了重病，急需输血，而鼓岭只有穆蔼仁血型相符。穆蔼仁慷慨献血，救活了村夫。村夫一家十分感激，倾其所有，送了一只母鸡给穆恩人补身子。珍藏至今的那张历史照片中，穆蔼仁正手抓一只母鸡。

1949年，穆蔼仁带妻儿回美国，后在台湾等地待了12年。其间，穆彼得回美国读高中，考入哈佛大学东亚学系，专修汉语与日语。1988年，穆彼得听说有去中国南京工作的机会，怦然心动，毅然申请赴任。2004年随工作调动，穆彼得举家搬到上海。听说外国人可以申请永久居留证，他和妻子穆言灵欣喜不已，成为第一批拥有中国“绿卡”的外国人。

前些年，穆蔼仁应聘到中国武夷山教书。2005年回美国探亲时突发脑膜炎去世，终年84岁。

临终时，穆蔼仁留下遗嘱，要将自己的一部分骨灰留在中国八闽，并嘱托后裔回访鼓岭寻根。

三

根在鼓岭，魂系中华。年纪越小刻下的印象越深，年纪越老怀旧的情愫越浓。

2015年，穆彼得68岁、穆言灵65岁，夫妻俩遵循穆蔼仁的遗嘱，将其一半骨灰带回福州，撒入闽江，留在他念念不忘的八闽大地。

穆言灵代表穆氏家族开始寻根之旅。穆言灵曾担任中央电视台“希望英语”栏目主持人。她通过“福州老建筑百科网”站长林轶南联系上鼓岭旅游度假区管委会。

穆言灵走进鼓岭，走进历史，成为鼓岭文化研究专家，长期热心投身鼓岭文化、中美人民友谊的研究工作，众人均亲切尊称其为艾伦老师。鼓岭古厝洋房年久失修，资料匮乏，毁坏厉害，急需辨认真伪和抢救修复。

穆言灵运用互联网搜索不到有关鼓岭的资料，陷入困境。后来，她琢磨创办了“鼓岭之友”网站，开始柳暗花明。其间，美国柏龄威（Arthur Willam Billing）家族向穆言灵提供了大量有价值的鼓岭照片，特别是赠送了拍摄于1925年的鼓岭全景图。

柏龄威是美以美传教士，于1907年来华，其妻子及子女自1908年起夏季到鼓岭避暑，分别持续避暑35年和41年。他们不仅热心从事中国教育工作近40年，而且离开中国后，还把几名中国学生带到美国接受大学教育，并从养老金中拿出一些资金，资助这些学生深造。

柏龄威次子，1911年出生在中国福州，1912年即见其在鼓岭避暑生活的照片。他小时候在鼓岭避暑时，曾用小相机拍摄并保存了两三百张有价值的镜头。他会讲福州话，虽说如今已年届百岁，行动不便，不能远行，但却提供了很多老照片，并对每张照片及背景都记得清清楚楚，说得明明白白。

穆言灵对鼓岭文化的研究已逾4年。为了鉴别鼓岭故居，她多次跑到美国耶鲁大学等地寻找20世纪初原版鼓岭地图，访问了30多位曾经在鼓岭居住过的美国人，搜集日记及文字资料。上海华东理工大学林铁南老师加盟鼓岭文化研究工作后，运用地理定位系统，对鼓岭古厝洋房进行建筑定位，并协助纠错纠偏。可喜的是，如今不但确认了穆蔼仁家族鼓岭故居，而且肯定加德纳家族与穆蔼仁家族鼓岭故居为同一座别墅。

穆言灵还帮助鼓岭具体做了几件事：一是帮助建立了鼓岭英文网站；二是帮助校对各种英文介绍词；三是帮助制订历史展览馆大纲；四是制作宣传册，已编辑出版有关鼓岭家族、历史建筑等民间档案《老厝回忆录：鼓岭》，留下了一个时代的写照。此外，还联系促成十几个曾在鼓岭居住的外国人后裔故地重游，寻根问祖。真可谓殚精竭虑，不遗余力。

穆彼得、穆言灵夫妇和他们的两位女儿爱中、爱华（汉语名，意即“爱我中华”）都喜欢中国文化，一家人曾在中国居住30多年，以大爱搭建起中美民间文化交流桥梁，为传播鼓岭百年中外文化做出不懈努力。

我在加德纳、穆蔼仁、柏龄威等外国人家族身上，看到了文明、开放、包容、和谐、感恩的鼓岭文化的缩影与光芒！

鼓岭神奇

韩小蕙

“神”这个字在我的家乡话北京话中，是一种有着水波涟漪般丰富外延的存在——往往，一个人或一件事，达到了极致，不好用语言来描绘了，便会去找到这个“神”字，做一切表达的挡箭牌，比如，“那个人太神了”，或者“这件事儿真神”。

我的初识福建福州的鼓岭，就迎头撞上了好几个“神”。

一

初冬的福州在我们北方人眼里，根本就毫无“冬”的任何元素，粉的、黄的、紫的、白的各种大花小朵，甚至桂花，都还在盛开着；各种大大小小的草叶、树叶，也依然叶片肥厚，青翠欲滴。最让人“受不了”的是空气透明得老想伸手去摸一摸，吮到嘴里，带有丝丝缕缕的甜，使我那饱受雾霾浸泡的肺，激动得老想要大哭一场！

直到汽车已“嘎”地停在灯光明亮的宾馆门前，直到拖着行李箱爬到三楼，直到打开房门迈步进去，我还一直沉浸在这高浓的负氧离子盛宴中。全没思想准备，旁边的房门打开了，竟然走出了一位富富态态的金发碧眼！

艾伦看上去有50多岁，穿着一件暗红色大毛衣，短发，圆脸，杏核一样的大眼睛里，碧蓝地汪着一波笑意。她竟然用纯正的普通话说：“我是艾伦。”其流利程度就像我的任何一位北京邻居，只闻其声不看其人的话，你简直不相信她是一位地地道道的美国人！

落座后，她指着电脑里的一张照片呵呵笑着说："这是我丈夫。"

我又被吓了一跳。只见照片中，一位中国劳动妇女挑着两个大箩筐，正平静地凝视着我们。她有30多岁样子，梳着光溜溜的发髻，上身穿一件洁白的长到大腿根儿的大襟衫，下面身着一条黑裤，整洁、干净、文明，却赤着一双天足。

望着这张拍摄于20世纪40年代的照片，我若有所思地对艾伦说："这说明她的经济情况还是很困窘的，不然走山路不会打赤脚。可是你看她的面色多么平静，一副洁身自好的样子，有着自尊自爱的内心……"

艾伦提醒说："你看到我丈夫了吗？他在箩筐里呀。"我这才想起她要说的是她的夫君。但见，一只大筐里睡着一个小婴儿，也就1岁左右的样子；另一只筐里放着一些杂物。

艾伦说："我丈夫穆彼得，1948年出生在鼓岭。他的父亲、我的公公穆蔼仁先生，1939年第一次来中国，在福州洋口的英华学院教高中，当时他只有19岁。一年后他回美国拿学位，后来又于1944年回到中国，参加了飞虎队，在云南参加你们的抗战。胜利后才又回去美国。你看，这就是他……"

于是，在艾伦的第二张照片里，我看到一个又高又瘦又帅的美国白人青年，手里倒拎着一只全身黑毛的母鸡，正走在乡间小道上，背后是苍茫的大山。艾伦解释说："那天，穆蔼仁先生的医生朋友给一位中国农民做手术，血不够用了，而且他是特殊的血型，比熊猫血还稀少的一种血。医生朋友知道穆先生是这种血型，就叫他翻山越岭去输血。结果呢，把那农民救活了，他的家人非常感激，就送这只母鸡给穆先生补补身子……"

我听了，胸膛开始剧烈地起伏：真想不到，七八十年前的鼓岭，竟然还演绎过这样温暖的故事！一个美国帅哥的鲜血，竟然还灌注到一位中国普通农民的身体里，救活了他的命！不是亲耳听到这个讲述，亲眼见到这张照片，简直想破大天也想象不到啊——真的是太神啦！

艾伦的神色却一点儿也没变，依然平静地讲述着："当年，彼得和他爸爸、妈妈，在鼓岭，就住在加德纳先生家里……"

等等，加德纳，这名字怎么好像在哪儿听到过？哦，对了，这不是2012年访美时，时任国家副主席的习近平给美国人讲到的那个故事吗？主人公的名字就是加德纳！

二

那个感动人的故事是这样的：

19世纪后半叶，福州五口通商后，许多外国人来到福州，有商人、传教士，也有喜欢中国文化的作家、记者、学者、医生、职员……据说有多达二三十个国家的外籍人士，在小小的福州，操着各国口音的“外国人”抬头不见低头见。

福州的夏天特别长，酷热难熬，令人感觉就像整日泡在雾气蒸腾的澡堂子里，不仅大汗淋漓，身上还会起疹子、长各种莫名其妙的大包小包，甚至染上疟疾、霍乱等传染病……那时又没有空调，似乎连电风扇也是稀罕物。某日，一位叫伍丁的洋医生穿越山岭去给病人治病，发现那座叫“鼓岭”的山上满目青翠，且有阵阵清风吹过，非常凉快，他回去后即在外国人界发布了此消息。于是，金发碧眼们开始一窝蜂地在鼓岭上建夏日避暑别墅……时间风一般地吹过，不过几十年间，外国人们就把鼓岭“承包”了，最盛时居然建起300多幢风格各异的洋房，住进了300多个家庭，人口达3000多之盛。

密尔顿·加德纳（1901—1986）是美国物理学家，出生在中国，童年在鼓岭度过了许多快乐的时光。1911年随父母回美国求学，最终成为加州大学戴维斯分校教授。1969年，加德纳退休了，他越来越怀念中国，特别是心心念念想回到鼓岭“那个全世界最好的地方”，重温他青少年时期的温馨。1972年他突因脑出血而导致半身不遂，1986年他的病情恶化，直到弥留之际，他一直都还在喃喃着：“古——丽——亚……古——丽——亚……”（福州话“鼓岭”的发音）

加德纳夫人伊丽莎白女士，含泪送走夫君。她一直想完成丈夫的遗愿，去中国看看，特别是在中国改革开放与世界接轨，发生了天翻地覆的伟大变化之后。但她查了很多资料，始终没查到“古丽亚”是在什么地方。一天，有一位叫钟翰的中国留学生到家里做客，加德纳夫人取出丈夫的一些中国遗物，又向钟翰询问起“古丽亚”。只见其中一张发黄的作业纸上，贴着11枚邮票，钟翰认出了盖在其上的邮戳，有着“福州·鼓岭——Kuliang”字样；其中最清晰的一张，还印有时间“三年六月初一日”，这说的就是清宣统三年，刚好是1911年呀！踏破铁鞋，难题迎刃而解，加德纳的“古丽亚”终于找到了！

鼓岭是福州郊区的一座山，距福州只有13公里。就在今天，山上还保留着十几幢当年外国人建的避暑别墅；甚至连当年的夏季邮局、万国公益社、百年游泳池等建筑，也还好端端站在山上。加德纳夫人得悉这些后，激动得掉下热泪，她终于可以告慰亡夫：“古丽亚”找到啦！

钟翰同学被加德纳夫妇对中国的友好情谊所深深打动，写了一篇《啊，鼓岭！》的散文，在1992年4月8日的《人民日报·海外版》上刊出。谁也没想到，这篇小文章竟被时任福州市委书记习近平读到了，于是，在时隔了半个世纪的风云变幻之后，中美两国普通人民的友谊之歌又被续唱起来——

习近平向加德纳夫人发出邀请，请她来福州、来鼓岭，看看加德纳先生的中国老家。伊丽莎白女士带着先生当年的一批遗物，包括他当年和中国小伙伴玩耍的照片，来到了鼓岭。并且，她居然还找到了当时尚且健在的9位小伙伴！最“神”的是——当年那位女挑夫也还在人世！亲人相见，红了双眼，热了泪水，十指相扣情依依，天风海涛话不完哪……

最为福州人民和鼓岭百姓自豪的是，从此，在习近平的心里，埋下了鼓岭的山山水水和鼓岭的包容与大气。他在访美行程中的讲话里，讲出了加德纳的故事。据说，当时在场的美国嘉宾们，包括著名的基辛格博士，都十分感动。

三

现在，我要重新说回到彼得、艾伦夫妇了。

就在我与艾伦在鼓岭彻夜长谈的第二天，一大早起来，艾伦就跟着一行人出发了，这里面有鼓岭的地方官员，还有地域专家、民俗专家、非遗专家、建筑师、记者……这一天是个有纪念意义的日子，他们是要确定当年加德纳故居的确切位置。

1911年，加德纳一家回美国前，将他们在鼓岭上修筑的房子，卖给了一位叫Coole的先生。后来，穆蔼仁夫妇曾带着刚出生的小彼得（即女挑夫箩筐中的小婴儿），在那所房子里住了一个夏天。

也就是说，加德纳故居，即穆蔼仁故居，亦即穆彼得故居。

重新考证加德纳故居位置，缘起于宜夏别墅悬挂的一张照片。

由于台风、洪水、泥石流滑坡等自然灾害，也由于时间和空间均非永恒不变的神祇，所以几十年上百年间，鼓岭上的洋别墅倒的倒，毁的毁，现存于世的仅有十几幢了。宜夏别墅是其中保存得最好的一幢。它的风格与老照片上的其他洋建筑们大体相当，都是灰色石块外墙（石块皆取自当地），白色木质百叶窗，大门外有一个带木顶的大阳台，摆一些桌椅，是喝下午茶的所在。从外表看，这些房子貌不惊人，甚至可以说是很朴素的，然而推门走进去，一下子就感觉到非常“洋气”：房间高大、宽敞，每间房子都像一座小礼堂似的。百年木地板“吱呀，吱呀”地显示着岁月的承重力，欧式壁炉还张着大嘴准备随时启用。家具虽然简单，但雕花大立柜、木箱和高靠背椅，还有铜制的烛台，一望而知就是从大洋彼岸远道而来的；漂亮而精致的瓷器，盘、碗、小摆件等，白白亮亮的，也极有英伦范儿，是的，美国文化的滥觞源自盎格鲁—撒克逊人形成的英格兰……

而最吸引人眼球的，还是墙上悬挂的众多老照片。不知谁居然把几十张老照片都保留下来了，使我们得以准确地获知昨天的生命形态，和在重重历史迷雾之下被遮蔽的真人、真事、真生活！照片上的外国人们，都已是百年前的装束了，可是女人们那华丽的曳地长裙、蕾丝手套、宽边堆花帽子，男士们笔挺的西装、笔直的裤线和见棱见角的绅士帽，真让人感叹百年前就荡漾在西方“工业文明”摇篮之下的生活之美……

有一张照片是一位金发女郎抱着一个婴孩。那女郎长得好漂亮，半长的金发微微卷曲着，光洁的额头下，一双狭长的丹凤眼迷离地望着远方。她就是年轻时代的艾伦的婆婆，那婴孩自然又是艾伦的丈夫彼得。母子俩身后的背景是一片深深的草地，远处是他们的房子……艾伦就是根据这张照片推断，此前被判定的那栋建筑不是加德纳故居。为了解开这个谜，她已经忙活很久了，甚至还专程到美国耶鲁大学去查过资料，那里有限地收藏着有关当年鼓岭的一些资料，比如当事人的日记本等。艾伦还几度来到鼓岭，寻访健在的老人，其中有一位程姓老人曾是加德纳家当年的邻居，还有一位是现在仍居住在当地的郭老伯，郭老伯说他年少时家对面住的便是一个美国人家，后来到20世纪70年代生产队修路，那幢房子被拆掉了……

经过几方面汇集的资料，人证、物证、照片证、文字证，最终，郭老伯家和马路之间的一个范围，被认定是当年的加德纳故居所在。房子虽然已不在了，但山形、地貌、河流、树木都还在，人世苍苍，天证更比人证强，在场的所有人都点了头。郭老伯还确认了1925年手绘地图上标注的“海关”和“伦敦传教士协会”的位置……

四

艾伦心花怒放！她终于替夫君和公公、婆婆一家找到了故居，寻到了他们的中国根！话说彼得虽然1岁就离开了中国，但在父母双亲的影响下，也深深爱上了中国和博大精深的中华文化，从青少年时期就学习中文，为将来重返中国做准备。在哈佛大学学习期间，彼得与艾伦在做公益慈善活动中相遇，说来也是缘分，艾伦受母亲影响也喜欢上中国文化。艾伦母亲是一位心理学家，特别喜欢中国商代时期的文化，还一直尝试着用中国的“五行学说”解梦，来丰富她的心理学研究。小小的艾伦记得，自己六七岁时候就爱往唐人街跑，钻到一个个小商店里，东看西看看不够，虽然不懂，但总觉得“特别舒服”，以至于中国老板们都甚感惊奇。就是这种对遥远中国文化的热爱，让彼得和艾伦走到一起，1974年他们结婚了。

岁月匆匆，人生扰扰，随着两个女儿的相继出生，牙牙学语，在英文与汉语的转换中一天天长大，他们一家终于在1988那一年，来到了日思夜想的中国！

这一待，就是28年！艾伦说：“到中国来是丰富精神的。尤其是在20世纪80年代，中国的物质生活条件还很差，没有车，没有热水，没有暖气，那时候什么都很困难……”

我喜欢艾伦，一见如故，不仅在于她的“神”，还在于她神采飞扬的奔放性格。虽然已不年轻，但她仍像个小姑娘一样，精力充沛，兴致勃勃，对一切事物还都保持着强烈的好奇心。同时，她热爱生活的态度，就像歌声一样，能直抵跟她交往的各种性格的人的心。由此我断定，艾伦在家里一定是位“顶梁柱式”的好妻子。28年间，他们一家在南京、北京、上海等几地生活过，艾伦自己做过英语教师、电视台英文频道主持人，她还把她的两个宝贝女儿培养成中央电视台的主持人，两姐妹还演过电影、当过“网红”……她俩的名字原来叫“爱江”“爱苏”，是因为他们一家来中国后首先在江苏南京定居。后来两女儿到了北京、上海等地，觉得还是应该更扩大格局和视野，遂改名为“爱中”“爱华”——你看，这家人从爷爷穆蔼仁先生起，到彼得、艾伦，再到爱中、爱华，他们三代人孜孜矻矻，以人类大爱做着中美文化交流的信使，真是太美好的人生幸福事了，点赞！

五

鼓岭位于福州东郊，站在鼓山风景名胜区的东北部，可说是福州人的后花园。“鼓山”的名称来自主峰山顶最高处，有一片圆溜溜的大石头群，每个大石头都圆润光滑，形状如鼓，“每雷雨作，其中簸荡有声，因名”。与鼓山相比，鼓岭这边的山势稍缓，不及那边的山高，因此便被唤作“岭”了。不过，“山不在高，有仙则名”。况且，鼓岭这边有一巨大的山崖断口，并沿着山势形成了一条狭长的“回廊”，这独特的山形走势，使它连闽江而望东海。海风飒飒，紫气东来，吹开四时鲜花，氤氲常年苍翠，天空竟日蓝，老人多长寿，令人徘徊往复，不思归！

2015年的一天，穆彼得神色凝重，手捧着父亲的一半骨灰，来到鼓岭之麓，闽江之畔。面对滔滔东去的大江，虽恋恋不舍，但还是遵照着父亲的遗嘱，将穆蔼仁老人的这半颗中国心，撒进福建人的这条母亲河中，留在了生他养他的八闽大地上。70年前，他的鲜血曾灌注在这里，浇铸了一朵中美人民的友谊之花；现在，他又把自己生命的一半返归到这里，让鼓岭满山满岭的青翠与鲜活，永远伴着他的仁慈与爱心。

遥远的亲情，叶落归根……

鼓岭的回声

王剑冰

一

我来的时候，福州已经入睡。鼓山那巨大的黑，遮盖着天光，真像是被蒙在了鼓里。车子盘旋而上，直往这“鼓”的深处去。想起“跃上葱茏三百旋”的诗句。三百旋之后，我也钻进去睡了。

只有到早上，这面鼓才会响起，而且响得很早，那是被一阵有声有韵的鸡鸣敲响，是被杂乱无序的鸟叫震响，是被漫山的林涛摇响，也是被我等初来乍到的人喊响的。还有那些群峰的鼓阵，连绵铺排，四海翻腾，五洲激荡。

我们下榻在鼓岭。猛一听，怎么这里也有个与庐山同名的牯岭？原来音相近，意相远了。鼓岭的上山道可谓多，好像有八条，这八条古道就像八条带子，将一面鼓提起来，让它在云中摇。

二

没有想到，鼓岭会有这么多老式洋房，而且还有教堂，所以它同庐山、鸡公山、莫干山齐名。满是石头的老墙青苔斑驳，有的地方覆了厚厚的一层，像是一种绒。有些绒是金黄的，似涂料泼了半面。还有的是长长的细叶草，细细长长地垂挂下来，胡须似的飘摇。

喇叭花尤其多，鼓和吹总是团结在一起的，你看那些红红白白的喇叭朝天吹得多带劲。还有粉白的绣球，把青翠欲滴的鲜艳抛出来，凑着鼓吹得热闹。

我在一处老建筑前驻留。这里曾是一个邮局，开办于1902年，每年在端午节后开张，农历八月十五后关闭，属于中国早期五大著名的“夏季邮局”。可以想见，在一定时期，它的吐纳还是十分热闹的，而且很多信件飞向了大洋彼岸。我走进去，急切地想见到一枚邮票。曾是这枚邮票，引来了加德纳夫人以及由她带来的“乡情”。

邮局旁有一口老井，怀着小心向下望去，望不到光阴的深处。这个时候，我发现井圈外壁竟然有字，上边刻着“外国本地公众水井”。可以想见这口井旁，有过怎样一段欢乐与友情的时光。

沿着弯曲的山间小路，登上一处较为宽阔的场院，院子里生长着高大的树木，它们衬托着一座老建筑，建筑不高，按照中国的说法，就是一座石屋。可这座石屋的墙体用青、黑、白不同颜色的石头砌成。显然，建筑者经过精心设计，使其透显出波希米亚风格。谁能想到呢？这就是被称为万国公益社的地方。许多交流、交易甚至公益活动都在此举行。它的后面，曾建有7个网球场，现在早变成了菜园。

鼓岭上竟然还有一个游泳池。那是在此居住的美国人修建的。老外耐不住寂寞。耐不住寂寞的还有一头牛，有一天它兀自也下到了里边。喜欢水是一切生灵的本性，外国的人能下去，中国的牛怎么不能进去？这一举动，引发一个黄头发小女孩的惊叫，也让一个镜头快意起来。这个鼓点怕是一个有趣的杂音。

在一个典型的欧式建筑里，我见到从鼓岭寄出的照片，那些照片还散发着时间的幽香。一张照片上，一群孩子聚集在阳光下，在老房子前笑着，人或已经不在，笑声还在飞扬。

在鼓岭的小路上走，不经意地会看到一种像韭菜样的菜，摆在那里卖，听了半天，才知道它的名字：“亥菜”。这是鼓岭特有的。有时候，还会见到鼓岭合瓜、鱼腥草和白毛藤。这些采自山间的青翠的野菜，让人一见就欢喜万分。农舍夹杂其间。农舍里，总是飘出淡淡的茶香。不定是哪一面坡地，就有了那些绿浪茵茵的茶园。

三

早晨出门，下楼的时候，一个女人冲着我笑，我先是以为冲着我身后的什么人笑的，回头看看没有别人，而且到了楼下，她还是冲着我笑着。这种笑里带有着鼓岭早晨的纯粹与清润。我也冲她笑了。吃饭的时候我们竟然坐在了一起。我知道了她叫艾伦，一位美国人，她还有个中文名字：穆言灵。同我一样是被邀请来的。艾伦对鼓岭表现得那么热情，不时地说着鼓岭，仿如她才是鼓岭的主人。果然，她一会儿就拿出了一张照片：鼓岭的小路上，阳光明媚。一个中国妇人挑着一个担子，前面筐子上担着的小男孩就是她的丈夫彼得。艾伦说那个男孩是他妈妈眼睛的“晶体”。艾伦提到了一个词：Kuliang。这个词的发音就像中文的“口粮”。艾伦说她也不知道中文怎么写，反正美国人说鼓岭就是Kuliang。我想起老房子里的介绍，加德纳，一位大学物理教授去世的时候，嘴里也是叫着这个词，使得加德纳夫人为这个词找了很多年。后来加德纳夫人终于在加德纳的遗物中发现一个信封，邮票上盖着“福州鼓岭”。加德纳夫人终于找到这里，在加德纳曾经生活的地方激动流连。我看见过她的照片，一个个笑容都储满真情。她甚至搂着一堵石头墙壁欢笑不已。与她同来的，是一群的老老少少，都是当年与加德纳一同生活在鼓岭的老人与他们的后代。那些人像西海岸的阳光，把鼓岭的从前与今天照亮。他们围在那些老房子前喊着“口粮——”，只是当时他们没有找到加德纳真正的故居。

没有想到的是，现在又有一个美国女子走来，带有着同样的对于“口粮”的情感。她又拿出一幅照片，照片上一个美国人手里抓着一只鸡在笑。那时，一个山民病了，急需一种特殊的血，而她的公公就是这种血。就这样，美国人的血像“口粮”一样挽救了一个中国人。获救的山民拿出了山上最好的东西——鸡。艾伦知道了这些，就喜欢上了“口粮”。她一厢情愿地走来，不断地走来，她说她想让“口粮”“长大”。我明白她的意思，就是声名远扬。

饭后我们分头行动，我不知道艾伦去了哪里，但是吃饭的时候，她惊喜地宣告一个消息，加德纳生活过的故地找到了！这天是2016年11月12日。68岁的艾伦在鼓岭的山上漫步，不断地与当地居民交谈，而后便有了这个吃惊的结果。此前，加德纳故居被讹传为另一栋洋房。近百年过去，沧海桑田，大片的故居消失了。

艾伦女士，同加德纳夫人连接起来，共同培育和见证了鼓岭的爱情。鼓岭，真的是宏大之爱的口粮。

艾伦还在不断地展示着她丈夫——那个筐子里躺着的小男孩的照片，她友好地冲着每一位认识或不认识的人笑着。在她笑着的身后，我看到一棵柳杉，它面对这个世界已经1300年。这棵双干并生的老树，被称为夫妻树。这么说，这两对美国夫妻的爱情，也进入了柳杉的眼眸。

四

山下是福州，再远处是海。站在鼓岭上，千山万壑，海空无限。心中着实擂起了鼓点。微风吹来，带起一片清新的香气，却原来这山上，还有如此多的桂花。花香是免费的。那就尽情享用吧。免费供应的还有负氧离子，据说鼓岭的空气中负氧离子浓度为每立方厘米700到1200个。我搞不懂这些数字，但我知道这些都代表着好，很多人为了这个“好”上山来了。

郁达夫游鼓岭后写道：“千秋万岁，魂若有灵，我总必再择一个清明的节日，化鹤重来一次……”我抬头望去，鼓岭上空，没有望到仙鹤，却望到了一抹彩虹。鼓岭一个早晨都在下雨，雨点似鼓，漫山遍野叮咚有声。现在晴了，出现了七彩虹霞。

那是鼓岭的回声。

那一片清风薄雾里有痛更有爱

古　耜

一

驻足鼓岭的那几天，脑海里频频浮现出旅美作家王鼎钧先生在其散文名篇《脚印》中所写的一段话：

> 你该还记得那个传说，人死了，他的鬼魂要把生前留下的脚印一个一个都捡起来。为了做这件事，他的鬼魂要把生平经过的路再走一遍。车中船中，桥上路上，街头巷尾，脚印永远不灭。纵然桥已坍了，船已沉了，路已翻修铺上柏油，河岸已变成水坝，一旦鬼魂重到，他的脚印自会一个一个浮上来。

说来也不奇怪，在鼓岭这片如诗亦如画的风景里，最让人赏心悦目流连忘返的，固然是清风里的柳杉，薄雾中的别墅——清风、薄雾、柳杉、别墅，被称为鼓岭景区的四大看点——而最叫人浮想联翩、思绪绵绵的，却分明是在诸般风景中一次次上演的“捡拾脚印”的故事——当然，这故事不是虚幻的“传说”，而是确凿的事实；故事的主人公也不是戏说中的“鬼魂”而是一批批不远万里，前来中国寻踪的金发碧眼的外国友人。

我相信，鼓岭那弯曲的山道上和葱绿的柳杉间，应该留下了他们清晰的身影与足迹——

晚年定居美国洛杉矶的力玛莉女士，因父辈就在中国而出生于民国初年的鼓岭。长大成人后，执教于福州城内的华南女校。1940年，在日军逼近福州的严峻形势下，她和家人不得不撤离福州和中国。回到美国后，力玛莉做的第一件事，就是给她的学生们写了一封发自内心的致歉信：由于匆匆离校，有一节英语课未及上完。她希望早日返回中国，为大家补上这节课。孰料此后国际风云和个人境遇双双变幻，这一别竟是40年。1980年，乘着中国改革开放的春风，华发满头的力玛莉终于回到鼓岭。在依旧留存的故居前，她想到的不仅是童年的欢快和青春的美好，同时还有传播文化知识的夙愿。为此，她情愿抛下舒适的生活和绕膝的孙儿，于1984年再度来到福州，进入刚刚恢复的华南女子学院，讲授公共英语，从事义务教育，直到一年期满。

美国教会福州基督教协和医院院长蒲天寿和他的母亲，早年曾在鼓岭度过夏天。1984年，蒲天寿的女儿Betty率领整个家族重游鼓岭，以纪念祖母蒲星氏来华100周年。2010年底，Betty同丈夫、两个女儿及女婿和孙子，再次来到鼓岭，寻访前辈的踪迹和记忆，续写中美两国的民间友情。

密尔顿·加德纳先生是美国加州大学物理学教授，他1901年随父母来到中国，在福州度过快乐的童年时光，而夏日鼓岭的情景，尤其使他难忘。加德纳夫妇与鼓岭演绎了一段感人至深的故事，不仅展现了中美两国人民深厚的传统友谊，而且把世界的目光又一次吸引到福州鼓岭。

从这以后，有更多的外国朋友远涉重洋，前来鼓岭寻踪觅迹，捡拾前辈的脚印。他们当中有终生想念中国的加德纳先生的侄孙加里·加德纳和李·加德纳兄弟；有当年第一个在鼓岭建起西式别墅的英国人托马斯·任尼的后人莎莉·安·帕克斯女士；有华南女子文理学院创办人程吕底亚的后代、来自夏威夷的戈登·特林布先生……就在我采风鼓岭的同时，又有一位研究鼓岭文化的美国学者穆言灵女士前来寻踪结缘——她的公公穆蔼仁曾是陈纳德将军麾下飞虎队的成员，抗战结束后，执教于福州协和大学；她的丈夫穆彼得生在福州，曾和家人一起在鼓岭度过了一个夏天。而穆蔼仁一家在鼓岭的住所，正好是加德纳一家返美时转卖给他们的房子，即加德纳故居。这种特殊的因缘巧合使得穆言灵对鼓岭别有一种深情。在共进午餐时，她激动地告诉我们："这里的风景太迷人了，我太爱这个地方了。""不久以后，我会带着全家来看故居，这里有我向往的一切！"她还表示："明年春天，我准备带一些外国孩子来这里，拍一个纪录片，传播绿色的东西。"可以相信，随着时光的迁流，像穆言灵这样热爱鼓岭、愿意传播鼓岭文化的国际友人会越来越多。

二

今天的鼓岭大地上，回荡着外国友人留下的诚挚而热烈的赞美。每当读到或听到这些，我和土生土长的鼓岭人一样，心中自会升腾起欣悦乃至自豪之情。只是这美好的情愫里，又总是掺杂着某些异质的、矛盾的、一时难以说清的东西。它仿佛在提示我：脚下的鼓岭，并非一向晴川历历，鸟语花香。在中国近代史的纵深处，它原本饱含着难以消解的疼痛与哀伤——

1842年，鸦片战争失败，清政府被迫与英方签订《南京条约》，开放沿海五个通商口岸，福州正是被开放的"五口"之一。从那时起，福州地面上，开始有了外国人的踪影。后来，随着以茶叶为主的中外商贸的不断发展，更多的外国人抵达福州，到1866年，至少有17个国家在福州建立了领事馆。

1884年，马江之战爆发，福建水师遭受法军重创，清廷船政事业由此一蹶不振。而列强势力则如日中天，一时间，数不清的西方外交官、牧师、商人、医生和教授云集福州。

1886年，英国驻马尾领事馆医生托马斯·任尼在鼓岭建起第一座夏日别墅。此后，陆续有英国、法国、美国、日本、俄国、德国、西班牙、墨西哥等20多个国家的外交官和侨民到鼓岭避暑纳凉，并兴建别墅。据资料统计，截至20世纪三四十年代，鼓岭上的外国人别墅在鼎盛期曾达300多座，夏日住在别墅避暑的外国人数以千计。

正因为这段历史，让我在观览镜头留下的鼓岭影像时，脑海里便多了一份敏感：

——盛装华服的外国女士和先生们三五成群，或窗前聚叙，或户外纳凉，或山坡眺望。他们在一起说些什么不得而知，只是都带着舒展、惬意且略带骄矜的神情。

——鼓岭劳动者艰难生存。请看曾当过轿夫的王英思的回忆："那时候，我才30来岁，一到夏天就要去当轿夫。下半夜扛篼跌跌撞撞下山，再抬上外国人和他们豢养的巴儿狗、狼犬后，赶在午前回来。下山上岭有4000多层石阶。"（《鼓岭史话》）内中的悲苦与无奈，早已超出了今人的体验和想象。

——原住鼓岭的中国乡民也被收入外国人的镜头：7位裹了小脚的妇女横坐一排；十几位头上留了辫子的男子手持折扇，分三排而坐，据说是日间在鼓岭上课的学生；11位乡民中有七八位赤裸了上身，他们在低矮破旧的农舍前或坐或立，大约是劳作间的小憩……

面对如此的历史镜像，我感到了苦涩和沉重。

让人稍觉宽慰的是，从目前能够找到的材料看，当年的鼓岭之上，最终保持了大致的平稳与安宁，有些时候，有些场合，甚至洋溢着和谐、欢快与融洽。不是吗？鼓岭邮局门外不远处，有一口水井，上面刻有"外国本地公众水井"的字样，不管这样的说明出自何人，有何背景，它所传递的基本信息与当年口岸城市外国租界普遍存在的华人歧视，分明截然相反。今天的鼓岭老街上，外国人修建的游泳池依旧保存完好。据说，它最初照搬西方文明，是男女共用的，但听到当地人所谓“有伤风化”的议论后，便改为男女分用，游泳池也由1个变成了4个。这当中无疑包含了外国人对中国国情和风俗的理解与尊重。在鼓岭文化发展与旅游论坛上，穆言灵女士向大家提供了一张照片：一个风度翩翩的美国男子手里提着一只鸡，正喜气洋洋地走在鼓岭的山道上。据穆女士介绍，这位男子就是她的公公穆蔼仁，当年他给一个中国人输了血，中国人便以鸡相赠，作为回报。这个镜头是珍贵的，也是感人的，它足以让人想起“爱心无国界，人间有真情”的说法。诸如此类体现了中外民间友情的事例，在旧日鼓岭上还可找到若干：外国人开办的学校可以免费让中国人前来就读，外国人修建的网球场并不拒绝中国人参与，外国人举行的生日宴会竟然也邀请其中国邻居……

三

在西方列强挟炮舰撞开天朝国门的严峻背景下，鼓岭之上何以会有这一幕幕的友善、和睦、其乐融融？要厘清此中原委，我们不能不承认当年鼓岭情况存在的某种特殊性。罗素曾把西方人到中国来的目的概括为：打仗、赚钱和传教。作为对晚清西方人在华行为的一种整体描述，这堪称准确而精到，只是具体到此间登上鼓岭的外国人来说，情况却发生了明显变化：离开炮火连天的战场，打仗已是无从谈起；置身绿水青山之间，赚钱的欲望也阶段性消歇，取而代之的是充分的休闲和尽情的娱乐；传教的热情倒是渐趋高涨，清脆的钟声伴随着悠扬的诗唱，成了鼓岭上空特异的声响。而无论休闲还是传教，都需要尽可能协调友善的人际关系，也都会很自然地派生出宽松的氛围与平和的情调。

至于鼓岭上的中国乡民，一向生活在日出而作、日落而息的自然经济之中，耕读齐家，积累财富，应当是他们最强烈也最稳定的愿望。大批外国人登岭，并没有破坏原有的一切，相反还带来了新的社会景观和生活内容，特别是带来了中国大地上最初的劳动力市场和商品经济。面对骤然出现的生财乃至生存之道，他们显然没有理由不做出欣喜而积极的回应。

百年鼓岭，有痛也有爱，有歌也有哭。当这一切以“复调”的笔法写入历史长卷时，鼓岭的色彩便丰富厚重了起来。

鼓岭遇雨

陈应松

那些冬天也被植物纠缠的山野，笼罩在黧铅色的天空下。寒意是从雨雾中升起的，通过古老的街道和房屋、石板路，这些越来越黯淡的景物，又通过冷雨聚集在一起。深埋在时间厚壤下的记忆，那些人，那些古人和外国人——番仔，在雨中，他们会时常出现在闪着冷冽光芒的街道上，彳亍游荡。仿佛有最后一个坚守者，一个番仔，执着地打着洋伞，慢慢前行，皮鞋发出被雨水浸过的沉闷橐橐声。他刚从大清五个夏季邮局之一的鼓岭邮局出来，给遥远的亲人发过一封信。贴上大龙邮票，沉重的邮戳在信封上奋力一跺，他在鼓岭生活的信息便传送到大洋的另一端。他踅了个弯到邮局背后的古街，用地道的福州话点了一碗放有岭上蕹菜的海鲜锅边，与店里的山民食客们聊天。然后，他买了挑担卖菜的几把水灵灵的青菜，还有牛肉，以及香草——那是炖牛肉必放的。这种鼓岭生长的草，会把沉醉的香味留在味蕾上、梦境里。那些低于街面的房顶上的黑瓦和蓄水的石槽，都在雨中顽强呈现。他孤独地走过田陌、水井、坟、荒地，走近石砌的屋子，百叶窗在风中啪嗒作响。檐廊上，一杯咖啡已经冷却。溪水正在流动，溪上的大石圆墩墩的。

那些干净的石墙，经过了100年，依然不显破败，它们的自净能力太强大、太神奇。也许到了半夜，它们会悄悄掸掉身上的尘土和苔藓，挺着贞洁干净的胸，拗着脖子，站在这风雨如磐的时间里。

在山岭上，在曾经虎蹿狼行、古木参天也鸡鸣狗吠的村落，千年紫杉横卧的虬枝像巨大的钢栅栏显示着它们的躯干。井壁长满蕨类的水井台上，光滑的井圈刚被那个番仔汲水的绳子摩擦过。住在这儿的番仔有几百人，像候鸟一样，等5月天气转热后就会准时出现在这里。他们大兴土木，兴办教育，传播宗教，免费治病。他们打网球、游泳、跳舞、赛马，也同时端着猎枪，射杀山兽，在他们打死的斑斓大虎面前吹着滚烫的枪口摆pose。

杀老虎的美国牧师柯志仁，还射杀过豹子和豺狼。他的枪和那只搁放死虎的凳子连同他自己，都不知所踪。他们欣赏自然，扼杀自然，行为古怪。但他们优雅的生活透过幽冷空寂的石屋，使我们能看到精制瓷器的碎片、门的铜手柄、木地板的纹路、沐风且私密的百叶窗、宽大舒适的石阶和设计精巧的地下室、通风口……

通过石阶凹陷磨损的部分，我想象着夏日清凉中那些在雨雾里撕扯的身影，他们走在宋代铺就的南洋官路上。在石磴道上走来抬着“竹篼”的褐衣乱发的篼工，吱呀的竹竿刺出雾霭，沉重的喘息与白雾汇在一起，

在迂回曲折的街巷里移动……前面是什么？是卖油条、油饼、老鸭汤粉的小吃店，还有民宿和杂货店。杂货店门口摆有一溜小摊，篮子里有鼓岭生长的香草、人参菜和天门冬。香草炖鸡鸭鱼肉，一些风干的藤叶有着植物特有的香味，一元一捆，自己投币。钱投在一个空的剪口的油壶内，全凭良心。这是老街一百年的规矩，菜放门前，投币自取，绝无贪小便宜者。当年郁达夫和庐隐都来过这里，喝着村民的酒，睡着村民的床，沉醉于此地的乡风人情，享受着仙境般的桃源生活。庐隐说："若能终老于此，可算是人间第一幸福人。"那个发现鼓岭的美国牧师伍丁应该是首先发现了这儿浓郁的乡情，才流连于此……

此刻的雨雾依然带着一点黛蓝，好像暮色早临。行人全无，门口的对联亮着唯一的红。但角落里的野茅、竹丛和梅花都在顽强生长，梅已打苞。往四下望去，松林和浓厚的山体阴影将视线隐去，那些造型各异的石头屋，古堡一样蹲在蜃景中。在迷蒙深处飘浮的屋脊与院墙，全像是用巨石凿的，像搁在旷野的怪兽，在绵延的青烟中忍受风雨和寒冷的刮削，它们残存的身影是冬天黑色的慰藉。

那个在石头上凿出的游泳池，是浪漫主义的杰作。这个巨大的空间，像是一场舞会过后的枯寂空寞，盛满了特别伤感和别离的残液，落叶成为信物。我们坐在池畔的椅子上抽烟。隔着桌子，关仁山给我们敬烟点火，火光带来的丝丝温暖慢慢渗入身体，仿佛在劝说我们忍耐和勿言。烟在烧，风很硬，我们在寒冷中吸着烟。当年更衣屋子成为茶室，有电暖器和热气腾腾的茶水。电暖器照着桌上喝茶的器皿和套绒的椅背，泛着归家的红光。可是我们还是不愿进屋，我们这些人，依然坐在外国人夏天泳装坐过的地方，望着空阔枯竭的泳池，像坐在落叶荒寺前。山坡密匝匝的松林里，似还有别墅的废墟，在那儿半露着它们的哀伤。风动山冈，一阵阵的浓雾从山上翻滚过来，像是天瀑。在这萧索的季节，我们无论如何都无法逾越某种悲伤的意绪，各自想着那些与我们无关却深深触动我们的事情，内心空落茫然，莫名惆怅。

挖掘的石池，堆砌的石壁，在建造之初就似乎想到了它们的结局。芦花飘飘，冻雨霖霖，那些已经离弃的身影，像孤魂野鬼，飘浮在异国的荒野，或散落在破碎的回忆中。

奇异的失去主人的石屋，它们的内部是我不愿意走进的，好像前行一步，就是与某个孤魂会合，看他手擎油灯，在百叶窗透出的幽幽光线里，那被石头潮湿的反光勾勒的脸，在一瞬间，又嵌进石壁，一阵淡墨洇开，变成了旧时的镜框和水渍。

在万国公益社高大的风火墙外，当地人指给我看纪念郁达夫的鹤归亭，在那儿，是农历清明，他曾在村民自酿的酒中醉过，并酒后吐真言说：“魂若有灵，我总必再择一个清明的节日，化鹤重来一次。”更远处是东海，有一条通往连江县的路，但我们看到的依然是无边地起伏在细雨中的山岭。

大梦书屋的出现是一个小小意外。也许它就是志书上记载的商务印书馆或者开明书局的前身——我愿意这样想。就像在无人荒郊遇到一个妖冶女子，有前世的气息。这座书楼，在冷雨清寂中独自优雅，也可以是一座书的教堂。是谁将那么有水准的书搬运至此？在门外的野云与寒风灌进来时，那些书，文史哲，都是精心挑选上山的。阔大，幽深，还有着书楼的美妙幽暗，仿佛偷偷存储着随时可能失去的整个人类的智慧，让一个探秘者发现这儿满地宝藏。这是石屋，是一个石头垒砌的库室。

那些深刻的、在历史星空中闪亮的文字，静静地摆放在这里，因为潮湿，翻动书页的声音细微。云雾一团团涌进，萦绕在书架和走廊里，你产生想要挺身而出保护这些古老而脆弱的书籍的念头，怕它们在如此的严寒中衰老和死去。再新的书在这里，都像是一件古物，蒙上了羊皮封面，里面画着通往奇境的地图。它们如此幽寂，简直像在暗夜里摇曳的火光。我们在迂回的书架中穿梭、寻觅，脚步轻轻地迈上楼梯，进入二楼，继续寻找，看书，静坐，在窗口向外张望。绍武、跃文、马原、我，我们搭着肩，一张被夏无双小朋友拍摄的照片成为那个冬日书屋中精灵般的亮点。我们在书楼听雨，我们在窗口看山。那渐渐爬升的石磴道上，隐隐传来当年番仔们的赛马声，马蹄敲打着石头。蹄声远逝，云雾缭绕，寒风凛冽。在白鹭与云雾沆瀣一气的野岭，这清简浩大的凉意适合我们在此楼远眺。

鼓岭最值得敬仰的景物是那棵有着1300年历史的柳杉树。占据庞大时空的树，枝丫泛滥，挣扎在微亮的雨中。“谷暗山尤静，林昏地愈明。”在那“如擘絮飘扬，如突烟滃涌”的鼓岭浓雾中，狼嗥虎啸的阵势敲击得群山嗡嗡直响，那种被群山掷下的空旷和时间，变得如此辽阔苍茫。柳杉的厚重与神秘，几乎覆盖了一座山岭的历史。只有柳杉才有资格与时间对峙，充当证人。想到与东海澎湃一样的字眼，那曾经连绵起伏、莽莽苍苍的紫杉丛林里，奔跑过多少珍禽异兽，它们美丽的羽毛和花纹，它们强健的蹄爪和骨骼，它们的吼声，赋予了多少生命的壮美。可这棵树，它太老，太孤独，简直像神一样，这是多么可悲的现实。寒冬来临，它吞咽着扰人的雨雾，鼓岭的山川在它眼里缓缓移动。生命太久之后的寂静是一场苦刑，那些曾经一起磅礴流淌的吼声，消失在了大地深处。激越的倾诉、凶猛的摇撼和锥心的疼痛，漫漶成无边无际的悲剧。好在，在宜夏别墅门口，我又看到了两棵百年柳杉树，无奈它们离得很远。孤独是永久存在的理由。孤独有着圣像般的庄严。

这一棵树，和这几棵树，有如鼓岭的沉重鼓槌，它们引而不发，永远只为汹涌欲狂的激情做一个姿势。

我又想起在吃饭过后，被马原索去的一蔸蕹菜，青翠可人，它将被马原带去栽种在西双版纳的南糯山。无论是乔木还是柔软的草叶，在这里经历过万年，如果它们与我们相遇，一定有某种道理。现在我的口里还留有蕹菜香软腻滑的气息，那些植物生长的神秘气息和浓密阴影，有如穿过大地的深邃甬道，抵达生命的秘境。在生命尽情狂欢过后，一株草，连同一棵树庞大的影子，将被带往各处，继续呼吸。

鼓岭的油桐花

刘心一

5月，日本京都最后一瓣樱花飘落时，鼓岭的油桐花开了，素静洁白，清纯优雅。

油桐是修长的落叶乔木，如繁星散布于鼓岭的群山之中，冠如巨伞，叶似梧桐。油桐的树籽是生产桐油的主要原料，桐油常使用于船舶的防水。福州的油纸伞也正是因为桐油才有了穿行雨幕的灵魂。这种比樱花更高大的油桐树，每年3月长叶，5月开花，花型优美，花期短暂，开花时密密匝匝，如飘浮在空中的云，又如落下的雪，因而被称为“五月雪”。

油桐花虽然开得如此茂盛，但我们常常置若罔闻。大概是山路夹道的羊蹄甲花开得太抢眼了吧，让人轻易忽略了其他风景。往往一场雨后满地的落花，才让我们突然想起满山的桐花已在璀璨绽放。

油桐花是如此脆弱，脆弱得仿佛不是为了花开却是为了花落。一场微微的雨，一阵细细的风，甚至一口轻轻吐出的气都足以引起一场巨大的震动，让整簇整簇的油桐花松动、旋转、落下……它不会等到枯萎憔悴，也不会散成飘零的花瓣，也不作漫天的蹁跹飞舞。

整朵整朵的油桐花簌簌地落下，像高空中的伞兵毅然跃出机舱，从容打开降落伞，优雅地滑行，然后“噗”的一声双脚落地，花瓣朝上，花柄朝下，完美无缺。白色晶莹的花瓣如温润的羊脂玉呵护着中间金黄娇嫩的花蕊，淡黄或淡红玛瑙样的颜色从底部慢慢向上方延伸成线条，线条又渐渐溶入了花瓣，这是中国画的没骨晕染技法吧，一朵花竟然凋落成了一幅画。

这哪里是一种花的凋落，这完全是油桐花要挣脱某种依托，然后找一个新的地方美丽绽放啊。这是一种青春年华的恣意与轻狂吗？犹如年

少的我们总是急切期望着挣脱父母的束缚，奔赴充满着幻想的远方。

写诗的朋友说油桐花是情窦初开的少女，单纯又简单，只有心动没有重负，只有爱情没有归路。油桐花高高地开在空中，它们雌雄同株却只能遥遥相望，彼此相爱却只能彼此思念。它们期待一阵风或一场雨，然后从空中落下便欢喜地走到一起。这让我想起丽江玉龙雪山的殉情谷，相传纳西族相爱的久命与羽排，冲破牢笼双双携手，婚礼一般地盛装打扮，登上高高的云杉坪，然后一起纵身跳下，于是这样就进入了他们的理想国，拥有永世的恩爱。故事近乎传奇，但我们都痴迷于这样的故事，都相信这世上真的有一种魔力叫作爱情。

植物的世界里是根本没有爱情的！生物学家总是斩钉截铁地告诉我们，种子植物的终极状态就是开花结果。野生的花要么颜色鲜艳，要么花香浓郁，再不行就是开足够多的花，来完成授粉、结果。油桐花这么早早地凋落，只是为了把更多的养分留给果实，让果实里的种子更好地繁衍后代。我突然明白所有的花落都是为了果实，也是因为有了果实才会有新的花开。那么油桐花就是桐树籽的父母啊，用陨落用生命来换取孩子更好的成长，难道世界上还有什么爱比这来得更加博大深沉？

油桐花静静地落下，一层覆盖着一层，一如树上生长的姿态，用另一种绽放的方式与我们告别。没有悲凉，没有忧伤，宁静得像一片云。它们凝望我们，也凝望枝头那些即将绽放的美丽与辽阔无边的天空。

只有鼓岭的油桐花是这样深情的吧，短短的花期，长长地等待，默默地告别。它们选择生长在高高的云中，但是却无法选择落下的土地。或者在山道上，被车轮碾成了水；或者在泥土里，腐烂化成了尘；或者在溪水中，沉浮随波去；或者在苍岩上，却把青丝化白头……

古人总是咏叹“桐花半落春已尽”，似乎世间的美好只存在于春天。我却想说桐花落尽正夏初。桐花落尽桐花还会开，春天过去春天还会来，如此循环往复地延续不就是生命的状态吗？哪朵落去的桐花不是新开的，哪朵新开的桐花也不是落去的，这不就是生命最可贵的常新吗？落去的桐花没有忧伤，我们要为桐花忧伤吗？因此，鼓岭的桐花落与京都的樱花祭一样让人流连。

万里邮缘

鼓岭邮戳的“洋乡愁”

林　山

一条邮路，就是一条心路；
一枚邮票，就是一份牵挂；
一个邮戳，就是一个见证。

1911年6月26日，福州城东的山岭上，一间小屋内，一个邮戳，上上下下，“啪、啪、啪”盖在一封封寄往千里万里之外信件上的一枚枚邮票上。这是宣统三年（1911）六月初一日，鼓岭夏季邮局，邮差在处理邮件。他认真地在每一封邮件上，盖下当天的邮戳，到时间就送往山下的邮局，以便发往全国乃至世界各地。每年最热的季节，也是他最忙的时候。

春去秋来八十度，其中一枚邮票重新现身，而邮票上的那个邮戳，则解开了一个尘封半个多世纪的“洋乡愁”的秘密。让我们循着这枚邮票漂流的行迹，穿越时空，解读它的前世今生。

一

1990年初春的一天，美国加州的伊丽莎白女士在家里整理东西。忽然，她在储藏室的角落，看到一个带锁的咖啡色皮包。这是她丈夫密尔顿·加德纳的遗物。四年前，也就是1986年2月3日，86岁的密尔顿·加德纳教授去世了。弥留之际，他不停地说一个词：“Kuliang！Kuliang...”伊丽莎白知道，这是他晚年时常念叨的一个地方，他的人生的最初记忆，金色童年的乐园，他一直想回到的第二故乡——一解他的乡愁。但这个“Kuliang”在哪里？伊丽莎白并不清楚。总想慢慢再了解，谁知天不假时，直到丈夫去世，她也没有弄明白。为了完成丈夫回第二故乡的遗愿，1988年，伊丽莎白踏上中华大地，到处打听、寻找这个可以避暑的“Kuliang”，没有找到。

此刻，伊丽莎白打开箱子，内有一张泛黄的学生练习本的纸张，上面贴着一些“花纸头”。中间是一张题为“CHINESE LIFE IN THE OPEN”（中国人的户外生活）的图片。围绕着图片，贴着11张邮票，是盖销票，从实寄信封上洗下来的邮票。这很像是集邮初学者做的简易集邮本。估计是加德纳先生早年回到美国加州，收到小伙伴的来信，或者是小伙伴父母给自己父母的信件，甚至只要是来自第二故乡中国的信件，为了留念，他就模仿大人的集邮，把信封上的邮票洗下来，一次次贴上去，制作成承载童年乡愁的收藏品。

伊丽莎白拿着这“邮集”，想到一个人，就是在1988年认识的中国留学生刘中汉。刘中汉在伊丽莎白家里待过，对加德纳先生梦萦神绕的童年乐园和渴望回去“探亲”的感受，非常理解和同情，也曾协助四处寻找这个“Kuliang”。她马上打电话给刘中汉。刘中汉一听有新线索，立马赶过来。果然，刘中汉从这些邮票的邮戳上，辨认出“福州”“鼓岭”和“三年六月初一日”等汉字。邮戳上的拼音字母“KULIANG”，读音跟加德纳先生念念不忘的“Kuliang”是一样的。这“第二故乡”由此锁定了“鼓岭”。一个邮戳，如神奇的钥匙，解开了加德纳先生的遗言之谜。

兴奋不已的刘中汉，将此事写成文章，用笔名“钟翰”应征《人民日报》“海外记事”征文。1992年4月8日，《啊，鼓岭！》见报，这个见证了中外交流历史，见证了“洋乡愁”的邮戳，为书写中美友好的“鼓岭故事”做出了贡献。跟鼓岭有奇缘的穆言灵女士说：“邮局是探索鼓岭历史的关键。”我想，那邮票和邮票上的邮戳，则是解密“鼓岭故事”的关键。

二

邮票飘回它的出发地——福州鼓岭。

鼓岭，是福州东边的一道大致南北走向的长岭，南与鼓山相连，北接北峰的山脉。原来叫古岭，或许因与鼓山并肩，得名鼓岭。汉语拼音为“gǔ lǐng”；福州方言音为“Kuliang”；邮政式拼音为“KULIANG”，不是按照汉语拼音来拼，也不是按当地的方言音拼写，而是采用威妥玛式拼音，比较拗口。如福州是“FOOCHOW”，鼓岭是“KULIANG”，马尾是“MAMOI”，罗星塔是“PAGODA ANCHORAGE”，等等。

加德纳父母是美教会人员，1889年就来到福州，1900年短暂回到美国。1901年2月10日，加德纳在美国加州出生。9个月后，他就随父母来到福州。那年夏天，他跟父母上鼓岭避暑，此后连续9年都是这样。加德纳打小就喝鼓岭的水，吃鼓岭的萝卜干，这里有他成长的快乐和烦恼，有他和各国及当地小伙伴的游戏和情感，他自然就把鼓岭当作了故乡。后来成为美国加州大学物理学教授的加德纳对童年鼓岭的记忆刻骨铭心。晚年，经常念叨“Kuliang”。特别是回忆起当地的玩伴和趣事，还会情不自禁用福州方言说起“Kuliang”，倍觉亲切。后来，伊丽莎白到处打听这个让丈夫梦萦魂牵的“Kuliang”是在中国的哪里。她曾找到相似度很高的庐山的“牯岭”。确实，鼓岭和牯岭，加上河南鸡公山、浙江莫干山，当时就合称中国“四大避暑胜地”。而福州文儒坊郑拔驾编写、1934年商务印书馆出版的《福州旅游指南》，就直接用“牯岭”来表述鼓岭。当然，从邮戳可以看出，鼓岭“KULIANG”和牯岭“KULING”还是不一样的。鼓岭是福州鼓山延北之岭，牯岭是庐山牯牛岭的简称。另外，从当年的《鼓岭记事报》和万国公益社的文宣资料上，也可以见到用“KULIANG”来称呼“鼓岭”。

三

邮票飘回始发邮局。

这是福州海拔最高的邮局——鼓岭邮局。

邮局，古称邮驿馆，是办理邮政业务的机构。它与邮路共同组成邮政网络，实施邮件的传递。邮局的分布与数量既考虑公众的方便，也考虑经济合理。设置在鼓岭的邮局是很特别的，特别在于它是季节性营业的，它是为到鼓岭避暑的人们，特别是美、英、法、俄、意、日、比等世界各国的外交官、商人、银行家、牧师、神父、医生、教师等和地方官宦、商贾服务的。随着气温的升高，邮局在每年五月端午节后开张，又随气温的降低，到八月中秋节后关闭，所以又称夏季邮局。

我国夏季邮局有多少？没有查到数据。按集邮界的说法，过去我国有四大夏季邮局，分别为江西牯岭（庐山）、浙江莫干山、河南鸡公山、福州鼓岭。也有的说，加上河北北戴河，是五大夏季邮局。有人算了算，清末至民国初期，我国的夏季邮局有浙江莫干山（1898年）、河北北戴河南山（1899年）、江西牯岭（1899年）、福建福州鼓岭（1900年）、河南鸡公山（1905年）、四川峨眉山新开寺（1925年）、山东青岛湛山（1935年）、安徽黄山（1936年）等处。它们都是避暑胜地，夏季都有大批外国人逗留。还有吉林长白山邮电所，因冬季大雪封山，也只在夏季才开展邮政业务。有关资料显示，鼓岭邮局的“夏季”特质在所有夏季邮局中是坚持最久的。

鼓岭邮局设在鼓岭宜夏村内古街崎头顶，可能是租用一家商店的部分门面，称鼓岭夏季局，隶属于福州邮务总局。首任局长林振文1900年7月1日到任。在这之前，在鼓岭避暑的人们要寄信咋办？估计早先在鼓岭要寄信，会托下山的熟人带去城里邮局投递。1887年成立了鼓岭联盟，就是鼓岭公共管理委员会。当然，它的别称“万国公益社”更知名。有了公益社，就承担代收代寄邮件的事。后来，鼓岭的夏季越发热闹，需求越来越多，邮局应运而生。

邮局主要是寄送信件、包裹、汇款还有机要邮件。开初，每日邮件从山下邮局取出，封发一次，由邮差背邮包上山。1911年6月起，因为要寄的邮件多了，一天就分发两次。同样，山上要寄出的邮件也盖上邮戳、封发，由邮差背下山。有一阵子，为规避茶叶出口的税收，福州城里有的茶商甚至通过鼓岭邮局寄大宗包裹，把茶叶寄出国。

鼓岭邮局虽小，功能还齐全，但房屋产权是别人的，“寄人篱下”终不是办法。1908年6月，闽海关拨银圆1500两，在古街附近福州路边上，也就是现在邮局所在，向“修路公所”借地25年，建造邮局楼房，用了十多年。加德纳先生珍藏的邮票和那“KULIANG”的邮戳就是从这里开始其神奇之旅的。

1926年，福州邮政局出资500元对邮局旧屋进行了改造。因为借地期限已过，1935年8月，鼓岭邮局用地由万国公益社无偿赠送。据福州市档案馆所藏卖契合约记载，卖主为“鼓岭万国公益社”，买家为“福建邮政管理局”，标的为邮局所在的土地所有权，买卖金额为零。这样，邮局的房屋产权、土地使用权就齐全了。

鼓岭邮局为单层石木结构建筑。据福州市档案馆馆藏的鼓岭邮局赠送契约和平面图记载，当时鼓岭邮局的用地面积达300平方米，建筑设施也已相当完善，入门即为公众寄信处，另设有信差房、办公厅、两间局长室和厨房、天井、两间公厕。图纸还标明了邮局边上有一口井，井栏刻有“外国本地公众水井”阴文。

鼓岭，平均海拔800米，冬天时有落雪，夏季气温最高才30℃，宜夏村又处在鼓岭的中心之处，清新的空气和清爽的山风，让这里成为许多旅客避暑的胜地。宜夏村村域的面积为12平方千米，相当于11个鼓浪屿。百年前的鼓岭，草木繁盛，清凉宜人，夏天吸引了众多来自世界各地到福州及周边地区的商人、学者、传教士等来此生活、行医、兴教。他们在山上建了300多栋风格各异的避暑别墅，还有医院、万国公益社、教堂等设施，形成了一个多元文化相融的避暑度假区。各国人士云集于此，将外国的生活方式一并带到福州，鼓岭的“朋友圈”名噪一时。

1926年夏天，庐隐利用学校放暑假，在鼓岭住了50天。“离开充满了浊气的城市，而到绝高的山岭上……这种清幽的绝境，如果我能终老于此，可以算是人间第一幸福人了。”（《寄梅窠旧主人》）

两年后的8月中旬，林徽因婚后第一次，也是唯一一次回福州，住在仓山。仓山是福州城外的外国人聚居区，类似鼓浪屿。此时正是盛夏酷暑，仓山外国人多在鼓岭避暑。林徽因也在这个时候上鼓岭小住。

1936年2月，郁达夫应邀来福州游览，不久被任命为省政府参议，并兼任省政府秘书处公报室主任。在福州期间，他多次游览鼓岭，还留下美文。

1948年7月21日，《中央日报（福建版）》发消息“鼓岭今起设立邮局”，说：“近日天气炎热，中外人士前往鼓岭避暑者日多，本市邮局为便利该地游客通讯起见，特在鼓岭开设邮局，已定自今日起开始营业云。”到1949年7月7日，夏天来了，本该是鼓岭的旺季，该报消息标题却是“鼓岭治安不靖，将劝外侨迁离”。8月17日，福州解放。这个夏天，鼓岭邮局就没有开门了。

此前，1912年，曾经因为怕老虎伤人，邮局晚上不投递。抗日战争期间的1941年、1944年，也因福州沦陷而停业。鼓岭邮局忙了43个夏天。2012年9月27日，在原址重建的全年营业的鼓岭邮局开门营业。2017年公布为福州市首批历史建筑。

四

杜甫有诗曰：“烽火连三月，家书抵万金。”其实有没有烽火战乱，远方来的家书都是无价的。古时候“鱼雁传书”的典故是“家书抵万金”的化石版；鼓岭邮戳的故事，是“家书抵万金”的现代版。加德纳那个年代没有电子邮件，电报和长途电话又是大人的事，他与鼓岭铁哥们的联系全靠信件传递。如果父母收到鼓岭信件，问候到他，那他就跟过节一样高兴的。为了这份“洋乡愁”，他会把信封上的邮票收集珍藏起来。那时候，乡愁就是一枚小小的邮票，他在这头，鼓岭在那头。

刘中汉让这枚带着鼓岭印记的邮票化为文字，飘上《人民日报》的版面。许多读者深受感动，其中就有时任福州市委书记的习近平。他看完这篇文章，马上通过有关部门与加德纳夫人取得联系，特意邀请她来访问鼓岭。1992年8月21日，加德纳夫人启程来福州。终于踏上鼓岭的土地，亲身体会她丈夫念念不忘的鼓岭山水、家人般的村民。几天的“圆梦之行”，她也有了刻骨铭心的“乡愁”。临行前她感慨万千：“这次我为我的丈夫来圆梦。我感谢福州朋友的盛情款待，我感谢所有让这个梦变为现实的人。我将把福州人民这诚挚的友谊带回美国。”

2012年2月15日，在美国友好团体举行的午宴上，时任中华人民共和国副主席的习近平对700多名来自中美政商各界的人士深情地说道："我相信，像这样感人至深的故事，在中美两国人民中间还有很多很多。我们应该进一步加强中美两国人民的交流，厚植中美互利合作最坚实的民意基础。"

鼓岭故事，感动了世界。加德纳珍藏的鼓岭邮戳邮票只有11张，还有许多原来鼓岭的外国居民，他们也珍藏着鼓岭的旧信封和老照片，那该有多少鼓岭的故事和乡愁？！鼓岭邮局只是一个窗口，可以看到历史人文的精彩万千。鼓岭还有万国公益社、柯达照相馆、加德纳展示馆、宜夏别墅……一座座古建筑背后承载着悠久的历史文化，记录下了那段特殊时空的中西文化交流史，它们从不同角度和各自层面，述说着更多的鼓岭故事。

如今的鼓岭，再添新事。在鼓岭，游客不仅可以聆听300多幢别墅背后的光阴故事，还可以继续亲近"清风、薄雾、柳杉、古厝"，畅快地呼吸山间的清新空气。

邮票的下一站，要飘去哪？

鼓岭的邮局，过去是季节性邮局，随着季节气温的高低而开关。如今是互联网时代，有了电话、微信和网络，人们对纸质信件的需求断崖式减少。如果在鼓岭举办一次世界性邮界论坛，专题探讨互联网背景下邮局的出路，应该是很热闹的。

社会在发展，科技在进步，时代在前进，更重要的是思路在拓展。鼓岭是著名避暑胜地，夏季是它的活跃期。其他季节，特别冬季，是休眠期。应该有个"四季鼓岭"的概念。

现在的鼓岭邮局是非季节性的了，但主要还是怀旧和展示鼓岭故事的历史。鼓岭邮局也可以走"跨界""混搭"的"邮局+"路子。如"鼓岭故事"主题邮局、夏季邮局博物馆，还有体验式邮局、互动式邮局、剧场式邮局、茶摊式邮局、咖啡店式邮局、带货式邮局等。

在我国神话里，女娲炼五色石补天，五色石发出的彩光就是我们看到的天上的彩虹。在希腊神话中，彩虹是沟通天上与人间的使者。我想，彩虹就是邮路的象征，邮票和邮戳就似一枚枚五色石，在古今中外人们的情感生活中发出绚丽的彩光。愿我们的鼓岭邮局成为精彩纷呈的“彩虹邮局”。

鼓岭的夏季邮局

翠　微

如果你能准确读出“KULIANG”，那么你一定知道这座位于福州的美丽山峰。

“KULIANG”，是“鼓岭”的福州话发音。它位于福州东郊，平均海拔750米至800米，夏季气候凉爽，为近代国外传教士评选出的中国四大避暑胜地之一。作为避暑胜地，鼓岭多政商名流、中外要员、各界名人来此建起别墅避暑，并建有邮局、万国公益社（类以俱乐部）、网球场，街市繁华，钢琴声悠扬流淌。晚清时期，鼓岭就已得福州开放风气之先，吸纳西方现代文明。

1900年7月1日开办的鼓岭夏季邮局，是中国最早的邮局之一，也是当时全国仅有的5个夏季邮局之一。每年端午节开张，中秋节关张，在彼时夏季运营的日子里，每天都会向世界各地发出各类电报、包裹和信件。每一封从这里送出的信件都会被打上“福州鼓岭，KULIANG”的邮戳。1911年夏季里的一天，一封从鼓岭邮局送出的普通信件，却成就了百年后一段中美友谊的佳话。

由于父母是美驻华工作人员，加德纳先生曾于1901年至1911年住在鼓岭，后回到美国。但直到1986年在美国家中弥留之际，他口中仍喃喃念着“Kuliang，Kuliang”，遗憾自己早年离开中国后，再也未能回到梦中的家园鼓岭。加德纳夫人深知先生的遗愿，却多方寻找无果，一度甚至因为“Kuliang”的发音误把福州鼓岭当作江西牯岭。后来，加德纳夫人在家中寻找到了一张上贴11枚中国邮票的发黄纸张，在一位中国留学生的帮助下，终于确认邮票上的邮戳写的是“福州鼓岭，KULIANG”。

其中最完整的一张上还可看出“福州鼓岭三年六月初一日”的字样。加德纳先生的乡愁终于由此得解。一枚小小的邮票由此解开一对美国老人的中国“乡愁”。

“KULIANG”，而非“GULING”，那一封封信件在鼓岭邮局被打上的，不仅是一枚邮戳，更是时代的印记。从清末至1958年汉语拼音方案公布，对中国地名的拼音一直采用的是“邮政式拼音”。这套邮政式拼音以威妥玛式拼音为基础，而威妥玛式拼音对于福建、广西、广东、江西等地的地名基本都以方言为基础。这就是“福州，鼓岭”在当时信件中都是“KULIANG，FOOCHOW”的由来。

福州市档案馆在全面开展鼓岭历史档案的摸底调查和重点挖掘工作中，发现了一份70多年前的鼓岭邮局买卖契约和建筑平面图纸。图纸信息显示，邮局土地原所有权人为万国公益社。1935年，万国公益社将地无偿捐赠给邮政管理局。建筑平面图纸更是详细地披露了当时鼓岭邮局的设施布局。

这份珍贵的卖契记载，卖主为“鼓岭万国公益社”，买家为“福建邮政管理局”，标的为邮局所在的土地所有权，立契时间为1935年8月，买卖金额则为零。卖契合约中说，“因公益社有山地一处坐落鼓岭，该地基之上已由邮局建筑房屋一座，为鼓岭邮局局所之用，公益社愿将该地免费拨给邮局，自拨给之日起听凭邮局掌管，永远为业”。合约下方，时任鼓岭万国公益社社长及福建邮区邮务长格林费（J.A.Grunfilo）分别代表合约双方签字。

100多年过去了，鼓岭邮局仅一段石头外墙还保持当年模样，内部已被改造。这份契约最为珍贵的是附有鼓岭邮局当时的平面设计图纸。从图纸上可以看出，当时鼓岭邮局的用地面积达300平方米，建筑设施也已相当完善，入门即为公众寄信处，另设有信差房、办公厅、两间局长室和两间厨房、天井、两间公厕。图纸中也标明了邮局边上有一口公用的水井，目前这口水井仍保存了下来。

2012年9月27日，鼓岭邮局重新投入运营。在当地人指认的鼓岭邮局原址上，一栋按照历史照片中鼓岭邮局样式的建筑被重新修建。新的鼓岭邮局斜面屋顶，青石砌墙，木窗木门，一层楼高，一间堂屋的宽度，除了是崭新的之外，看上去与照片中的老邮局一般无二。重新开张当天，福州市委市政府还邀请到了加德纳夫妇现在世上最亲的亲人——他们的侄孙加里·加德纳和李·加德纳。兄弟俩一直深深为家族里的这个中国故事沉迷，此番再上鼓岭，兄弟俩带上了他们精心剪贴的相册，相册中有他们的叔公、爷爷、父亲在鼓岭生活的照片，还有当年亲人们拍下的鼓岭照片和他们自己搜集到的鼓岭图片……一页页翻过，加德纳家族温馨的“鼓岭记忆”宛然流淌过人们心间。兄弟俩专门翻出当年鼓岭邮局的照片进行了认真的比对：“完全一样！”他们发出了孩子般开心的笑声。在鼓岭邮局门外，加德纳兄弟还找到了当年照片中的水井，井水一如当年的清澈，井沿上“外国本地公众水井”阴刻字样也依然清晰可辨。

邮局重新开放的这一天，纪念鼓岭邮局成立110周年的“鼓岭首日封”也同日发行。同步发行的还有一套名为“鼓岭印记”的明信片，素简的牛皮纸明信片封套上只有一个邮戳和一句话：“一枚小小的邮戳引发一段动人的鼓岭故事……”

鼓岭邮史

李元生

19世纪后半叶，福州被辟为“五口通商”口岸之一，吸引着20多个国家的使者、商贾、教师、医生、传教士等前来。榕城漫长的夏季酷热煎熬，这些外国人士在鼓岭找到了他们避暑消夏的天地，数以百计的避暑别墅陆续兴建。满足避暑外国人通信需求的鼓岭夏季邮局也在1900年7月1日开办，49年中许多打上“福州鼓岭，KULIANG”邮戳的信件从这里飞向世界各地，在了却旅人牵挂和念想的同时，也成为当代邮人研讨鼓岭邮史的证据。本文用三个时期的邮政历史划分，初步梳理出鼓岭邮局历史轮廓，以此纪念鼓岭邮局开办120周年。

邮局未建前的鼓岭邮政

清光绪二十三年（1897）2月20日，福州大清邮政局（又称福州府邮局）在闽海关大楼内开业，闽海关税务司爱格尔（H.Edger）兼任邮政司。初办时，只有一间办公室、一间营业厅，两名供事（办事员）。同日，罗星塔邮政局在长乐营前伯牙潭海关内开业，隶属福州邮务总局。从此，福建近代邮政肇始和发展的序幕被缓缓拉开了。

清光绪二十六年（1900）7月1日，鼓岭邮局正式开张。邮局开设在今鼓岭邮局西侧不远处，原为商店。至于是和商店一起合办，还是租用原商店的房屋，至今还没有确切的文字证据。当时的城内分局供事（职员）林振文被提为襄办供事后，于当年7月1日调任鼓岭夏季局，至10月1日调回福州城内分局。邮局开办初期，每日邮件从福州泛船浦邮务总局取出，封发一次，由邮差背上山，山上的邮件也由邮差背回泛船浦总局。从此，这个每年五月端午节后开张，八月中秋节前后关闭的邮局，也就成了中国早期五大夏季邮局之一。

鼓岭邮局开办初期所使用的日戳，类似海关日戳。为全英文双圈圆戳，外圈直径26毫米，内圈16毫米，上半环为“KULIANG”（鼓岭），下半环“FOOCHOW”（福州），中间年月日分两行，首行英文月份、阿拉伯数字的日期，次行年份，取后两位数。目前看到的最早的鼓岭实寄封，是2019年底在台湾东雅集邮网拍卖的一枚1900年7月从鼓岭寄美国密苏里州巴顿县的西式封，底价30万元新台币。该封正面贴蟠龙5分票2枚，销盖“KULIANG JUL.18.00 FOOCHOW”的类似海关日戳，还盖有“1900.JUL.18”福州单圈两格式中转戳、“JUL.23”上海中转戳，并加贴日本客邮10钱票，销盖“7.25”上海客邮戳，“7.29”转日本横滨寄美国，并于“8.17”到达。尽管这枚封的真伪受到众多邮人的质疑，但已发现的三份不同类型的文字资料和档案实物，完全可以相互佐证“鼓岭邮局开办于1900年7月1日”的事实。

清光绪二十八年（1902），鼓岭邮局的销票邮戳改为方框式碑形木戳，戳分上下两格，上格“福州”（右读），下格“鼓岭邮政局”（竖排），无日期。有时也配以福州邮政局的汉英单圈小圆戳。旅居美国的闽籍邮人张又新先生藏有一枚1902年7月23日鼓岭寄美国马萨诸塞州的西式封。封正面贴蟠龙1角票一枚，为当时寄国外的平信邮资，经福州、上海中国邮局、上海法国客邮局，于1902年8月18日达美国。

清光绪二十九年（1903）鼓岭邮局使用福州邮界自行刻制的特有的拱式日戳，戳中间有两道类似于拱桥的实线，将邮戳分为上中下三部分，拱式日戳因此而得名。拱式戳上半部为中文地名“福州鼓岭”，下部为福州话音译的威妥玛拼音“KULIANG”，中部为清帝纪年和阴历月日，逢阴历闰月则仅使用“闰月”字样。拱式日戳在鼓岭夏季邮局仅仅只使用一年，第二年即改用双圈全中文干支日戳。张恺升先生的《中国邮戳史》中记录有一枚光绪二十九年闰月初九（1903年7月3日）鼓岭寄美国的实寄封。这也是目前有文字记录的最早的鼓岭拱式日戳实寄封，现藏于美国纽约邮人刘必荣先生处。

1903年11月26日，大清国家邮政总办颁发第93号通札，规定国内邮局日戳自1904年（甲辰年）起改用中文干支纪年戳。干支纪年戳双圈全中文三格式，直径25毫米，上格为福建（右读），中格为竖排干支年份、月份、日期，下格地名（均右读）。1904年（甲辰年）、1905年（乙巳年）、1906年（丙午年）三年，鼓岭邮局使用的就是这种全中文双圈三格式干支纪年戳。台湾闽籍集邮家俞兆年先生藏有一枚1904年（甲辰年）六月四日（阴历）销这种日戳的从鼓岭寄美国的西式封。封正面贴蟠龙绿色1角票一枚。当时的国外平信邮资，经福州邮局封发，销同款式福州干支戳（甲辰六月四日）后，交由福州的法国客邮局转运（阳历1904年7月21日）出口。抵达美国后，因收信人他迁，遂改址转寄，故也销盖了落地戳与投递戳。1907年，鼓岭邮局又恢复使用拱桥式日戳。

邮局建成后的鼓岭邮政

自清光绪十二年（1886）英国人任尼在鼓岭建起第一座别墅后，英、法、美、日、俄等20多个国家在福州的人士联合成立了“鼓岭联盟”和“公共发展委员会”，租用鼓岭的田地、山园营建避暑别墅，至1907年底兴建了84幢。还逐步建成医院、教堂、万国公益社、领事馆、商店、菜馆、网球场、游泳池等设施，形成了多条街市。随着上山避暑消夏的外国人士和省内外游客的不断增加，需要更完善的邮政用房与设施，以满足日益增多的通信需求。清光绪三十四年（1908），闽海关拨款1500两银圆，在鼓岭旧街的崎头顶盖房，专供鼓岭邮局使用。

新建的鼓岭邮局为单层石木结构建筑，占地面积达300平方米。根据福州市档案馆馆藏的1935年“鼓岭万国公益社”赠送给“福建邮政管理局”的鼓岭邮局土地赠送契约和建筑平面图来看，虽然邮局外墙用不规则的石块垒成，外表看似粗糙，但整个邮局建筑设施已相当完善，屋内也很讲究。入门即为“公众寄信处”“办公厅”，其左侧两间为“局长室”、右侧“信差房”，后排中间的天井有两间公厕，天井左右为两间厨房。屋内百叶窗、壁炉，各种业务需要的设备等应有尽有。邮局旁的古井至今尚存，井水依然清澈。方形井台，中有一圆形井圈，外直径为0.72米，高度为0.6米，井圈外壁上刻有“外国本地公众水井”的阴刻铭文。

从清光绪三十三年（1907）到民国元年（1912），鼓岭邮局恢复使用拱桥式日戳。福州邮人谢宇先生在《清代福州鼓岭夏季邮局拱式日戳使用初探》一文中，用每年一件自己收藏的实寄邮品，介绍了从清末到民国初的6年间，鼓岭拱式日戳的戳面特征、字钉变化和使用情况。

1911年6月开始，送往鼓岭的邮件每日增为两次，此举受到旅居别墅的外国人、鼓岭民众与游客的欢迎与赞扬。同年11月，福州光复，大清邮政也换成中华邮政的招牌。然而，帝制灭亡、共和新立，并没有波及鼓岭邮局的正常运行，邮局主管还是许绍琛，邮路、来往衔接的邮差也都依然照旧。

民国元年（1912），鼓岭邮局照常开办。1913年鼓岭邮局再度开门时，使用的是中英文腰框式日戳。自此，拱桥式日戳也走进历史，鼓岭邮局昔日特立独行的日戳使用，也与福建其他地方的邮戳使用基本同步。

1912年3月19日，福州邮务总局局长亲自视察鼓岭，并确定放置接信柜的地点以备夏季时使用。与此同时，鼓岭地域发现老虎出没，教会、外国人请求邮局，天黑时免于投递。1913年，因游客人数增多，邮局业务成绩甚佳，7月份出现前所未有的进展，同比增长了80多元。从1913年到1918年，鼓岭邮局使用的日戳变更为中英文腰框式日戳，日期字钉全中文，首次加嵌时刻字钉。福州邮人谢宇先生就藏有一枚腰框式日戳使用第一年即1913年鼓岭寄往美国马萨诸塞州的实寄封。封正面贴蟠龙加盖楷体“中华民国”1角票一枚，国际平信邮资，销鼓岭民国二年（1913）7月21日14时腰框式戳，封空白处另盖一枚清晰同款式戳。背面有1913年7月23日福州汉英单线中转戳，1913年7月28日上海中国邮局汉英单线转口戳，1913年7月28日上海日本客邮局转口戳。

民国三年（1914），中华民国交通部对所管辖的邮政局开展房屋核查。8月5日，代理福建邮务管理局邮务长爱司格向上呈递《交通部所管福建邮务管理局房屋清查表》。这份专为鼓岭邮局填报的清查表，清楚地记载和留存了鼓岭邮局的建造时间、用地期限、当时造价和建筑规模等详尽的资料。该清查表现藏于福建省档案馆。

也是在这一年的夏季，电报局开始了福州城区与鼓岭的联系，鼓岭邮局也成为汇兑甲局，等级Ⅱ，汇兑号码16。不久后由汇甲局改为汇乙局。8月，在罗源附近三只老虎被浙江捕兽者打死，罗源县县长特发奖金以鼓励，大家也安心下来。1917年底，鼓岭邮局设置信筒3个供公众使用。1918年6月21日起，鼓岭邮局开始代售印花税票。

1919年至1933年，鼓岭邮局邮戳改用汉英单线两格式日戳。戳式和清代的小圆戳相同，戳径30毫米。迄今笔者见到的最早使用该戳的实寄封片是旅居美国的闽籍邮人张又新先生藏有的一枚1921年福州寄美国的实寄封。封正面贴帆船5分票2枚，国外平信邮资。销1921年9月6日鼓岭汉英单线二格式日戳。此外，张先生还收藏一枚1927年从鼓岭寄美国的实寄封，则是用旧的腰框式鼓岭日戳销票。该封贴帆船0.5分2枚、2分票2枚、5分票1枚，国外平信邮资，销盖1927年7月9日鼓岭腰框式日戳，经福州、上海出口。至于鼓岭邮局为何使用腰框式日戳，是否两种不同戳式的日戳都在用，有待更多的实寄封片加以佐证。但笔者见到的这一时期的实寄封片基本上都是使用汉英单线两格式日戳的。而鼓岭汉英单线两格式邮戳最后一年使用的实寄封，笔者见过的则是谢宇先生收藏的一枚1933年8月9日从鼓岭寄往美国的实寄封，是否还有更晚的，有待于邮界同人提示。

1921年，鼓岭邮局列为甲类汇票局。1926年，福州邮政局出资500元改造鼓岭邮局房屋。1932年7月1日起，鼓岭邮局加入二级二丁的功能。

1934年，邮局使用的邮戳改用中英文全虚线三格式日戳。谢宇先生就藏有一枚这种日戳使用第一年销盖的旧票与一枚实寄封。票是销盖1934年7月25日中英文全虚线三格式戳的伦敦版孙中山像5分旧票，封则是1934年8月29日，鼓岭“打虎英雄”、美国传教士Harry R.Caldwell（中文名字柯志仁）寄给美国马萨诸塞州莫尔登林肯小姐的实寄封。封正面贴伦敦二版5分孙中山像邮票，为当时的国外印刷品邮资。销1934年8月29日16时鼓岭邮局中英文全虚线三格式日戳。

1935年8月，鼓岭邮局地址由鼓岭万国公益社无偿赠送给福建邮政管理局。根据福州市档案馆馆藏的买卖契约记载，卖主为鼓岭万国公益社，买家为福建邮政管理局，标的物是邮局所在的土地所有权，立契时间为民国二十四年（1935）8月1日，买卖金额零。买卖契约称："兹因公益社有山地一处坐落鼓岭地方……因该地基之上已由邮局建筑房屋一座，堪为鼓岭邮局局所之用，公益社愿将该地免费拨给邮局，自拨给之日起听凭邮局掌管，永远为业。"契约左下方，时任鼓岭万国公益社社长及福建邮区邮务长的英国人格林费（J.A.Grunfilo）分别代表契约双方签字。民国三十五年（1936）5月27日，福建省财政厅颁发给福建省邮政管理局"闽侯月字第七壹壹号卖契"，予以确权。福州市档案馆馆藏的契约中还附有当时鼓岭邮局建筑的平面图纸。

逐步走向关闭的鼓岭邮政

1937年7月7日，日军在北平挑起卢沟桥事变，抗日战争全面爆发。1938年初，日军进逼福州，5月，福建省政府经民国中央行政院批准内迁永安，大量政府机关单位、企事业单位、学校持续跟进，并落脚城郭乡野，长达7年之久。鼓岭邮局也因当年避暑客人不多，业务下降，由原先二等邮局降为三等甲级邮局。

1941年4月至9月，福州及其周边地方遭日军占领，全省邮政组织受到很大摧残，尚干邮局于8月28日撤退，南屿邮局于8月30日撤退，海口邮局、福清邮局、长乐邮局于9月2日撤退，连江邮局、营前邮局、琯头邮局、亭头邮局、马尾邮局于9月3日撤退，鼓岭邮局撤退日期虽然没有明确记载，但大体估计也是在9月3日撤退。1944年10月4日，福州第二次遭日军侵占，福州附近地区邮政局所、代办所暂时停办，黄山、义序、胪雷、鼓山、城门、郭宅、高湖、淮安、新店等邮局同日起暂行停办，估计鼓岭邮局也是在同时停办。抗日战争胜利后，鼓岭邮局重新开张。但因国内又处于内战时期，当年在闽的外国人越来越少，邮局业务不如从前，鼓岭邮局也逐渐失去了往日的光彩。

这个时候，重新开放的鼓岭邮局使用的日戳是当时通用的全中文点线齿三格式日戳，上格“福建”，中间为民国纪年的汉字月日，下格“鼓岭”。邮戳中的文字也从之前看起来活力四射的楷体，变成了呆板生硬的字体，宋体不像宋体，黑体不像黑体，似乎预示着鼓岭夏季邮局即将消亡的结局。谢宇先生收藏的一枚民国三十七年（1948）7月30日鼓岭寄美国纽约的平信，上面的日戳字体仿佛是在为鼓岭邮局曾经的精彩历程弹奏着最后的绝唱。该封正面贴沪大东三版孙中山像2万元和渝中央版孙中山像加盖“改作一万元”各2枚，国际印刷品邮资。加盖1948年8月17日福建鼓岭全中文点线齿三格式日戳，同日经福州邮局转递，同年9月29日到达美国纽约PHELPS，因收件人迁移，邮局又再次转投宾夕法尼亚州BRADFORD，次日到达。

这一年，鼓岭夏季邮局在结束营业后彻底关闭，同时关闭的三等局还有新泉、达埠、谷口三处邮局。至此，近代鼓岭邮局画上了句号。

“寻梦鼓岭”之路（外二篇）

张又新

虽然我已在美国生活了40多年，但美国的现代化生活无法掩覆我思乡的情怀。福州是我的故乡，我生于斯，长于斯，我自幼酷爱集邮，对家乡的旧封片有着特别的感情。故乡一封一片的寻觅，福州一信一戳的探究，都浓缩着我对故乡的美好记忆。

缘由：好的开头就是我“寻梦鼓岭”成功的一半

鼓岭是位于故乡福州近郊一座曾名闻遐迩的避暑胜地（图1）。一次偶然看到的报纸消息让我深深地迷上了搜集这里收寄的早期封片。

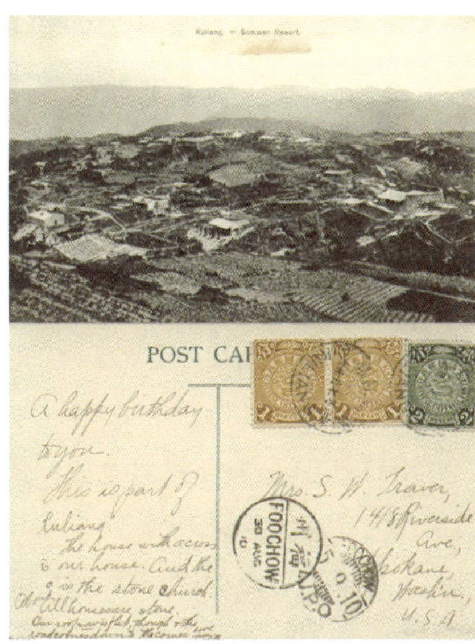

图1　清代鼓岭风景明信片：销1910年拱式日戳，福州、日本客邮中转日戳

2012年9月，我从美国回福州探亲。就在我即将返美的前一天晚上，我的老朋友谢乃斧医生来酒店看我，并送来一份2012年9月27日的《福州晚报》，晚报报道了关于鼓岭邮局重新开办的消息；同时，谢医生还给我讲述了那感人至深的《啊，鼓岭！》故事，不由得让我怦然心动，一种“自幼集邮，至今竟没有收集到故乡福州鼓岭老邮局封片”的遗憾之情萦绕心头。失

落之余，一股定要搜集到鼓岭老邮局早期封片的冲动跃然脑际。

返回美国后，我一有空就在互联网上找寻鼓岭老邮局封片的出售或拍卖的信息。然而，虽经一个多月的废寝忘餐，还是一无所获。也许是老天的眷顾，正当我踌躇不前时，我很幸运在美国eBay网上认识了新加坡的侯先生。侯先生是中国邮史专家，他手上拥有一张1932年从鼓岭寄美国的信封。当侯先生知道我苦寻鼓岭信封是为了解乡愁后，欣然同意与我交换我手上的一张1932年从秦皇岛寄巴黎的信封。

记得那天我收到梦寐以求的第一张鼓岭封后，十分高兴。我把为什么如此迷恋鼓岭信封和如何获取第一张鼓岭封的故事写下来，寄给《福州晚报》。晚报编辑部收到我的稿件后，认为我的故事精彩、曲折而感人，并且很有意义。于是就把我的故事全版刊登在《福州晚报》上。那天国内的好几家大网站都转载了这篇故事。我得到这一消息后欣喜若狂，开玩笑地跟我太太说："我一夜成名了！"太太苦笑地答道："看看你这一个月，每天下班一回家就忙于上网搜寻鼓岭信封，一件家务事都没有帮我做。现在你是一夜成名了，我可要累坏病倒了。再说鼓岭跟你有什么关系？你还没去过呀！"

愿望：在中外朋友的支持帮助下得以持续

觅得第一张鼓岭封的激动，使我油然萌动了一系列愿望：一是我一定要收集到一百张鼓岭信封；二是这些信封中必须要有鼓岭故事中的主角加德纳家族的信封；三是我想认识鼓岭外国友人的后代，要同他们交朋友；四是我要把我"寻梦鼓岭"的故事一一写出来；五是希望有一天能够带着我收集到的心爱的鼓岭信封，登上我朝思暮想的鼓岭。

当我把想法告诉新加坡的侯先生后，他认为如今是网络集邮时代，要实现愿望，就应该加入当时国内最大邮史研究会网站——华邮网，在网站上可以把自己的愿望告诉网友，让海内外众多网友来帮你一起寻找。我觉得侯先生的建议很好，于是就注册了华邮网。

我在华邮网上发表了不少我集邮人生的故事。通过这些故事，网友们知道我迷恋鼓岭信封不仅是为了解乡愁，也是为了宣传和弘扬鼓岭精神，更是为了促进中美两国人民之间的友谊。于是，他们都乐意帮助我圆梦鼓岭。有的帮我打听国内外哪里有拍卖和出售鼓岭封片，有的把自己收集多年的鼓岭封片割爱相让于我，有的甚至先把鼓岭封片替我买下，然后寄给我。

图2 1902年7月23日，美国福益华医生（E.Bliss）从鼓岭寄美国麻州新伯利港，销鼓岭碑形戳

在众多邮友的热心帮助下，经过3年的努力，2015年时我就已经收集到40多枚鼓岭封片。在这些封片中最有价值的是一张清代1902年的鼓岭碑型戳封（图2），其次是1908年加德纳母亲从鼓岭寄美国加州的蟠龙封（图3）。这枚封是福建邮史专家阮秀佑先生替我花重金从台湾收藏家周先生那里求来的。当时我还不知道这是加德纳母亲的信封，后来穆言灵老师看过，认为这是加德纳母亲的信封，很珍贵。此外，莆田邮友陈俊帮我找到一

图3 加德纳家族实寄封，1909年8月17日嘉高美夫人玛利·杜威·加德纳（Mary Dewey Gardner）从福州寄往美国加州

图4 1935年7月10日，鼓岭寄鼓山的协和大学实寄封

张很少见的民国鼓岭封，它从鼓岭寄鼓山的协和大学，信封上销有鼓岭和鼓山邮戳，我和陈俊称它为“双鼓封”(图4)。

我还记得2015年5月8日，是我寻梦鼓岭最难忘的一天。那天，《福州晚报》采访部主任雷岩平知道我很想上鼓岭参观，于是他亲自开车带了两个记者陪我上山圆梦鼓岭。到了鼓岭后，才发现邮局关门没人来上班。对我来说，鼓岭邮局特别重要，无法进去真有点失望。雷主任看到这情况，立刻设法去找有关负责人，把邮局工作人员黄小姐从家里请来。我在邮局里向雷主任和两位记者展示了当年我已收藏到的40多张鼓岭封片。我还在邮局里挑选两张明信片寄给我在波士顿的太太。5月11日，《福州晚报》记者把我和鼓岭的情缘写成一篇故事，题目叫《老邮票凝结乡愁，老华侨圆梦鼓岭》，刊登在当天的晚报上(图5)。

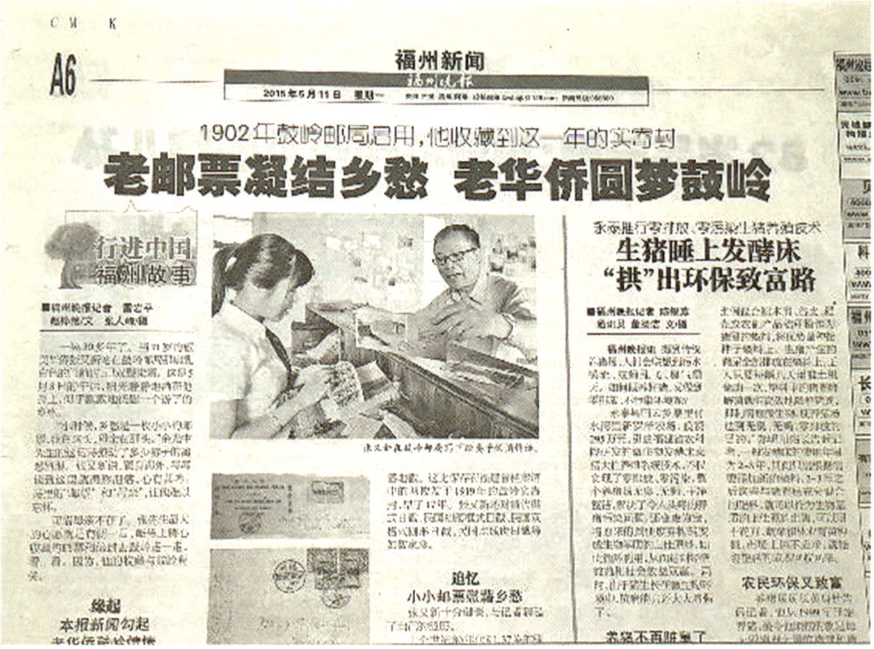
A6 福州新闻

2015年5月11日 星期一

1902年鼓岭邮局启用，他收藏到这一年的实寄封

老邮票凝结乡愁 老华侨圆梦鼓岭

行进中国 福州故事

追忆 小小邮票凝结乡愁

缘起 本报新闻勾起

生猪睡上发酵床 “拱”出环保致富路

农民环保又致富

图5 2015年5月，《福州晚报》刊登采访作者的文章

寻梦：在相识相知的关心协助下逐渐实现

图6 作者与穆言灵（Elyn MacInnis）

2017年圣诞节前夕，我很幸运，通过上海林铁南教授的介绍，认识了外国友人的后代、美国鼓岭文史研究专家穆言灵（Elyn MacInnis）并成为她的好朋友（图6），她的家离我的住处不到50分钟车程，我们经常在一起研究和讨论鼓岭文史。在她的热心帮助下，我写了60多篇“寻梦鼓岭”系列故事，先后分别发表在华邮网、“邮俊收藏阁”公众号、鼓岭官方网站、东南网；个别还转载在《北京周刊》《凤凰艺术》《闽都文化》《中国鼓岭邮史》等研究刊物上。

与穆言灵老师的相识相知对我的写作帮助很大。每次当我需要她帮我查资料找相片时，她总是很及时地帮我找到；穆言灵老师看过我全部的“寻梦鼓岭”故事。我对她说，由于来美国已有好多年，我的中文已忘记了很多。她认为我写的故事语言虽然简单，但通俗感人，并且挺有意义的。有了她的热心帮助和鼓励，我的“寻梦鼓岭”之路变得容易多了。我不仅要感谢穆言灵老师，同时也要感谢上海的林铁南教授，因为他的介绍，我才有缘认识穆言灵老师，并且林教授经常提供给我写故事时需要的图片和资料。他不愧是一个鼓岭文史专家。

我还通过穆言灵老师的介绍，认识了福益华医生的孙女安妮（Anne）。我曾经两次和穆言灵老师夫妇到福益华医生的墓园献花。我对福益华医生说：“您对福建人民所做出的贡献和牺牲，我们福建人民将会永远铭记在心。百年前，您就预言将来有一天中国很可能成为世界的强国，如今您的预言也已成真。”

2022年的夏天，穆言灵老师邀请我参加在美国缅因州举行的“鼓岭之友”聚会。我在会议上简单介绍了鼓岭的邮史，同时，我建议，我们不仅要宣传歌颂外国友人为中国人民所做出的贡献，也要去挖掘中国人在美国为美国人民和社会做出贡献的故事。穆言灵老师夫妇认为我的建议很好，鼓岭精神“和平、友谊和爱”是没有国界的，凡是富于“鼓岭精神”的故事，我们都应该去宣传。于是，我写了一篇文章，题目是《一位鼓岭人在美国行医的故事》。这故事的主人公就是20世纪二三十年代，每年夏天都和家人一起上鼓岭避暑的莆田医生余景陀的孙女，目前还在美国加州行医的余娟女士。这篇故事颇受众人的欢迎和点赞。

2023年7月4日，美国国庆节那天，我发微信给穆言灵老师说：“我是华人加入美籍多年；而您是第一批拿到中国绿卡的美国人。我们的情况不一样，但是我们有一共同点，那就是热爱中国，热爱鼓岭；我们有一共同的愿望，那就是希望中美两国人民之间的友谊地久天长！”穆言灵老师看了我的微信后，认为我说得很对。当她知道我希望能够拥有一张她的公公穆蔼仁的信封时，就和她的先生彼得花了一整天时间在家整理旧物，找出几张穆蔼仁家族的信封送给我。其中有两张是穆蔼仁于1949年4月从福建协和大学寄美国加州的航空邮简，很少见。还有一张是穆言灵老师小女儿穆爱华跨世纪信封，1999年12月31日寄出，2000年1月3日收到，挺有趣的。

期盼：在我太太的全心协助下得以成功

我的太太对我集邮向来是很支持的，但是当她知道我又迷恋上鼓岭信封，梦想要收集到100张鼓岭封，她竭力反对。因为她知道要实现这个梦想需要花更多时间、精力和财力。刚开始的时候，她常笑着对我说：“鼓岭跟你有什么关系？鼓岭在什么地方你都不知道。”后来有一天，我在家中的阁楼上整理岳父遗物时，发现了太太的舅舅从福州寄来一封旧信，信中还夹有一张复印件。复印件是从福州民俗刊物中复印出来（图7），说的是太太的爷爷李森林是鼓山脚下魁岐人，年轻的时候，在一家专门为鼓岭外国人提供食品的公司当挑夫。他每天半夜就要起床，把牛

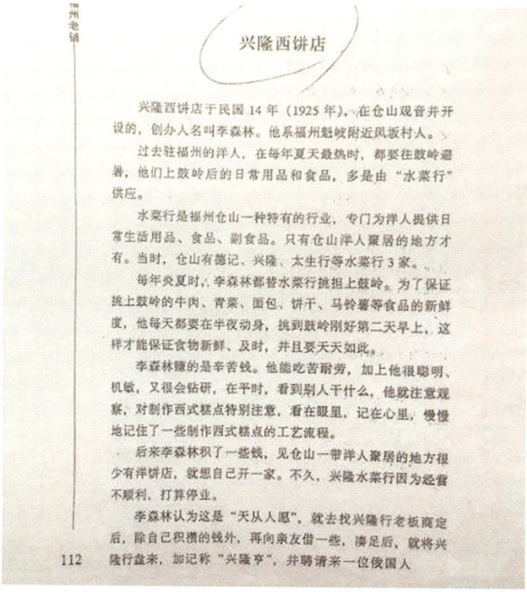

福州老铺

兴隆西饼店

兴隆西饼店于民国14年（1925年），在仓山观音井开设的，创办人名叫李森林。他系福州魁岐附近凤坂村人。

过去驻福州的洋人，在每年夏天最热时，都要往鼓岭避暑，他们上鼓岭后的日常用品和食品，多是由“水菜行”供应。

水菜行是福州仓山一种特有的行业，专门为洋人提供日常生活用品、食品、副食品。只有仓山洋人聚居的地方才有。当时，仓山有德记、兴隆、太生行等水菜行3家。

每年炎夏时，李森林都替水菜行挑担上鼓岭。为了保证挑上鼓岭的牛肉、青菜、面包、饼干、马铃薯等食品的新鲜度，他每天都要在半夜动身，挑到鼓岭刚好第二天早上，这样才能保证食物新鲜、及时，并且要天天如此。

李森林赚的是辛苦钱。他能吃苦耐劳，加上他很聪明、机敏，又很会钻研，在平时，看到别人干什么，他就注意观察，对制作西式糕点特别注意，看在眼里，记在心里，慢慢地记住了一些制作西式糕点的工艺流程。

后来李森林积了一些钱，见仓山一带洋人聚居的地方很少有洋饼店，就想自己开一家。不久，兴隆水菜行因为经营不顺利，打算停业。

李森林认为这是“天从人愿”，就去找兴隆行老板商定后，除自己积攒的钱外，再向亲友借一些，凑足后，就将兴隆行盘来，加记称“兴隆亨”，并聘请来一位俄国人

112

图7 福州民俗刊物刊登的《兴隆西饼店》的文章

奶、面包、水果和蔬菜等食物挑上山。后来，他用积蓄的钱在仓山观音井路开了一家西餐厅及糕饼店，店名叫“兴隆”。而且，他培养太太的爸爸去上海学医，并支持他来美国深造，当上医生。

这张复印件对我来说如获至宝。我马上给太太看，她看后感慨地说：“真没想到爷爷跟鼓岭还有这么亲密的关系。难怪你这么迷恋鼓岭！”从那以后，她不但支持我寻找鼓岭封片，还催我赶紧回家乡，去鼓岭寻找当年爷爷走过的足迹。她觉得我寻梦鼓岭，学习和研究鼓岭文史和邮史，的确是一件很有意义的事情。

感恩：在“寻梦鼓岭”之路上给我支持的朋友

如今我终于实现这5个愿望，我如愿以偿了。虽然家乡的鼓岭曾经是个著名的避暑山村，但一年一季的消夏，毕竟留不下太多的封片。所以收集鼓岭老邮局封片不是一件易事，比收集邮票难度大得多。因为鼓岭老邮局每年只在夏季里开放4个月，通常是端午节后开门，中秋节过后关门。而这11年来，我却在朋友们的支持帮助下，搜集到了100多张鼓岭封片。这些封片中有：加德纳母亲（图3），福益华医生（图2），格致书院校长禅益知，打虎英雄柯志仁，协和大学教授萨惠隆，传教士富品德、蒲鲁士，协和医院第一任院长邱永康，协和中学老师柏龄威，传教士华雅格、华惠成，以及飞虎队队员穆蔼仁等人的实寄封。此外，福

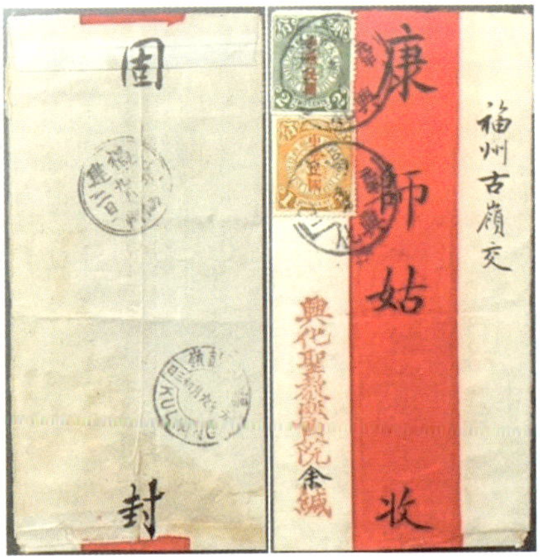
图8 1912年9月，莆田圣教医院寄往鼓岭的实寄封

图9 鼓岭老邮局先后使用过的7种邮政日戳

建人在鼓岭居住过的有莆田圣路加医院（莆田医院前身）院长余景陀，福建协和大学校长陈锡恩和著名福州女医生李美珠等人的封片（图8）。有平信封、航空封、挂号封，也有欠资封、退还封、进口封和鼓岭邮局先后使用过的7种邮戳（图9）。这些在我搜集的鼓岭封片里面全部都有。所以无论是从历史角度还是从邮史角度来看，我的收藏品可以说相当丰富，并且里面有多张是很珍贵的。

在这11年的搜集研究过程中，我不仅实现了最初的愿望，更难忘的是，认识了不少中美朋友，与他们结下深厚的“邮”情：我了解和研究了故乡福州那段中美人民“和平、友谊和爱”的交往历史，也为用鼓岭早期封片讲好鼓岭故事，为“传承友谊薪火，共创美好未来”的“鼓岭缘”增添了集邮的光彩，为家乡做了一些事。

这11年来，我感恩我遇见和结识的不少“邮友”和文史专家，感恩我太太的全心支持。

记得我的老朋友、莆田学院特聘教授方宝璋先生，看到我的“寻梦鼓岭”的系列文章后，给我写了一首诗：“邮票信封寓学问，网络搜索拾遗珍；方寸之间多事，寻梦鼓岭寄乡情。”的确，11年来的寻觅鼓岭早期封片的跋涉之路，11年来的探究鼓岭封片背后故事的砥砺前行，我用鼓岭早期封片把鼓岭故事和鼓岭情缘传承下去、发扬光大，让中美人民友谊像鼓岭上的千年柳杉一样，茁壮成长，生生不息。这就是我的“寻梦鼓岭”之路，这就是我对故乡的深沉情感！我还会笃行在这条路上，和大家一起，不时地来分享我持续中的“寻梦鼓岭”故事！

一个“鼓岭人”在美国行医的故事

2022年7月23日，美国鼓岭文史研究会专家穆言灵和她的先生彼得，一早来波士顿接我去参加美国鼓岭外国友人后代“鼓岭之友”的聚会。那天我在聚会上简单介绍了鼓岭邮史，并且建议既要宣传外国友人在鼓岭、在福州所做出的贡献，也要宣传中国人在美国为美国人民和社会所做出的贡献，鼓岭精神所弘扬的和平、友谊和爱是不受区域限制的。穆言灵老师夫妇以及到会的鼓岭友人后代都很赞同这一建议。

开完会回家的路上，我突然想起在加州的老朋友余娟医生。余娟医生在美国当中医和针灸师已有几十年，病人绝大多数是美国人。她不但医术高超，而且遇到经济上有困难的病人总是很乐意免费给人家看病，因此深受当地人的敬重。在车上，我把余医生的情况和经历向穆言灵老师做了简单介绍。

余医生出生于福建莆田医生世家。她的爷爷余景陀曾经是兴化圣教医院院长；父亲余文光是中国著名的外科医生，担任过多年兴化圣教医院院长，中华人民共和国成立后他一直担任浙江医学院附属第二医院院

长；而她的姑姑余宝笙是全国有名的生化学家和教育家，曾经担任过华南女子学院的院长。

余医生毕业于山东医学院（前身为齐鲁医学院），毕业后留校执教，后在福州协和医院担任多年麻醉医生。中国改革开放初期，她和先生一起自费赴美国留学。在美国她先是通过了外国医学院毕业生的资格考试（ECFMG），后又考过并获得中医执照。她曾经是1958年中国卫生部建立西医脱产学习中医班的成员，经过两年半正规中医学习后成了当年全国第一批中西医结合医生中的一员。为了传承祖国的中医，她曾就职于美国Santa Barbara中医医学医院，教书育人。这期间，她认识了中医泰斗陈可冀院士，并共事了半年多。此外，她还在加州创办了Santa Barbara中医和针灸诊所。

听了我对余娟医生的介绍，又听说余家在鼓岭曾经有一栋别墅，从前，余医生常和爷爷、爸爸等家里人到鼓岭避暑，穆言灵老师兴奋地说："威廉，这真是一个鼓岭人在美国的好故事呀！"那天晚上我打电话给加州的余医生，希望她能够给我讲讲在美国行医中遇到的感人故事。余医生说故事倒是有不少，就不知道是否感人和富于鼓岭精神。于是她抽空为我写了四个小故事。

第一个故事：20世纪90年代，美国医生基本上对中医持有反对的态度，很难想象中医能够治病。

有一天当地颇有声望的一位美籍日本外科医生走进我的诊所，他说他的父辈知道中医，想咨询我一下，他的一个刚刚做完结肠手术的病人有一些不可思议的并发症。他说病人恢复得很好，但是不知道为什么胃出了问题，食欲全无，一有食物入口便恶心呕吐，连水都喝不进去。手术前查过胃，一切都正常。这个病人在医院已经三天了，本来想送去加州斯坦福大学医院，但是因为感恩节不方便转送。他还说这病人有可能要切除胃。当天他把这病人用救护车送到我的诊所。当时我只记得病人舌苔又黄又厚，就像涂上一层奶酪。

我当场给他配了一副清热燥湿的方子，并在诊所熬好。因加了黄连，我对病人说药很苦，要一口一口慢慢喝。那位日本外科医生有点紧张，他说这么苦的药这病人肯定越发呕吐不止。没有想到病人喝了很顺利，剩下的我让他带回病房。次日医生打来电话说有了奇迹般的转机，病人开始进食了。后来家属每天来取药，五天后病人痊愈而且出院了。这个病例说明中医的疗效绝不是巧合。

多少年后，这个病人还常常带家人朋友来看我。他一见到我就开玩笑地笑着说："余医生，当年您给我煮的又黑又苦的中药是我一生中最好喝的一碗汤，因为这汤治好了我的病。"我也笑着向他解释为什么中药这么苦，以及什么叫"良药苦口"。

第二个故事：我的诊所在美国几十年来，有不少不孕症患者求医，其中成功怀孕者不少。她们来找我的原因是因为我对不孕不育的西医知识比较了解，例如排卵障碍或黄体功能不足等，所以病人肯配合中医治疗，而且相信我。

我第一个成功的病人叫安，是当地律师事务所的工作人员，她来看病时已经40岁了，从来没有成功怀孕过。毕竟她已经40岁了，为了争取时间，我劝她预约一下外地的不孕专科医院，使用试管婴儿技术，当时预约时间要三个多月。我根据她提供的资料，如基础体温曲线等，按照月经周期给她实施针灸和中药治疗。两个多月后，有一天快下班的时候，突然门口开来了一部汽车，只见安手捧一大束鲜花，高兴地抱着我大声叫喊："我怀孕了！"接着她就告诉我做试管婴儿的预约也取消了。后来她生了一个女儿，女儿大学毕业时，她还带到诊所来看我。

第三个故事：这里还有一个菲律宾籍护士，她的美国白人丈夫是湾区IT工程师。他们曾经试过两次试管婴儿，均以失败告终。记得那天夫妇俩一起来。她说，已经花掉了近5万元美金，尝试过各种各样的检查和方法，都没有受孕。丈夫听说中医可以试试，于是就抱着中国人常说的"死马当活马医"的想法来咨询一下。我郑重地解释了自己的想法，虽然我不敢承诺什么，但是会尽力，因为病人并没有什么器质性病变。后来病人非常合作，第三个月就怀孕了，如愿生下一个儿子。次年她又自然怀孕，成功地成为两个孩子的妈妈。

第四个故事：我的丈夫老刘于1992年因为得了膀胱癌，在洛杉矶的一家医院做了小肠代膀胱手术。手术后恢复得挺好，但是多年来常常发生泌尿系统感染，这是一种手术常见并发症。他因急症住过多次医院，肾功能不全，并且一年不如一年。2017年他住过ICU，下过病危通知，最高的肌酐值是2.9。经抢救后，渐渐好转，但肌酐值在2.5上下。我带他去看了Moley医生，这位老外专科医生是我的针灸病人，腰疼一发作就来针灸，我们成了朋友。我和他讨论了老刘的肾功能。他说老刘的肌酐等指标都是三级的肾功能衰竭，基本上没有什么办法逆转，只能希望不要再加重，否则只好做肾透析了。不过他很信任我，同意我用中药来治疗。今年老刘90周岁了，这两年的肌酐都在1.7左右，没有超过2.0的。这位肾科医生说：你不用带他来看了，你怎么治疗，就继续治吧！看来他已不需要透析了。最近看了内科医生，Javitz医生说他没有三高，肾功能比五年前还好，以前每三个月去复诊一次，现在改成每半年一次了。我自己也不知道为什么，但是中药一天两次从未停过，或许只能归功于中药了。

看了余医生写的故事我很感动。我想起百年前许多美国医生，不辞辛劳千里迢迢来到中国，为中国百姓治病，传播西医医术；而百年后，余医生漂洋过海去往美国，应用她的中医医术治好了许多美国人的疑难病症。我告诉余医生："您的故事很感人，很富有鼓岭精神，您为繁荣祖国的中医事业做出了很大贡献。"余医生感慨地说："我的故事很平凡，绝大多数在美国的华人医生都会这样做的。百年前美国的福益华等医生抛弃美国的优越生活条件，不远万里来到福建山区并奉献出毕生精力，相比之下，自己还是做得不够啊！"

如今余医生已是古稀之人，早已退休，但她仍然不忘初心，依旧在网上替病人看病配药。我衷心祝愿她健康长寿！

福州格致书院校长禅益知的鼓岭情缘

中国有个成语叫作“睹物兴情”，说的是见到眼前景物、物件便会激起某种感情，从而触发研究这些东西的热情。我正是在见到多年来搜集的福州格致书院（今福州格致中学前身）校长禅益知的数枚早年实寄封（图1、图2）后，才激起探究这位美国传教士在福州的件件桩桩，尤其是他在鼓岭留下的足迹的兴致。

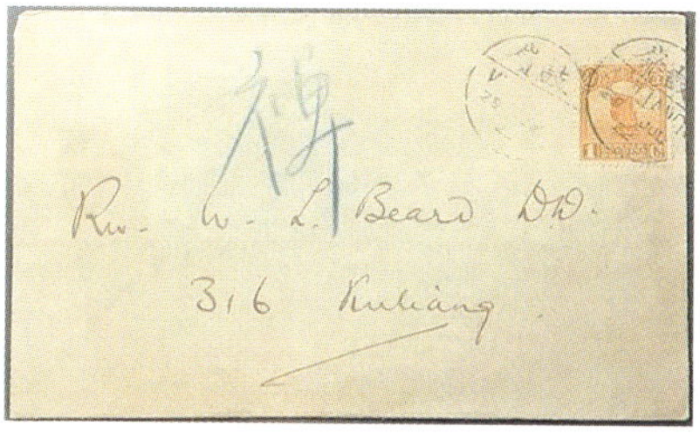

图1 1922年7月29日，福州寄鼓岭禅益知封，贴民国帆船1分邮票，符合本埠邮资。封上有禅益知别墅门牌号第316

图2 1923年8月24日外地寄鼓岭禅益知收封，贴民国帆船票3分1枚，符合外埠3分邮资，封后带有代办所红色信柜戳

1865年2月5日，禅益知（Willard Livingstone Beard）出生于美国康涅狄格州谢尔顿，1894年，美国哈特福德神学院毕业后，受美国公理会差会差遣，与妻子艾伦一起来中国传教（图3）。1904年辞职，改任福州基督教青年会总干事至1909年。1910年，他返回美国，在纽约市担任美国公理会差会干事两年时间。1912年禅益知返回中国，担任福州格致书院校长至1927年。从1927年到1936年他在中国从事公众传教工作。曾任福州基督教青年会（YMCA）总干事、福建协和大学董事会董事长等职。第

图3 年轻时的禅益知夫妇

二次世界大战爆发时，禅益知返回故乡，在那里度过余生。1947年4月15日，他因心肌梗死在佛罗里达州杰克逊维尔的女儿家中去世。

1896年的夏天，已在福州生活了两年的禅益知随外国人来到连江县川石岛度假，同时也去福州鼓岭看了一下。他觉得鼓岭比川石岛更适合避暑，鼓岭的夏天比川石岛还要凉爽，而且当时鼓岭已经开设了两家商店，购买水果、牛奶和肉类等食物很方便；再者从福州去川石岛要花一天时间，而去鼓岭只要花4个多小时，下山回福州也只需3个多小时。此外，鼓岭要比川石岛热闹，已有多家外国人别墅，这些别墅住有200多人，多数是来自福州本地的外国人，也有从厦门来的，个别来自上海、汕头和香港。

当时在川石岛租房子很方便，每年交一次租金就可以；但在鼓岭必须自己租地来盖房。租地年限一般是20年，期限到期后，房子归鼓岭原

图4 禅益知在鼓岭的别墅

地的主人。在建房过程中需要的石头等建材则由原地主人负责提供。经过考虑后，禅益知决定在鼓岭盖别墅（图4）。

他把他的别墅盖在鼓岭的高处，这样他不仅能够俯视鼓岭全景，并

图5 禅益知的别墅位于鼓岭第二高处

且能够远眺福州城区和闽江。这高处风大，夏季也特别凉爽。那时，鼓岭的夏天常有台风，为了使别墅不会遭受台风破坏，禅益知特意为别墅修筑了石头砌成的坚固的防台风墙。别墅内部的装修和家具都是他亲自设计的，模仿他在美国房子的摆设。禅益知很喜欢这座鼓岭别墅，不但每年夏天他都会和家人上山避暑，并且春秋季节还会抽空上鼓岭看看并小住几天（图5）。

如今禅益知的鼓岭别墅已消失，只留下遗址。幸好他在中国传教几十年中写下许多信件（从1895年1月1日开始），拍下不少照片（图6、图7），这些珍贵的资料完好地保存在美国耶鲁大学图书馆资料室。从这些资料可看出禅益知热爱中国，非常喜欢鼓岭（图8、图9）。

禅益知在鼓岭的社交群体中是一个活跃人士。那年代鼓岭每周都有好几个会议和教堂聚会，禅益知都会参加。他曾出席过1902年9月22日福益华医生（Dr. E.Bliss）婚礼，婚礼是在加德纳（M.Gardner）牧师家别墅里举行；次日，他又参加了打虎英雄柯志仁（H.Caldwell）在鼓岭教堂举行的婚礼。禅益知喜欢打网球，不仅常在格致学校球场上打，并且上鼓岭

图6 禅益知在鼓岭别墅前

图7 禅益知的4个孩子在鼓岭

图8 禅益知和鼓岭的挑夫

Written on back: "Road up mountain to Willard's cottage on Kuliang"

图9 鼓岭挑夫在崎岖弯曲的小道上挑担去禅益知别墅

Kuliang swimming pool

图10 百年前的鼓岭游泳池

图11 百年前的鼓岭网球场

度假时，也经常在鼓岭网球场打网球，到鼓岭游泳池里游泳（图10、图11）。

1897年，禤益知搬进他在鼓岭的别墅，在开头的几年，鼓岭常出现老虎，特别是在晚上。当时传教士柯志仁带领鼓岭村民诛杀多只老虎，当地一家村民也用箭来射杀老虎，那箭头上带有剧毒，老虎一被射中，很快就会丧命。

禤益知在福建生活了40多年，几乎每年夏季都要在鼓岭住上几个月，他写了不少信，同时也收到许多亲友寄给他的信件。我本以为寻找禤益知遗留下来的鼓岭信封不是一件困难的事情，结果我苦寻了10年，才找到几张，而这些信封全是民国时期的，是他担任福州格致学校校长时的（图12、图13）。很遗憾，至今我手上还没有收集到他的清代鼓岭信封。不过我相信，只要我坚持不懈地去寻觅，我一定会找到的。

图12　1922年8月4日从福建松卜寄鼓岭裨益知女儿封。1922年8月4日福清和1922年8月7日福州中转；1922年8月7日抵达鼓岭；福州中转时有两个不同的腰框戳，一个是少见的福州府庚戳。贴有3张民国帆船1分邮票，符合外埠3分邮资

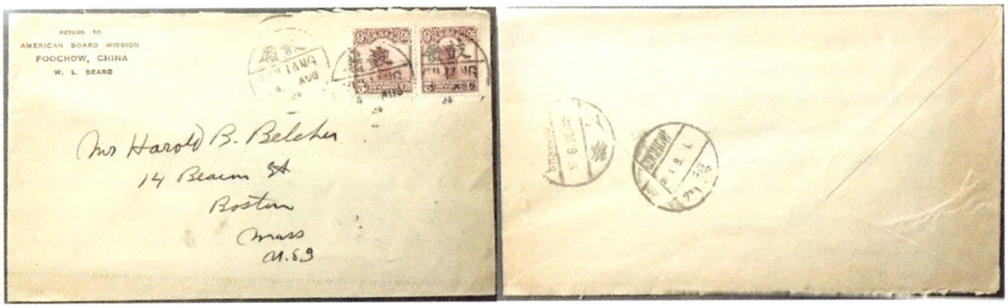

图13　1926年8月4日裨益知从鼓岭寄美国波士顿封，贴民国帆船邮票5分2枚，符合国际平信邮资

［本文资料和图片来源：美国鼓岭文史研究会主任穆言灵（Elyn MacInnis）女士提供耶鲁大学保存的裨益知资料和相片；福州老建筑百科网。］

一张与加德纳家族有关的明信片

吴新友

得来全不费功夫

一天晚上，我在翻看《中国鼓岭邮史研究》时，被书中一张张鼓岭封片吸引了。这些封片经过岁月的洗礼后大多发黄变色，但是上面的邮票、邮戳、收（寄）信人的地址和姓名等信息组合在一起，却像一件件年代久远的艺术品。我不禁感叹，如果我能收藏几张这样的封片就好了！

随后，我打开国内某知名旧书网，在地址导航栏输入“鼓岭明信片”，就耐心地浏览网页内容。突然，我看到了一张类似老明信片的鼓山明信片（图1）。明信片图下方注明：“清末老明信片，福州鼓山涌泉寺鸟瞰图，贴清蟠龙1分票，销福建鼓岭1906年农历5月27日邮戳。”翻看下一页，发现明信片另一面贴着一张销有鼓岭邮戳的1分蟠龙票，

图1 明信片图画面

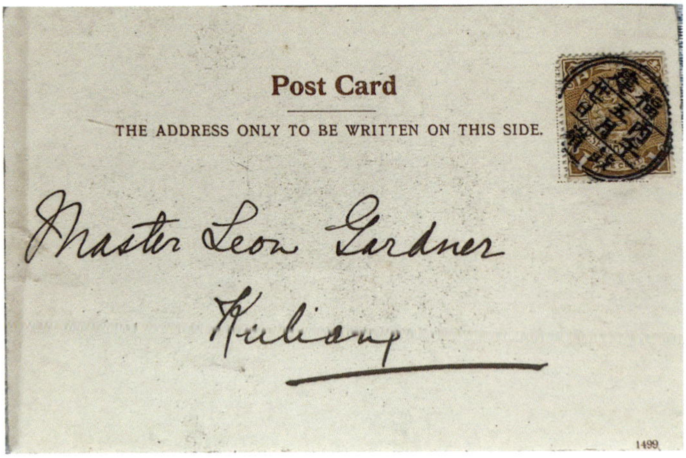

图2 明信片正面

这张票上的邮戳非常完整，字口也非常清晰（图2）。虽然我怀疑邮票是后贴的，不是真正意义上的实寄明信片，但它价格便宜，又和鼓山、鼓岭有关，我还是决定买回来学习研究。

鉴赏与疑问

7月8日下午我收到了这张明信片。快递来自广东某三线城市，明信片装在护邮袋里，护邮袋左上角贴有一张印有“大清明信片福建实寄英国”的标签，明信片尺寸138毫米×88毫米，右上角英文标注“Birdseye View of Kushan Monastry.”（鼓山寺庙鸟瞰）。与网络上可确定拍摄于1929年的鼓山涌泉寺图片对比，这张明信片山上的植被明显稀疏，岩石暴露，树木也较矮小许多。同时，我也向专门收集清代福州明信片的邮友请教，均指认该明信片为20世纪初期明信片。

明信片正面格式简单明了。在Postcard下印有“THE ADDRESS ONLY TO BE WRITTEN ON THIS SIDE”（地址只能写在此面）。下面是手写的具有艺术装饰性的圆体英文，第一行为“Master Leon Gardner”，第二行为“Kuliang”。手写英文笔画收放自如，劲健有力，非常规范老到，起笔和收笔与中国书法一样，都具有藏锋内敛的特点。我一开始将

“Master Leon Gardner”译成莱昂·加德纳校长，以为莱昂·加德纳就是老加德纳，但翻阅《中国鼓岭邮史研究》发现莱昂·加德纳是老加德纳的第二个儿子(图3)。如果确如邮戳载明该英文是1906年所写，莱昂·加德纳其时应该是个十五六岁的少年。显然，称一位十五六岁的少年为校长、大师、先生、硕士都是不合理的。通过进一步了解Master一词的用法得知，英语中有将年龄还不足被称为“先生”的少年敬称为“Master”的用法，大致对应于中文中的“少爷”或“王子”的称谓。这样看来，圆体英文书法和使用莱昂·加德纳的称谓一定是英语为母语的人才能臻此境界，非一般常人所能及。

图3 加德纳全家福(后排中间为莱昂)

有点集邮经验的人一眼就能看出明信片右上角销有鼓岭邮戳的邮票是从别的封片上移植过来的，但是邮戳非常完整，字口非常清晰。其上的邮戳是1904—1906年期间使用的干支纪年双圈三格式全中文鼓岭戳，直径25mm，上格为福建，中排为竖排丙午年五月廿七日，下格为鼓岭。我又查阅相关资料，找到了两枚同为丙午年的干支纪年双圈三格式全中文鼓岭戳(如图4所示)。

图4 干支纪年丙午年全中文鼓岭戳

很明显，除了邮戳是死戳，让人一眼看出不是实寄明信片外，明信片上没有收信人详细地址这一特点也显示这不可能是一张实寄明信片。

但这张明信片的制作者一定是一位对福州、鼓山、涌泉寺、百年前鼓岭历史和加德纳家族非常了解的人。那么，这个人为什么要制作这样一张明信片呢？

制片动机

实寄封是指经过真实寄递的信封，即经过邮政传递系统，从一地将信封寄往另一地的信封。实寄封汇集了封、票、戳、收（寄）信人信息等邮政信息，在集邮活动中具有较高的价值。但遗憾的是，无论中外，早期的集邮者都注重对邮票的收集而忽视实寄封的价值。实寄封的价值是随着集邮活动的深入而逐渐得到认识的。

如果这张明信片是后期制作的，戳票从其他地方移贴，势必破坏原本的价值。这对于一个对福州、鼓山、涌泉寺、鼓岭历史和加德纳家族非常了解的人来说，这样的做法是不可理喻的。如果是邮商或集邮爱好者所为，就更加不可理解了。

也有的邮友认为这个邮戳是假戳，是作伪者制作了一个假邮戳，盖在了一张未使用过的蟠龙票上后再贴在明信片上形成的。如是这样，这个作伪者为什么不将邮票直接贴在明信片上后再用假戳直接销票，让这张明信片看上去更像一张实寄片呢？！

一个大胆推测

近日再读《中国鼓岭邮史研究》，陈苏老师撰写的《一件见证历史，传播友谊的邮品》及1992年4月8日《人民日报》海外版刊登的钟翰撰写的《啊，鼓岭！》，其中都提到了密尔顿·加德纳幼年时期用11枚清代中国邮票制成的集邮贴片（图5）来纪念儿时家园鼓岭的故事。

我观察发现，这个贴片由11张密尔顿·加德纳生活在中国时期发行

图5 密尔顿·加德纳清代中国邮票贴片

的、盖有鼓岭邮戳的邮票和一张当时中国人生活场景的图片组成。这张贴片所呈现的形式表达了密尔顿·加德纳回到了美国以后对曾经生活过的中国鼓岭的眷念和热爱之情。我手上的这张明信片由鼓山涌泉寺风景、鼓岭邮戳和莱昂·加德纳的签名这些要素组成。明信片和贴片相对照，无论是形式和要素，两者是何其相似啊！

密尔顿·加德纳自1911年离开中国以后，一直惦念着幼年时期生活过的福州鼓岭，他的父母和兄弟们也一定会想念他们曾经的家园。我大胆推测这张明信片是老加德纳用保存的鼓山明信片贴上最好的鼓岭戳票，在其上写下“Master Leon Gardner”和“Kuliang”，将之作为礼物送给儿子莱昂·加德纳。如果这确实是莱昂·加德纳生前保存的鼓山（岭）明信片，本文以上所提到的各种疑问就都能得到完美的解答了。

山居佳境

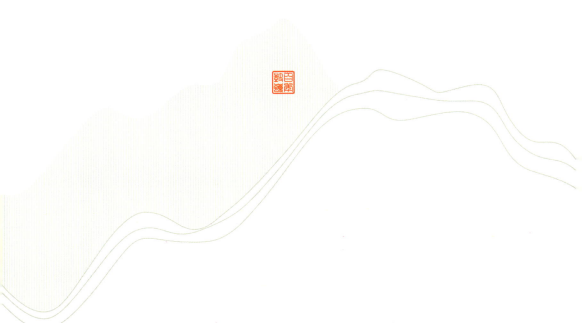

鼓岭何止宜夏

赖　华

盛夏的鼓岭于福州，如同纯牛奶于咖啡，绝配。山下酷暑难耐，岭上清风习习。山下之人流连其间，享受清风拂面、薄雾相拥的浪漫之时，谁曾用心抚摩过古别墅粗砾的老墙，感知中西合璧的旧建筑曾有过的欢喜忧伤？谁曾细细寻览，历史之河留存于此的民间中外友谊？谁曾随风奔走于山谷高岗，倾听镌刻在时光不远处，革命者踩着刀尖背负起艰难岁月的呼啸之音？

鼓岭啊，何止宜夏。

宜夏，福州东郊岭上一个古村落，亦是著名的鼓岭避暑度假区（简

称鼓岭）下辖的三个行政村之一。“2007年10月，福州市考古队在鼓岭登山古道入口处的柳山，发掘出一处商周时代文化遗址，出土有方格纹、戳印纹、米字纹、席纹等硬陶片或泥质红陶片”。也就是说，鼓岭西坡在商周时代就有人类居住。宜夏村位于鼓岭最核心、最繁华地段，其宜居的历史或可追溯到商周时期。

宜夏村地域广阔，东起珠顶峰（福州最高峰）；南接白云洞；西至大洋坪，与过仑村相邻；北达戚继光抗倭要塞——牛头寨。它拥有大洋坪、下歪、崎头顶、三保埕、三叉路、螃蟹岭、曲坑、柱岗顶（柱里）、梁厝、后浦楼等10个自然村。

10月中旬已是秋，我应邀再上鼓岭。次日晨起，信步来到宜夏别墅前，呼呼的秋风将前廊屋檐下的风铃摇响，宽阔的走廊响起叮叮当当的清渺之音。门前两棵百年柳杉一左一右地护在屋前，像极了两个忠实的护卫。世人以为宜夏别墅是美国的任尼医生所建，为岭上第一座别墅。然而，80岁的鼓岭小学梁奎东老师说，实际上，它是美国卫理公会出资建造的小医院（疗养院），为夏天在山上度假的人们提供医疗服务。在20世纪30年代中期，来鼓岭避暑的外国人大多是传教士、医生。他们来鼓岭既可避暑，亦是躲避夏天炎热带来的霍乱、鼠疫、伤寒等疾病。鼓岭人气最盛之时，有21个国别的外国人来岭上建度假别墅，传说最多时有300多栋，且多建于宜夏村。

宜夏别墅原为小医院，设有3个病区，有一个简单的手术室。

“生病的村民也可以去看病吗？”

“看。怎么会不给看呢？还免费呢！”梁奎东老师毫不犹豫地回答。

梁老师说小医院设3个病区，但不知道是哪3个。医院设有手术室，应有外科；日常的头疼脑热、腹胃不适等，内科必备；还有一个科室呢？也许是妇产科。美国福益华医生在回忆录里记载，他儿子出生于1912年鼓岭的台风天中，当晚大风把他家房子的屋顶刮掉了，他的妻子只能在另一个还算完整的屋子里，在防水布的遮挡下生产。翻看老照片，来此避暑的外国人，几乎是拖家带口，也许会考虑设一间产房以备不时之需。宜夏别墅坐北朝南，占地面积390平方米，石木结构，花岗石墙面特别地厚实、坚固，无惧台风，至今完好。

沉寂的别墅在我的眼里瞬间热闹而温情，穿着白大褂的医生脖子上挂着听诊器，护士端着消毒盘进进出出，来苏尔消毒液的味道弥散在别墅周围的空气中，令人莫名地心安。直至1949年后，外国人才全部撤出中国。1985年，宜夏别墅改为宾馆。1992年，美国的加德纳夫人寻访丈夫童年的故乡，来到鼓岭，被安排住在宜夏别墅。1998年，宜夏别墅被列为区级文物保护单位，但仍作为宾馆使用。

游宜夏，怎能错过古街?《福州便览》这样记载宜夏村的古街：100多年前的今天，鼓岭“街道有七个：螃蟹岭、梁厝里、下歪、崎头顶、后浦楼、柱楼顶、柱岗顶（柱里）等”。七个街道皆在宜夏村。每到夏季，街道上“临时设立各种商店——水果行、水果栈、酒店、肉店、切面店、洋铁店、什货店、京果店、药店、菜馆、修理洋鞋店、成衣店、漆器店、抽绣店、理发店、书纸店、仪器店、印刷店等”，“还有茶叶店、照相馆、中西医诊所等”。如此繁华的街市，令“仓前山麦园顶的同昌、泰森、德记三家杂货店，每天上午十点前都要分别送货到鼓岭的代理店”。每年端午过后上山、中秋节过后下山的人群中，以中国的达官贵人最多，“差不多每年有二百多人，其次是美国人，差不多每年有一百多人，再者是英国人，平均每年有一百人左右”。名流贵胄如电光刘、李世甲、蔡廷锴、李济深、郁达夫、庐隐皆曾是岭上客。深情如庐隐，“如果我能终老于此，可以算是人间第一幸福人了”。

100多年前的宜夏村似国际村落，物资可谓丰盛，但消费主体并非岭上村民。翻看老照片，村民大多布衣、赤脚。据老辈人回忆，村民除了种植水稻、地瓜以维持生计之外，夏天多为外国人挑水、倒粪及当挑夫、轿夫赚些钱，补贴家用。宜夏村的轿子是最为简单的肩舆，当地人称之“扛篼”。两根棍子穿过一把靠背竹椅的两侧，捆结实后即成“轿子”。从前上鼓岭唯有古道，石砌台阶，从鳝溪村经奶奶坪、佛厝分路，通往宜夏村的三保埕，全长3公里。外国人及国内的军政要员、文人名流，大多坐着村民抬的扛篼上鼓岭。也只有岭上村民熟悉那般险峻的山路，才有如此高超的扛篼技术。那时的宜夏村，街头巷尾，路遇金发碧眼的外国人，男人着西装打领带，女人着洋裙撑小花伞，或许他们正走在去崎头顶古街头邮局的路上。鼓岭邮局成立于1900年7月1日，是中国5个夏季邮局之一，设有3个信筒，每年端午节后开张，中秋节后避暑人群下山即关闭，用以投递漂泊异国他乡之人的平安、快乐。毕腓力在《鼓岭及四周概况》里说："因为邮局的存在，许多西人才得以在山上度过快乐的时光，将之与世界各地的亲友分享。"

当年，外国人在鼓岭最大的娱乐运动是打网球。仅崎头顶就有七个网球埕，阶梯式分布，如今虽成了当地村民的菜园，但球场模样还在。每天下午4点至6点，是他们打网球时间。公益社每年组织一次网球比赛，成为鼓岭的一大盛事。

宜夏村曾名为茶洋。

古时村民淳朴，常以形似或以物状命名村庄。据《福州便览》记载，与鼓山屴崱峰相对的山峰万亩宽平，四处种满茶树。梁氏族谱载："永盛入闽始祖梁宗公，世居河南光州固始，天禧三年（1019）任闽县主簿，任满不归，隐居鼓岭茶洋。"梁宗公归隐鼓岭茶洋后，建厝种茶，在春阑驿道边开茶店。岭上最高海拔近1000米，大部分地区海拔在605—798米之间，年平均气温15℃、平均降水量是1719.7毫米，雨量丰沛，常年云遮雾绕，夏无酷暑，茶树生长其间，叶厚味浓。柱里的山上至今随处可见古茶树。福建八山一水一分田，驿道四通八达，《福建通史》亦记载："福建山区输往沿海的大宗商品有木材、纸张、茶叶、红曲等。"宜夏村种植的茶叶可有远走他乡？

鼓岭遍植柳杉，外国人亦入乡随俗，爱上柳杉。有老别墅的地方，门前皆有两棵百年柳杉相伴。在众多的柳杉中，公园里的千年柳杉可称为王，据说为1300多年前梁宗公栽种。仰望高30米、胸围8.6米的参天古树，虬曲苍健的枝丫，常青浓绿的针叶，粗糙的老皮上挂满青苔。千百年来，它历经风霜雪雨、虫兽啃踏，眼见世事沧海桑田。它定然亦目睹了宜夏村的村民如何用热血守护故土。

位于大洋坪自然村的鼓宦公路旁，有一座不起眼的小院落。一人高的石头围墙，小且低矮的木栅栏院门，院内地面铺青石块，正房三间，两层高，二楼低矮，似阁楼，青瓦覆顶。左侧单间厢房，墙面皆由大大小小的石块垒砌。房子木石结构，院落虽小，却结实坚固。小院落是闽浙赣五县中心县委游击队联络站旧址、石匠刘慈祯的家。

石匠刘慈祯原名林宝水，永泰县嵩口镇人，以打石为生，27岁那年来鼓岭宜夏村入赘刘家。刘慈祯的小女儿刘美金出生于1949年，她上有两个哥哥、一个姐姐，下有一个弟弟。记事起，他们一大家子与奶奶一起生活在大洋坪的小院里。小院在山坳处，独门独户，远离其他人家，门前的古道，往上至东岭，过南洋到达连江县，往下至分路，而后沿鳝溪达福州城，是游击队联络点的绝佳位置。刘慈祯以打石为生，常行走于四邻八乡，是当交通联络员、传送情报的绝佳人选。城工部地下党林白的手下刘得康（烈士）找到刘慈祯，说服他加入革命队伍。刘美金说，何止是她爸爸一人参加革命呀。据她奶奶回忆，自从他们家成为游击队的地下联络点，几乎每天都有游击队员到他们家吃饭、过夜，有的甚至从连江县走五六个小时的路程到他家落脚。林白和刘文耀经常在他们家召开秘密会议，最多时，参会的游击队员有30多个。

哪来那么多粮食供应呢？刘美金说，一部分靠父亲外出打石赚钱换粮食；一部分，是奶奶把嫁女儿的聘礼——15斤糯米种子全部种下，收成皆供应游击队员；另外，在协和医院当护士的大姑妈把每个月省下来的工资换成粮食，挑回家。他们家山地种的番薯，切丝，晒成地瓜米，也是粮食。游击队员从他们家离开时，每人裤腰带上都挂着一个小袋子，里边装着地瓜米，饿了，抓一把塞嘴里充饥。当时院子左后侧山头驻扎着国民党军队，在高处设有岗哨，游击队联络站几乎是在国民党官兵的眼皮底下。刘美金说，那些游击队员一来他们家开会，就迅速地布下3个岗哨，第一个在院门外，左侧的两棵树底下，第二个在如今的鼓宦公路旁，第三个在右侧的大树底下。她奶奶则将几个孙子孙女关进左侧厢房，不让他们偷看偷听。她笑着问我："万一有人来了，游击队长刘文耀躲在哪里，你知道吗？"她自答道："我家左侧楼上有两架像土炕的床，靠窗的是空心，掀开床面即可躲进去，他就藏在那儿。刘文耀有两把手枪，双手皆可开枪，枪法极准。"

刘慈祯则穷尽办法传递信息。他将打石工具——长铁钎的中间位置凿出一个洞，用来藏匿需要传递的文件，长铁钎整天不离手。当时，到处是国民党哨兵，从福州城往鼓岭，在鼓山镇的横屿路、远中村及东山溪畔皆设岗哨。为了避开国民党官兵，往返福州城送情报，不能走古道，来回皆从鳝溪的溪里上下，需2个多小时。有一次刘文耀在晚上9点多带着一个队员出门，被特务远远地看到，赶到他们家，逼她妈妈交人，她妈妈死不承认，特务也没办法，气得将她家的4张椅子砍了。她妈妈发现家被特务盯上，马上赶到分路下的牛蹄湾联络点发出警报，那个联络点是她舅舅、舅妈家，她舅妈也是游击队员。

站在闽浙赣五县中心县委游击队联络站旧址院子前的方埕上，电话采访刘美金的对话，犹在耳旁。此地此景，令人不由得热血沸腾。望着门前山谷一大片的白色菖蒲莲在秋风中摇曳，感叹曾经的血雨腥风皆成过往，深深地感恩无数革命先烈用鲜血、用生命换取而今世的太平。如今，闽浙赣五县中心县委游击队联络站旧址已被设为爱国主义红色教育基地。

当你沉浸在岭上历史过往的欢喜忧伤，心绪难平之时，走进下歪自然村吧，它的人间烟火滋味，令人心生安然。

村庄不大，房子皆依山势而筑。道路、空埕皆是捡拾山间石块铺就，整个村子仿佛从土里生长出来，每一处都与自然融合得恰到好处。喜欢村里人家将门前庭院，用大小不一的石块垒一道围墙，用青砖旧瓦砌一个圆形拱门，拱门内，整齐的菜地上种着小白菜、上海青、白萝卜……庭院的一角搭个大架子，爬满佛手瓜的藤蔓，待来年春临山谷，秧子攀满瓜架，夏至，则瓜瓞延绵。宜夏有三宝：佛手瓜、白萝卜和甘薯。宜夏的白萝卜少纤维，爽脆多汁，生炒凉拌皆宜，清甜无比，炖排骨更是绝妙，入口即化。而我犹爱岭上独有的薤菜：一种宽叶韭。只需简单地切成段，锅里加热油，爆炒，再加入打好的鸡蛋，炒熟了撒上一点味精、盐巴，一盘美味的薤菜炒蛋即成。长在旱地、缺水少肥的薤菜更好吃。别看它们粗枝大叶，但浓郁的辛香中有绕舌的清香，回味无穷。

宜夏村和其他乡村一样，难觅乡村日出而作、日落而归的旧情景，唯有孤寡及不愿离开故土的老人与之相厮守。近年略好，有部分年轻人回村开民宿，亦有有担当的青年放下手中的生意，回村守护着岭上长长短短的日子。宜夏村的村委委员郭春金说，每年拗九节，村委会即组织煮拗九粥。每年正月二十九日清晨，家家户户都用糯米、红糖，加上花生、红枣、荸荠、芝麻、桂圆、白果等原料，煮成甜粥，已出嫁的女子则盛上一大碗的拗九粥，加上太平面、蛋、猪蹄等，送回娘家孝敬父母，因此，拗九粥节亦称“孝九节”。宜夏村的村委委员在拗九节这天为村里老人捧上香甜热乎的孝顺粥，用实际行动来陪伴、温暖空巢老人的晚年。春节前夕，他们还买上油、面、米为孤寡老人送上，举办各种活动，让村庄热闹起来，吸引着山外的游子们回家。

海子说：“从明天起，做一个幸福的人，喂马，劈柴……面朝大海，春暖花开。”其实，居宜夏，劈柴种菜，煮茶读书，看山间四季轮换、人情温暖，何尝不是一种幸福?

探访过仑村

刘小敏

这些年我不知去了多少趟鼓岭，无论搭乘公交车还是自驾出行，从三环驶入盘山公路后总是径直前往宜夏，却从未留意半道上紧邻宜夏的过仑村。此番前往鼓岭采风，听闻美国传教士兼医生伍丁昔日从福州出诊连江，在鼓岭路经之地正是过仑，探访之心油然而生。

过仑为啥叫“过仑”？村综治中心的门牌地址分明为“鼓岭坪”，下辖的自然村亦并无任何一个有此称呼。地名每每隐藏着岁月密码。与村民们交谈并翻阅族谱方知，过仑之所以得此名号，源于一种迁徙的动态。

过仑村人多姓刘，此外还有叶、陈等诸姓人家。过仑的“刘”，归宗于福州大名鼎鼎的凤岗刘氏，其先祖唐代从河南固始入闽，并迁居怀安凤岗，后裔繁衍兴盛。据《鼓岭刘氏溯源》记载，明神宗四十五年（1617）八月“二十二世祖明长公（字世久）分居先迁鼓山镇湖塘村”，两年后“迁徙鼓岭牛头寨琴山厝地里”。据说因为一场瘟疫——“吐泻症”，族人们不得不离开牛头寨，其孙应承“越过厝地里二里之许曰‘过仑’繁衍”。翻过山岗的刘氏族人先是抵达长长坑，后又四下移居，其中“二十七世孙日议字则标分居嘉湖”。

那片土地，从此被唤作过仑。

鼓岭群山连绵，坑仑相间，从过仑6个自然村的地名便可一窥风貌：鼓岭坪、大厝、嘉湖、王厝山、长长坑、梁面——唯一沾了水的嘉湖，其实最初名唤“沟豁”。过仑最有名的山头，当属海拔605.2米的牛头山。牛头山自然有牛头。崖壁上一块巨大的风动石惟妙惟肖，状若老牛之头，且被雷电劈去一只角，正冷峻地将视线投向远方。站在高高的牛头山俯瞰下界，坐落在谷底的南洋村群山簇拥，道路、河流、田园，世外桃源般美不胜收。牛头崖边建有牛头寨。清郭柏苍《葭柎草堂集》、民国《闽侯县志》等均有记载，为明嘉靖年间戚继光平定倭寇时所建，以防御倭寇从连江沿石蹬路进犯福州。以块石叠砌的寨墙基石犹存，整修后的寨门古朴肃然，一条古道从其间没入林木草丛蜿蜒而下。自宋代以来，通往鼓岭的石磴路先后开辟了7条，其中之一正是经牛头寨抵达南洋村后再翻山前往连江。岁月将石板滋养得油润平滑，褐色的松针铺洒其上，显现出一派沧桑。我往下刚迈出就望而却步，一溜2000多级的下山道，一把年纪了还真不敢轻易尝试。

1885年的盛夏，伍丁50出头，正是沿着这条宋代古道来到牛头寨，由此下山前往连江。伍丁（S.F.Woodin），也被称作吴思明、伍思明，大约在清咸丰十年（1860）被美部会派遣至福州。其时传教士常兼任医生，伍丁也是双肩挑。一个急诊将他召往连江，本可以坐船，但因为赶时间，他选择了抄近路走鼓岭。在一份古道地图上我清晰地瞧见伍丁的行走路线，那些熟悉的地名次第而列：奶奶坪、分路、双贵顶、过仑村、嘉湖、王厝山、大厝、长长坑、牛头寨……

想来伍丁必定是坐“篼”进山。治病赶路原本无心观景，但一路好山好水涌入眼帘，更有清冽之气扑面而来，一解城内酷暑带来的闷热与焦躁。出诊回来，伍丁便动了登鼓岭避暑之心，当年便租下嘉湖的一处农舍。

嘉湖这地名，必须说道几句。也是从村里的门牌号察觉出蹊跷——路标、资料所见分明是“嘉湖”，村屋门牌的蓝底白字偏偏标识“加湖”。读得20世纪30年代几篇游记，“嘉湖”与“加湖”亦通用。而在嘉湖畔刘氏宗祠的墙面，一则《嘉湖村的由来》称“嘉湖原名‘沟豁’”，村中长者则告知1959年之前的嘉湖并没有湖。纳闷之余猛然想到，若以福州话发音“沟豁”，活脱脱不正是“加湖”？还有“厝地里”，福州话读起来就是“家里面”，当年刘氏族人正是从牛头寨附近琴山的老宅——“家里面”，北移二里许翻过山岗“过仑”而行。也许只是一种揣测：某年某月某日，某个文人墨客凭读音将“沟豁”改写？这种直译方言的现象并不少见，美国传教士毕腓力1907年出版的“KULIANG”英文书名，正源于福州话“KuLiang”（鼓岭）。还有曾经在鼓岭度过美妙童年时光的加德纳教授，临终前念念不忘的“KuLiang”，令夫人久久无法破译，最后揭秘于一张寄自“福州·鼓岭”的邮票……

嘉湖还曾拥有一个名字——佳湖。清末刘益琛的《鼓岭赋》，把“佳”字赠给了这个幽静的村庄：“睹过仑之峰高，漫说无多过客。叹佳湖之屋远，居然大半村翁。”

“先生为鼓岭唯一之秀才，此篇又为其仅存之遗作。且以本地人道出本地风光，恰到好处，非同走马观花，随意点缀者所可比。”对《鼓岭赋》如是说的张利棠，为刘益琛好友。刘益琛于1919年逝于乡里，《鼓岭赋》由张利棠保存，并以《介绍一篇遗作》为题刊发于1944年《福建文化》第二卷第1期。从文章看刘益琛为鼓岭本地人当无疑，不知他可属于凤岗刘氏一脉？“余曾服务于乡上，常与先生过从”的张利棠，或为当年鼓岭岚光小学教员。1887年，万国公益社的“救济旅”在鼓岭三宝埕创办教会附属岚光小学，聘用北门兜（道源堂）牧师张亨恩及其子张利棠仕教，父为校长兼授四书五经，儿子则教英文。张利棠与“性狷介，不善逢迎，以课徒灌园自己”的刘秀才成为至交，当好友“墓木已拱，余正恐其文之泯没”之际，恰逢《福建文化》广征本省资料，保存多年的《鼓岭赋》方见世。如今在福建省图书馆以微缩胶卷保存的老杂志中，我读到一段醇香浓厚的友情故事，还有开篇便撼动人心的抒怀：“且夫鼓岭亦古今名胜之区也，地接闽山，乡居东土，路出双龟，峰朝五虎，凉可乘于蟹岭，无论春夏天时，暑堪避乎风山，不知光阴日午。从来胜景回绿水于棋盘，自古奇峰拥白云于石鼓……”

刘益琛去世的1919年，无多过客的过仑已经走过了伍丁，幽静嘉湖畔的农舍不仅有村翁，且客居着几位外国人士。在几个名字中自如切换的嘉湖，无论唤甚名啥，伍丁来到时肯定还没有湖。没有湖的嘉湖水源却是极其充沛，稻田水深、古井清冽，水塘下泉眼源源不竭，村头小庙得名“双泉境”——其缘由是清同治年间一术士建议设祭堵截沟水而建。

真正的堵截蓄水要到1959年，那一年公路通达于此水库，水到渠成，村庄拥有了面积40亩、水量13万方的真正的湖泊。现如今围绕嘉湖水库形成了休闲度假区，农舍、古井、竹亭、老酒窖、岭醴广场……沿环湖步道缓缓行走，丛丛芦苇与斑斓野花夹拥，更有数株百年柳杉矗立石蹬道旁。山水如斯，我一下子领悟到当年伍丁的选择……登上鼓岭的伍丁不但租屋嘉湖，更呼朋引类，掀起一股外国人避暑鼓岭的热潮。作为故事线头的伍丁虽常被提及，却每每只是石蹬道上的模糊背影。也有线索可以追寻，比如格致中学校史记载的踪迹。1860年伍丁受美部会派遣，偕夫人抵福州，主持差会并继任格致书院主理，其时书院还蜗居在保福山（今吉祥山）。伍丁苦心经营，终于盖起一座木构三层小屋做校舍，楼前的开阔地带也平整成为学生活动的操场，操场口竖立起高大的杉木门框作为校门，上书“格致书院”四个大字。同治三年（1864）伍丁接受新任务前往永泰，成为当地首任传教士，并在城关建了一座砖木结构的礼拜堂。

步伍丁后尘，数年之后传教士伊芳廷来到永泰，一住就是40多年。这个热爱摄影的美国人留下众多珍贵的老照片，包括美丽的大樟溪、城关的传教士大院，以及1904年美国领事葛尔锡在柱岗顶举办的生日宴——那时候的鼓岭已经活跃着热闹的外国人社交圈。但在1886年，一开初跟随伍丁上山的似乎只有两个人——美国驻福州领事荣日德·约瑟和英国驻马尾领事馆馆医任尼。这两人都是1880年来到福州的，他们和驻足多年的伍丁做法不一样。任尼别开蹊径，前往梁厝修建别墅；荣日德·约瑟则如法炮制，也在嘉湖租下一处房子，租期12年——租房其实也挺好，领事们调动频繁，1890年他离任时离租约期满还有好几年，接任的领事，正是葛尔锡。

据2012年出版的《鼓岭史话》载，“自1886年至1907年，外国人在鼓岭建有别墅84座：嘉湖3座，过仑6座，其余散布在宜夏村的崎头顶、三叉路、柱岗顶、梁厝、后浦楼。”这个数据，应来源于毕腓力1895年编制、1907年修订的《鼓岭手绘地图》。洋别墅初现时颇见风波，郭柏苍的《记光绪戊子（1888）夷人设寨古岭事》，曾记载福州官民与外国人为此打的一场官司，称村民“以古岭仑光顶卖与税务司建屋，经东乡生员卢而康叠禀杨公昌濬奏批，估价收回，暂赁居住”。后来仑光顶附近又见“连亘起盖”，“竟于顶坪之处，打樁为界，狮鼻峰前之古岭坪高砌石屋，正对东关，大有虎视内外之视。”

“正对东关”的地理位置令人心生忌惮，反反复复之间，早期开发的过仑、嘉湖一带渐渐冷清，只在泛黄的老照片、旧地图中仍可窥见昔日景象。《鼓岭手绘地图》标明了3座嘉湖别墅业主名字，分别为沃尔夫执事长、布舍尔女士及英国圣公会差会。英国女传教士布舍尔居住过的别墅，1933年踏进了宝韦。前者1883年抵榕，任职于陶淑女中（今福建师大附中前身之一）；后者1901年赴华，长期在福州柴井医院工作。虽为避暑而来，但传教士们不忘本职，且主要通过医疗和教育展开。据说伍丁曾把一些男孩送去福州上学，布舍尔则在鼓岭开办过妇女儿童学校。那些时光的碎片不知是否还可以拼凑完整，但在鼓岭的山林间，始终有一些身影与音律若隐若现。

还有一些踪迹尚待求证，比如“俄国人在双贵顶建有4座别墅”。老照片验证了4座别墅的存在，但那些年代居住者屡见更迭，来来去去之间不知啥时住进了俄国人？听说双贵顶尚有残留地基，我兴致勃勃前往察看，没料想另一波惊喜在等待：一个小小的古村落蓦然出现在路尽头，被风霜雨雪浸润得黑黝黝的石墙让人仿佛梦回前朝。曾听闻因岭上风大，早年间民房多为矮屋，且砌石为墙、盖屋以瓦，在这里竟得以见识。昔日的洋别墅建筑者亦因此而得以借鉴？登上斜坡一处已经荒芜的房舍，在杂物与石墙旁，绿竹掩映着几扇木质百叶窗，悄然静立，消逝的过往顿时在眼前鲜活起来。根据鼓岭管委会提供的资料，这座别墅1895年也是所知最早的居住者为传教士华雅各（J.H.Worley），其子华惠成曾是福州英华学院老师；后来这家人搬往崎头顶南侧，这里陆陆续续又住进了不同的主人。2017年9月，几个外国友人家庭寻梦鼓岭——先辈或自己曾居住于斯，其中来自新西兰的68岁老人德里克·沃利·帕顿，曾祖父即华雅各。有一个中国名字“白登德”的德里克·沃利·帕顿有着浓浓的福州情结，他将仓山区博物馆一块纪念家族几位亲人过世于中国的石碑以宣纸拓印，说要带回新西兰装裱起来。崎头顶南面那座曾经飘荡着欢歌笑语的老别墅已经毁弃，假如白登德再来福州，去双贵顶瞅一眼祖父最早居住过的避暑屋，轻轻抚摩百叶窗清晰的木质纹路，或许可以感受到些微先人留存的温度。

说是嘉湖也有别墅遗址，修停车场时还填埋了一座。开放于2020年的嘉湖停车场有着300多米长的观景平台和休闲步道，接踵而至的游人可以在此俯瞰福州城，开阔的视野一直拓展到乌龙江畔。旧颜新貌，岁月从不败鼓岭，于我而言这座名山如今又多了一个去处——过仑。《闽都别记》里书写的榴花洞可是“小姐洞”？琴线溪的泉音是否依然清脆叮咚？老别墅们背后还有多少久远的故事？嘉湖观夜景品香茗，田垄挖萝卜收地瓜……或者就是，租一处民舍住下，如同那位行遍山野的秀才刘益琛，“遥来月窟之间，阅遍暮山紫紫。昼到云梯而上，踏残春草青青”……

鼓岭老街

孟丰敏

10月深秋到宜夏村逛鼓岭老街。鼓岭老居民说，鼓岭老街最初只有100多米，在鼓岭邮局周围。街头志愿者说，鼓岭老街是从万国公益社到鼓岭邮局、水井处。导游说现在的鼓岭老街是从大梦书屋到鼓岭邮局。虽然他们的说法不一，却说明鼓岭老街这一段路，经历了3个不同历史时期。

为了体验鼓岭老街的百年发展之路，同行采风的作家们选择从著名的千年柳杉王公园徒步前往大梦书屋，一路穿行在鲜花、柳杉、古亭之间。来到大梦书屋时，只见一道阳光从屋角射出了多彩光芒，仿佛人类的文明之光。书屋大门外有一座女子坐着读书的铜雕像。有人说这是“福州三才女”之一的庐隐。因为1926年庐隐上鼓岭避暑50多天，写了几篇文章。在《寄梅窠旧主》中提及在鼓岭的快乐时光，希望在这清幽绝境终老，以为如此便是人间第一幸福人。1928年，林徽因婚后来福州探望

母亲，也曾来过鼓山。因此，这座才女铜雕像没有刻名，任由人猜想与传说。

大梦书屋旧址是1895年建造的万兴洋行，1936年为海军少将李世甲所购，1949年改造为鼓岭小学。如今大梦书屋已成为鼓岭的网红打卡点。继续前往百年游泳池，我们步行在幽静的林间小路上，只见风呼啦啦地指挥着森林交响曲，树叶的和声特别响亮。路旁见雕刻的黄文山先生所撰《乐石苑记》："半岭松籁，一夏清凉。总是踏青好处，遑论避暑胜地。古木连壑，薄雾清风，水流峰外，厝隐岩中。此乃山之幽也。苔路通霄，绝壁吞空，鸟鸣悦耳，花树摇红。此为山之趣也。山高近月，林深远尘，与竹木居，偕烟霞游。此则山之品也。古井依旧，洋墅宛在，往事历历，岁月如歌。此诚山之德也。"道尽了现代鼓岭之美景。而曾经的鼓岭风光，庐隐则如此描写："质朴的乡民，和天真的牧童村女，不时倒骑牛背，横吹短笛。况且我住房的前后，都满植苍松翠柏，微风穿林，涛声若歌，至于涧底流泉，沙咽石激，别成音韵，更足使我怔坐神驰。"

古今风貌对比，村落发展成旅游度假区，人们的物质生活条件得到极大提高，牧童成了学童，曾经的生活景象已成老照片，但苍松翠柏依旧，房前屋后多了鲜花，穿行这里，恍若进入一座大花园。

百花园旁有一座当年外国人建的白色古厝。古厝旁是游泳池。据说，当年这里的池水来自山上的流泉，冬暖夏凉。在靠井吃水用水的山村里，有一座泳池显然太奢侈了，所以外国人一撤走，这里的泳池很快废弃了。建造在房屋旁边的公共露天泳池，在今天看来也是很少见的。外国人将现代生活方式和理念带到了鼓岭，鼓岭和烟台山成为福州最早进入近现代生活方式的区域。

从游泳池经过白云山庄、藤萝走廊、杨梅山庄，我们直奔万国公益社。公益社的房屋系原建筑，但从外表看似乎是新建的，可见用石头建的房屋确实坚固耐久。当年为何要在这里建一栋外国人的俱乐部呢？它所在的位置是鼓岭的螃蟹岭宜夏村的三保埕，和100多年前的老街还有一些距离。公益社前原有一座教堂，左边有网球场、更衣室等。究竟是先有老街，还是先有万国公益社呢？带着这个疑问，我采访了本地村民，请他们帮我在手机里的鼓岭百年老照片中指认出哪个建筑是万国公益社。

这些老照片是当年在鼓岭避暑的外国传教士拍摄的。照片中的鼓岭像一个坑坑洼洼的盆地，盆地的四周是绵延起伏的山脉，中间是经过两三百年不断开垦、凹凸不平的平畴。平畴上零星地分布着一些民居，这些取材自当地土石的房子屈指可数。照片上清晰可辨的是能抵挡鼓岭台风的石厝房子，房子外有高大的风火墙。当年外国人为何要在鼓岭建房子呢？

明末清初，葡萄牙、西班牙、荷兰的商人曾到访福州，要求通商贸易。他们把河道纵横的福州比作水城威尼斯、墨西哥城。明清海禁期间，他们认为福州是中国最主要的外交城市。他们把福州名称写在他们的书里、报纸等媒介上，不断地宣传福州。虽有大量的外国人来福州，但他们的活动范围主要集中在城内。

鸦片战争后，福州被迫开放为通商口岸，大量的基督教传教士涌入福州后，居住在城外，即如今仓山区的烟台山上。那时烟台山的官方名称是天安山，别称仓前山。他们在烟台山办教会学校、建医院，以提供教育、医疗等各种惠民服务吸引当地的疍民、穷苦百姓入教，经过10多年的发展，在福州有了自己稳定的教徒，也日渐吸引各国商人来福州寻找商机。当越来越多的外国传教士、商人来到福州，他们发现每到夏天，福州就像一个“火锅”，地下是滚滚沸腾的温泉，地面上暑气聚集在山坳里，尤其雨后，即使人坐在宽大的阳台或通风长廊上，依然感到闷热不已。不少在福州居住的外国人受不了“瘴气”（湿气）而生病。当然，他们当时采用的是西医的方式治疗，不了解根除这种病的最好方法不是治疗，而是中医的预防与养生，才能慢慢调整好状态以适应福州的水土环境。为了躲避夏天的湿热避免生病，外国人开始寻找能够避暑的理想之地。

中国人多信仰佛教，福州文人有的夏天常到寺庙坐禅，短则一个月，长则两三个月，直到城内入秋以后方返回，比如著名的闽剧儒林始祖曹学佺、谢肇淛、徐惟和等，都曾到鼓山涌泉寺、白云洞避暑，并留下诗文。外国传教士与寺庙的和尚多有往来，互相包容对方的信仰，以大爱的名义相处融洽。因此，传教士们也效仿当地文人这一避暑习惯，相继来鼓山涌泉寺避暑。

1850年，美国传教士卢公明携妻子来福州传教，1865年出版了他撰写的《中国人的社会生活》。书中提及传教士在夏天来鼓山涌泉寺避暑的事："在炎热的夏季，寺中的气温常常要比盆地中的市区低8—10华氏度，那里是中外人士常去避暑的胜地……在夏季晴朗的日子里，从山顶或山的一侧俯瞰，无数河流港汊纵横交错，数十个村落散布在广阔丰茂的田野上，景色美不胜收，令人终生难忘。"这段话说明，外国传教士早在19世纪五六十年代就已经来过鼓山避暑，并发现鼓岭也是一个宜夏的避暑胜地。因为外国人都喜欢住在空气流通的山坡上，在当年的仓前山上居住也是选择山顶，在鼓岭自然也是选择山顶。从鼓岭的老照片上可确证：建筑在山峰上的房屋大多都是外国人的。

传教士来福州传教时，尚未确定能够在福州定居下来。他们最初只能在城外的烟台山和鼓岭租用当地人的简陋房屋暂居，因此他们最初没有购置或建造属于自己的房子。而他们对鼓岭村民的房屋也不满意。他们在鼓岭有专门的出版物，报纸名称是《*The Kuliang Register*》，中文名是《鼓岭记录》。报纸上，编辑霍利说《纪事报》问他对鼓岭的第一印象如何。担心长期居住鼓岭而忘记最初的印象，他就把鼓岭生活记录下来。霍利说对鼓岭的第一印象是很喜欢，但美中不足的是："鼓岭居民，在大多数情况下，已经习惯了建造极其丑陋的房屋，光秃秃的低矮结构，没有一丝建筑风格。"鼓岭居民认为这是为了抵挡台风的侵袭。霍利则认为不能因为耐久而不顾美观，鼓岭居民还没有学会建造宜居又好看的住宅，他幽默地说："台风使村民的感官迟钝，由此造成的伤害比拆毁的屋顶更大。村民没有把艺术添加到自然中。艺术要运用于生活中。少部分鼓岭的房子适合他们的山区环境。但他们不与山说话，却惹山发怒。"

19世纪七八十年代，福州的茶叶出口贸易总量超过广州、上海。此时，居住在福州的外国人打算久居，开始建造属于自己的房屋。第一个在鼓岭建别墅的是英国驻马尾领事馆的馆医任尼（DR. Thomas Rennie）。此后很多外国人相继在鼓岭建房。这些房屋实用又美观，通常有两三间主人卧室、起居室、餐厅、厨房、洗手间和仆人的房间。

外国人的石厝房屋与当地居民的石木结构的房屋差别很大，照片上一眼就能分辨出来。如：呈长方形的万国公益社。它始建于清光绪十三年（1887），名称是“鼓岭联盟会”，又称“万国公益社”，其存在的宗旨是便于福建的各国侨民社交，并负责为鼓岭的外国居民提供便民服务。这种管理服务模式类似于今天的社区管理委员会。每年端午节后到农历七月初七，在福建工作、生活的外国人从四面八方会聚于此，与新老朋友相聚一堂，参加联盟会为会员举办的网球比赛、野餐等各种文娱活动。他们每天都设有下午茶会，目的就是社交。

由于万国公益社的连锁效应，鼓岭老街因此慢慢延伸到了万国公益社。再看鼓岭老照片，找一找当年的老街。照片中只有一条特别平整，但不笔直的小路。这条路用碎石铺就，比尘土飞扬的沙土显然更夯实。这条路从万国公益社一直通往鼓岭邮局。由此可见，当年鼓岭最热闹之处就指向这一片。其他地方，也有外国人的石厝房子，但几乎铺的都是乡村土路。

从万国公益社走起的鼓岭老街，往前一段是三保埕，沿途有一栋老房子值得介绍。它就是柯达照相馆。居住里面的是房屋主人的后代，一位80岁的妇女，曾担任鼓岭生产队的队长。她说当年管理的生产大队的仓库就设在万国公益社里，番薯、稻谷就存放在公益社内。她住的房子还是100多年前本地产的松板或柏木建造的，依旧坚固耐用。她说柯达照相馆的旧址在她家斜对面，那是她先生的弟弟的房屋。两边房屋原是一家人。弟弟的房屋拆了后，就把她家的房屋作为柯达照相馆的旧址，成为地理位置标志。

看我在认真采访，一位环卫工人主动热情地为我介绍老街。她确认，100多年前，鼓岭老街只有100多米长，从现在的古街山庄到鼓岭邮局的水井处。当年，水井后无路可走。为何鼓岭老街是从这里起步呢？一种说法是因为宜夏村距离鼓山茶园很近，旧称“茶洋”，曾有万亩茶园。据记载，茶洋山“在双溪里，离郡东城五十里，与鼓山劳崱峰对峙，可望海，其间水出东西两溪，其山产茶”。清道光二十二年（1842），福州被辟为“五口通商”口岸之后，各国商船来福州均停泊于马尾港，外国人对中国的茶叶十分感兴趣，茶叶交易繁荣，所以茶农就在马尾的茶洋山一带广种茶叶，以供出口。

宜夏村自古是鼓岭的茶区，也是村民人口最密集的区域，主要居住着郭氏与梁氏的村民，其中郭氏人口更多。因外国人有购物、生活的需求，村民集中在此摆摊设点，就成为市场，摊位之间留出一条宽4尺至6尺的路，铺上碎石，成为鼓岭最热闹、平整的街道，即鼓岭第一条商业街，今称作“鼓岭老街”。

商业街上卖什么呢？鼓岭居民耕种畜牧，山上的水产有水鸡、鳅鱼、田螺。禽类有鸡、鸭、牛、羊、猪、狗、兔。这里每年一季收成的粳米质量为福州特优。鼓岭的番薯也最著名，还有番茄、扁豆、芎荣、蕹菜、芥蓝、薤菜、芥菜等。此外，福州仓山区的同昌洋行会送来罐头，同时在老街售卖的还有牛奶、牛羊猪肉等，鼓岭的牛奶在福州算品质上等。由于夏季的鼓岭市场贸易量大，这里的店铺也日益增多，有京果店、柴行、米行、时果店、点心店、铜店、饼店等。

除了商店，万国公益社的便民服务范围越来越广。1900年7月1日，万国公益社在鼓岭老街上创办了鼓岭夏季邮局，而非选址在万国公益社旁。说明鼓岭人口最密集、活动最频繁之处在鼓岭邮局一带，便于在此活动的人们去邮局办事。这是20世纪初中国四大夏季邮局之一。1908年，闽海关投资盖了一座单层房子，作为鼓岭邮局的办公点。《鼓岭及四周概况》介绍：“因为邮局的存在，许多西人才得以在山上度过快乐的时光时，将此情况与世界各地的亲友分享。”

为了满足外国人的生活需求，除了教堂、医院、邮局、电报局、网球场、游泳池这些城市日常生活所必备的公共服务设施外，鼓岭也设有古玩店、药店、洋布店、皮鞋店、花边店、漆器店、牙医店等商店，鼓岭老街真正地发展成有着现代气息的商业街。当年许多居住在鼓岭的外国人在此度过了美好的夏日时光，比如加德纳教授、福益华医生，他们或在山村里感受乡野的乐趣，或与淳朴善良的村民结下深厚的友情，或在此喜结良缘，或因治病救人而受人爱戴，或爱上中国的传统文化，从此把鼓岭视为第二故乡。

1936年，郁达夫来福州担任福建省政府参议，在他的《闽游滴沥》中，浓墨重彩地记录了鼓岭之游："自鼓岭至鼓山的一簇乱峰叠嶂，或者将因这一篇小记而被开发作华南的避暑中心区域，也说不定。"他发愿："千秋万岁，魂若有灵，我总必再择一个清明的节日，化鹤重来一次，来祝福这些鼓岭山里的居民。"

20世纪30年代，鼓岭与江西庐山牯岭、河北北戴河、浙江莫干山、河南鸡公山并称中国五大避暑胜地。至今，鼓岭依然是中国著名的避暑胜地，我有幸每年盛夏可到鼓岭避暑，感受有福之州的岭上之福。

鼓岭有座茶洋山

张　茜

鼓岭有座茶洋山。清人魏杰留下诗作《茶洋山》："孰意高山处，宽平万亩园。武夷茶可种，石鼓岫同尊。"

彼时鼓岭种茶虽说面积广大，但应排在鼓山种茶之后，是鼓山种茶蔓延的杰作。

《茶经》云："茶之为饮，发乎神农氏。"表明自有华夏，就有茶。《茶经》还记载，茶叶，岭南生福州、建州。鼓山为福州东边凭海之屏障，亿万年前火山运动造就其身躯，峰峦起伏，沟壑纵横，土地肥沃，树木

灌丛跃然其上。《鼓山志》阐述：相传闽王创寺时，人有罪谪居于此，使之种茶，以供香积。看来是闽王王审知将鼓山种茶推向高潮。

鼓山原有华严寺（今涌泉寺），到王审知时代，已寺毁僧散。梁开平二年（908），闽王重建寺院，并发配服刑犯人过去种植茶树，以茶叶收成供养寺院费用。这时期福州港口贸易格外发达，呈现“万国之梯航竞集”盛况，茶叶种植也应时迅速铺开，“海丝茶路”成为官府主要的财政收入。

茶叶销路火爆，催生鼓山茶园一层层扩展至现今的鼓岭，营造出碧绿馥郁的万亩茶海——茶洋山。

王审知善于经营，也潜心爱茶、崇佛。

鼓山有片茶树，长于崖壁缝隙，终年只受散光折射、雨露岚雾滋养。明前采摘芽尖制成茶，条索细短，汤色浅黄如雏鹅绒毛，入口淡淡草香，回味甘甜醇厚，余韵悠长。王审知反复品尝之后，萌生一个“野心”。他将这片香茗打造出顶尖品牌——半岩茶，敬奉朝廷，一举成为贡品。继而在福州举办东南亚各国“万人大会”，推崇“禅茶一味”，开辟鼓山茶、福州茶丛林之路。时年85岁的扣冰藻光古佛又受到闽王邀请到福州（彼时闽王非王审知），《五灯会元》记载，“闽王躬迎入城，馆于府沼之水亭。方啜茶，提起橐子曰：‘大王会么？’王曰：‘不会。’师曰：‘人王法王各自照了。’”这段人王、法王茶会对话十分精彩，引人思索，法王道出了食茶真谛——人与自然草木的联结。以茶净心，这也是寺必有茶、僧必善茗的道理所在。

“人王法王茶会”过后，扣冰古佛举毫耋之力，将鼓山半岩茶引种至武夷山，并携“禅茶一味”“吃茶去”移锡涌泉寺弘法，圆寂于涌泉寺。

扣冰古佛创下“涌泉寺普茶”法事，传承至今，将中国寺院的禅茶文化推向一个高峰。

1000年来，每一个岁末除夕，涌泉寺晚课后，僧众回到禅堂，更衣、静坐，闻鼓声三通，由班首引至斋堂，东西落座。大和尚上座，礼茶犒劳僧众、悟禅开示。维那师起身招呼，第一声引磬，僧众合掌；第二声引磬，端起茶杯；第三声引磬，喝茶，礼毕。清乾隆间书贾郑廷莅《壬子除夕宿鼓山涌泉寺》载，“普茶从香积，喃喃梵呗声。”

20世纪80年代，一位日本佛教禅门住持带领一班僧众，漂洋过海，大年三十匆匆赶到涌泉寺，就为一睹普茶法事。“涌泉寺普茶”习俗已成为鼓山茶文化的重要元素。

千年历史长河里，鼓山茶与福州政治、经济、文化紧密结合在一起。

继闽国之后，南唐派专职官员建龙焙制“龙茶”。北宋福建路转运使丁谓，大力改进制茶技术，使“大龙团”饼茶誉满京华，号为珍品。蔡襄当政福州时，亲自负责贡茶监制，他嗜好饮茶，常与人斗茶，闲暇时光会同友人到鼓山灵源洞煮水泡茶，谈古论今。一块石碑载着这群茶人的名字，鲜活至今：邵去华、苏才翁、郭世济、蔡君谟庆历丙戌孟秋八日游灵源洞。邵去华，时任福建水陆计度转运使，蔡君谟即蔡襄。据说蔡襄一日游鼓山煮水喝茶，直到暮色降临，才觉自己还在山中，不由会心一笑，吩咐侍从笔墨伺候，写下“忘归”。蔡襄的游记题刻和“忘归”而今依然完好地留在鼓山灵源洞旁崖壁上，见证了千百年来鼓山茶事的发展与变迁。

明代谢肇淛《五杂俎》记：“今茶品之上者，松萝也，虎丘也，罗芥也，龙井也，阳羡也，天池也，而吾闽武夷、清源、鼓山三种可与角胜。”清代黄任《鼓山志》记：“王敬美督学在闽，评鼓山茶为闽第一，武夷、清源不及也。”

鼓山茶从闽王王审知手里走上快车道，强劲越过五代十国、宋、元、明、清，托举起茶洋山中西方文化的百年繁盛。

五口通商后，17家外国领事馆、33家洋行相继驻扎仓山烟台山，福州港夜以继日地吞吐着插有各国旗子的货船。这些船上的主要货物为茶，有福州茶，有就近汇集而来的省内以及广东、广西的茶。烟台山的那些洋行，大多经营的也是茶，“万里茶路”航程就此展开。

每年清明前，鼓山鼓岭的采茶制茶农事，便在云雾缭绕中拉开序幕。弯弯山道上，一个个挑茶郎箩筐满满、扁担悠悠，成线成串地连接烟台山。洋行买办早已等候多时，忙不迭地接茶、审评。审评室很专业，高高的窗户向北敞开，反射光线柔和地照在长长的评茶桌上。身着西式制服的外国人、留着长辫子的国人，有的手持白瓷汤匙品茶，有的对着亮光看茶。评好等级，分类包装，变身一箱箱“嫦娥”牌茶叶，再次装上挑担箩筐，去往马尾港登船。

遥远的万里茶路，炙手可热的高额利润，催生了茶叶快运舟——“飞剪船”的诞生。1866年5月30日，9艘“飞剪船”满载头批上市的茶叶，从中国福州港（马尾）出发，驶向大英帝国。这既是一次长途运输，也是一次竞速比赛。100多天的海上航行，最终中国“太平号”比英国“爱丽丝号”提早20分钟抵达伦敦，成为赢家，得到每吨茶叶10先令的额外奖金。

福州地属亚热带季风气候，暑天高温溽热，洋商们只得休假歇业，或返回自己国家，或去中国气候凉爽的地方。这种情况，直到被一位名叫吴思明的美国传教士兼医生改变。吴医生在一次出诊时，发现鼓岭是个避暑好地方，便租下嘉湖村一所民居。吴医生有个好友叫任尼，时常跟着他上山。彼时鼓岭民房简陋，石块垒墙，木搭屋顶，低矮潮湿，外国人居住，难以适应。任尼决定在鼓岭建造别墅，选址宜夏村——茶洋

山的所在地，别墅建好后，功能甚好，洋派十足。消息传开，英、美、法、德、荷、俄等外国茶商，武夷山、邵武、宁德三都澳、坦洋、厦门、泉州、莆田等省内茶商，广州、上海、浙江、江西、武汉、香港、台湾等省外茶商，纷至沓来。你盖一栋，我盖一栋；这栋设有游泳池，那栋建有网球场；平坦的草坪，宽敞的屋廊，壁炉、多角度落地窗组成的明亮客厅，成为共同风格。邮局、俱乐部、服务机构等配套设施也应运而生，一个山村的多国命运共同体如是形成。

之后60多年间，夏季刚刚抵临，福州的外国人便坐上一前一后两个轿夫抬着的竹轿子，荡悠悠去鼓岭过暑假兼办公。这个季节的鼓岭最热闹，“Hello”“您好”“Tea”“茶”亲热地融合在烟火气里。

外国人的孩子们要请鼓岭的村民帮忙带，喂饭、洗澡、游戏玩耍间，卷卷金发、深深碧眼的娃娃们学会了福州话，吃惯了福州饭，记住了中国乡愁：茉莉花茶、白米稀饭以及洋腔洋调的“KULIANG（福州方言鼓岭）”。

2018年，一位80多岁的美国老爷爷，在家人陪同下，回到了儿时的鼓岭，回到了故园柏龄别墅。柏龄别墅烟霞满衣，完整地端坐在青山绿水中。老爷爷来寻找孩提时代的乐园，来寻找味蕾上的故乡——“奶奶的茶”。1933年，这位老爷爷还是个孩子，他的奶奶在鼓岭建造了柏龄别墅，柏龄威便是这个步履蹒跚的老人的名字。岁月如梦，一切恍若就在昨天，老爷爷说全家人每一天的生活都开启在奶奶冲泡的茉莉花茶清香里。那香味真奇特，会游走，从楼下餐桌飘到二楼小柏龄威的卧室，曲里拐弯，竟也能到。这时候，赖在被窝里的柏龄威便会一骨碌爬起来，快速穿好衣服，飞奔下楼去。

2018年，柏龄威已是耄耋老人，依然嚷着要喝“奶奶的茶”。那一天阳光可真美，鼓岭的风含着浓浓青茶香，将柏龄威和家人拥抱入怀。他们欣喜万分，蹀躞徜徉在茶场里，体验采茶、制茶，陶醉地品味奶奶的茉莉花茶。

1911年，一个金发碧眼的美国小男孩加德纳，红着眼睛，暗暗镇定自己，一一拥别鼓岭的黑发黑眼小伙伴和慈祥的保姆。保姆沏的鼓岭绿茶，他最喜欢喝，小伙伴们陪他爬树、打弹珠、游泳、打网球，还有满茶园里奔跑捉迷藏……小加德纳的眼泪像断了线的珠子，滚落而下，泣不成声。他哽咽着表示，你们等着我，别忘了我，我很快就回来。临行前，保姆将一袋子绿茶装进加德纳的行囊。鼓岭绿茶、白米饭、糖盐萝卜干，跟着加德纳到了大洋彼岸，慰藉了他的一生。他梦里几回回返“故乡”，临终前拉着太太手，一遍遍念叨“KULIANG、KULIANG”。

1992年，加德纳太太终于代替丈夫回到了魂牵梦萦半个多世纪的“KULIANG”——鼓岭。

鼓岭有座茶洋山，那时的万亩茶园，那时的茉莉花茶和绿茶。

一张张泛黄的老照片上，外国人和中国商人，坐在户外草坪上，喝茶、聊天、谈生意，各自身后都恭敬地站着管家先生；洋太太洋小姐们穿着中式绣花大襟衫、绣花鞋，身旁竹椅里咧嘴笑着的宝宝也是长袍、马褂、瓜皮帽，她们坐在中式老宅前，很中式地品茶、交流。

最引人注目的要数下午茶时光。在弧形落地玻璃客厅内，在宽廊下，在草坪的遮阳棚下，在茶园畔的露天茶席上。只要是茶会，外国人们便格外讲究，讲究庄重典雅的仪式感，讲究杯中茶和田园草木间的诗意和浪漫。男士女士着装一应白色，先生西装领结配礼帽，小姐太太盘头，长袖长裙，束腰，裙长及地，饰以蕾丝花边。无论室内户外，茶桌必铺白色桌布，有的还垂着流苏散儿。茶具细致，或是福州脱胎漆器，或是白色瓷器，壶里杯里盛装着茶洋山的茶。

茶洋山因此出现在其时的一张美国军事地图上，密密麻麻的福州地名标识，烘托着字体最大最醒目的一串大写拼音——CHA YANG SHAN。这颇耐人寻味。

2022年冬的一天，我们在鼓岭，几双眼睛审视着那张地图，茶洋山大写拼音在时光深处凝望着我们。这一凝望，让时光穿过了100多年，鼓岭下午茶的中西方文化礼仪正在兴起。

古道拾痕

仲　佳

鼓山和鼓岭实际上是一座山脉的两处山域。这两个地域在山上一路贯通，但地理上属于两个区域，况且从城区上山，无论是汽车公路还是徒步登山道都各自分开，所以福州人还是将其按鼓山和鼓岭两块称呼。也许还有这么一个原因：鼓山风景区的历史渊源更长些，鼓岭景区形成的时间较短。

一

历史上，鼓山景区行政区划属地主要在鼓山镇，鼓岭景区行政区划属宧溪镇。从管委会的界线范围看，大致是个规则的长方形，全范围包括：晋安区宧溪镇的宜夏、过仑、南洋、恩顶等几个村，晋安区鼓山镇的横屿、东山、双溪、樟林、埠兴、远中、洋里几个村，马尾镇的建坂、龙门等村。

如果从卫星山脉云图观察，可以清晰地看出，大鼓岭景区的西线和南线，山脉隆起部分的过渡性很小。突兀而起的巨型山脉，犹如福州城区东部的天然屏障，将来自大洋的气流阻挡在城市之外。但同时带来的，是夏季福州盆地的超级酷热。

二

福建以多山著称，唐末诗人杜荀鹤来闽中（福建）走了一趟后连发感慨："北畔是山南畔海，只堪图画不堪行。"杜荀鹤言简意赅地描绘了福建的基本地理，直呼"不堪行"。之所以不能忍受在闽中的旅行，就是因为没有路，或者说路很难走。道路，在平原上开辟容易，在大山之间开辟就不是一件简单的事了。再难，人们也会开辟出山径，便于民间来往。古代没有汽车，只有车马道或步道。如果是官方用来传达政令文书的通道，叫"官道"或"官路"。官道通常为官方管理，从京城到各地，路途遥远，中间要休息轮换运送人员甚至换马，官员和考生、行人要吃饭休息，在官道上重要的交通节点，每隔一定距离会专门修建"驿站"（简称"驿"，为官方机构）供休憩之用。因为在官道上修建了驿站，久而久之，官道就有了一个通用称呼——"驿道"。

宋代，福建对外的驿道主要是4条，即福州到温州的福温线、福州到建瓯的福瓯线、福州到南平的福延线、福州到莆田的福莆线。

以涓涓细流逐渐汇入大河比喻，如果4条古驿道为主流，沿路有无数条支道（支流）接入主干道。当然，也有从鼓岭一带接入福温线的次要官道。从今天来看，居住在东边山脉，包括鼓岭、鼓山甚至马尾亭江、闽安的百姓北上，需要走当年在山顶的通道，即过仑—界顶—鹅鼻—宦溪的山道，接入现在所说的大北岭状元岭官道（福温线）。这条山道从过仑、宜夏、后浦楼往南，过凤池、涌泉寺后通达下院（廨院）下山，在山岭中画了一条优美的弧形线路。如今，这条历史上形成的山道，有些地段已经与现代公路重叠。

三

在福州城边缘，特别在炎热的夏季，有一座海拔800多米的鼓岭，是上天送给福州人避暑的好地方。即使山在眼中，但要登入山中，也"不堪行"呀。伸向鼓岭的高山峻岭之中，路在哪里？路有多少？

走的人多了，就形成了路。以鼓岭山顶上的古道弧线为中脊线，头伸向状元岭官道，尾巴拐向鼓山延到下院（廨院）。在中脊线两侧，分别有大大小小数条山道分支下山，一侧向西下到福州城市东郊，另一侧向东下到南洋、快安等地。如今，从山顶向东伸向南洋、快安、闽安、亭江的几条山路已经荒草萋萋，山茅遍地，路径难行。而西边的几条山路，则因为有着大批来自城区的登山人群，显得生机勃勃。这些年政府对其中的几条山路多次加以修葺，现在成为更加规整的石磴路。倘若要追寻从福州城东面上鼓岭的古道，以列入文物保护单位为基本衡量，最重要的有以下几条。

“登云石磴路”，为晋安区文物保护单位。古道现存遗迹大约3公里，从登云山麓出发，达恩顶村岭头门，经牛头寨下山至南洋，而后抵马尾的闽安、亭江一带，这是古代福州城通往出海口的最直线道路之一。这条古道始建于宋代庆元年间，清代道光年间重修。现在，徒步爱好者一般走登云水库旁山路，走向与古道一致，但已经不是古道原路了。要寻觅古道踪影，还古道原来本色，还需下一番大功夫。在山顶现在有座“恩顶水库”，是20世纪50年代，由山脉原先自然形成的一个小湖泊（叫“思洋垱”）改建而来，思洋垱的泉水顺山势分成两条小溪而下，一条流向南洋方向，叫“舍人溪”，另一条流向现在的登云水库，叫“桑溪”。如今，这条桑溪已经名副其实地成为涓涓细流，无法看出溪流的模样。古人在开辟古道时，通常爱好溯溪而走，最古老的“登云石磴路”，应该就沿着桑溪的山涧蜿蜒而上。这里风景优美，是闽越王无诸大宴宾客的地方，酒足饭饱之余，还要在弯曲的水流上玩玩“曲水流觞”的游戏。这比历史上所记载的王羲之在绍兴的“曲水流觞”还要早了几百年。

“佛舍岭石磴路”，也是晋安区文物保护单位。这条古道的山麓一带，原来有几座寺庙，包括现存的圣泉寺，还有两座叫大乘寺和眠云寺。所以，这一带山岭叫“佛舍岭”。也有人认为，现名“佛厝”的地方，就是当年的“佛舍岭”。宋代大观年间，大乘寺和眠云寺的和尚召集乡亲们共同修建了这条路，资料上记载，这条古道从大乘寺一带出发（如今大乘寺还有废弃后的遗址），经过三十六湾的弯曲山道奔南洋而去，因为在“佛舍岭”山间盘旋，所以古道称“佛舍岭石磴路”。现存的古道遗迹如今已经无人行走。

“鼓岭古道”，从东山鳝溪边（现鼓岭公路的起点）出发，经奶奶坪上山，过“关爱女孩亭”到“张圣君庙”（知止亭）后，分为两路。一路走王厝山，与“登云石磴路”重合，穿过牛头寨寨门下山往南洋村，而后达闽安、亭江。可能因为山势平缓，这条古道走的人最多，从清代咸丰年间开始修铺石板路成型，历朝均有所修葺，在志书上被称为“鼓岭古道”，全长约10公里；另一路（现在叫“分路”）则经柯舍境通往映月湖公园到梁厝、宜夏一带，由于主要目的地为现在的鼓岭景区中心地带，石阶完好、行走较为方便，也是大众最广为知晓的古山道。

“鳝溪古道”，起点是三环路的樟林环岛，在福建工程学院鳝溪校区附近，距第三条鼓岭古道的起始登山点只有几百米。古道起点有座“白马三郎庙”，来源于福州著名的白马三郎在鳝溪上跟鳝鱼怪搏斗的故事。沿途保留下来的摩崖石刻弥足珍贵，为福州市级文物保护单位。鳝溪古道登山路径与鼓岭古道几乎平行，但这条路是沿着鳝溪上山，经西来院往鼓岭。古道因为山路偏小且稍显险峻，加上草茂林密，除了一些登山爱好者，走的人已渐渐稀少。

通常所说的“白云洞古道”，从埠兴村永德信山庄一侧上山，经白云洞到凤池，分岔后，右路南下鼓山涌泉寺，左路北上鼓岭后浦楼。白云洞古道，比较适合体力好的徒步者，再加上风景优美，石磴路这些年都有修缮，显得有些生机。在白云洞古道与鳝溪古道之间，也有一条“樟林古道”可以通向白云洞，但走的人相对少些。

还有一条“牛山石阶路”，为晋安区文物保护单位。起点在远中村牛山的福州市委党校新校区一旁。穿过一个村中集市，有一块长、宽约百米的巨岩，因陡而光滑，难以攀登，古人便在巨岩上凿了一段长石阶，共有79级，直达石阶路顶端的飞炉寺。山顶石阶路边，有摩崖石刻，刻文记载的是北宋政和五年（1115），邑人萧邻为“使船海道，并父母乞保平安，各延景福”而开此路，应该是个海上丝绸之路的文物点。在古代，“牛山石阶路”过了飞炉寺后，主要方向是去鼓山，但也可以北上鼓岭，是古时上鼓岭、鼓山的山路之一。如今，飞炉寺上山的小路为现代别墅小区所隔，已基本断绝。所以，如今的牛山石阶路只剩巨岩上的一小段，几百米。

在以上诸条古道中，最直接的、从福州城区翻越鼓岭到亭江一带的古道有3条，即“登云石磴路”（宋代）、“佛舍岭石磴路”（宋代）和“鼓岭古道”（石阶路于清代成型）。但“登云石磴路”与“佛舍岭石磴路”古道原迹目前还未整理重现于世人面前，清代的“鼓岭古道”如今是人们最熟悉的古道。

四

“鼓岭古道”，西边连着福州东门，东边接着闽安、亭江、琯头，从地图上看，是福州城徒步通往闽江口以及连江部分区域的最短路径。但是，这条道路中间横亘着鼓岭山脉，要翻越其上到牛头寨再接着下山，倒不见得是最省力的通海路径。

书上记载，“鼓岭古道”是连江一带进京赴考的必经之路，称为“官道”，这引起了我的好奇。古代连江赴京考试的历代学子总数量应当不多，宋代考上的最多，为290多名，而明清两朝近600年考上进士的只有60多名，平均每百年10名，这还是整个连江县的统计。可见，连江县南部琯头一带的考生人数应当更少。当连江人赴京考试时，无论是选择走福温线还是福延线、福瓯线，相当部分的琯头以北学子，完全可以走最短路线，直接从当地接福温线北上，再返回走南洋线登鼓岭接入福温线，地图上看显得有些舍近求远。走“鼓岭古道”南洋线的，应当是连江琯头以及马尾亭江一带的考生的选择，而非整个连江考生的必经之路。因此，无论是参加京城的会试还是福州城的乡试，由于考生数量的局限性，再加上整条“鼓岭古道”也没有古代驿站的记录，可以做出一个推论：“鼓岭古道”尚未达到官道的水准。况且，亭江一带的官员、考生要到福州府城，有些人还可以选择坐船从闽江进入福州城，不一定非要翻山越岭走“鼓岭古道”。这样看来，在“鼓岭古道”上行走的，官员、学子很少，大多情况下应当是当地百姓。为了给百姓创造更好的通行条件，清代咸丰年间开始，官府陆陆续续修缮了“鼓岭古道”，“鼓岭古道”成为福州城区特别是东郊和过仑、宜夏、南洋一带民众来往鼓岭的主要通道。

五

晚清朝廷开放了包括福州在内的“五口通商”，外国人纷至沓来，主要集中在仓山（少部分在马尾），设领事馆、传教、搞贸易、开洋行、建医院、办学校，特别是众多的西医，由于治病见效较快，获得良好口碑。来到福州盆地的外国人可能对福州的酷热缺乏思想准备，在福州居住期间，对理想的避暑之地有着强烈的心理渴求，有些欧美人甚至跑到海边（比如川石岛）消遣度夏。

清朝光绪十一年（1885）盛夏的一天中午，美国传教士兼医生伍丁到连江出诊时发现鼓岭，他将此发现传告一众老外，自己则先行一步，在鼓岭嘉湖租民房度假。之后，发现绝佳避暑地的各国外国人们纷至沓来，在鼓岭星罗棋布般地盖起别墅，散落在鼓岭山间的各个角落。不出几年，跟外国人关系密切的中国人，主要是商人、买办、神职人员以及外国人的雇员，也接踵而至，在鼓岭的各个山头建造度假别墅或租用民房改造成度假屋。最繁荣的时候，鼓岭的别墅多达300多座。短短几年时间，鼓岭成了避暑天堂。

这个阶段开始，咸丰年间修缮的“鼓岭古道”开始发挥重大作用，到鼓岭度夏的人群基本上走的是这条路。走在山路上，透过时光薄雾，我们还依稀可见外国人别墅在古道旁的残垣断壁。为了使外国人到鼓岭后更加方便地生活、游乐，美国人彼彻还画了一张鼓岭草图。图中，原始的“鼓岭古道”由于经牛头寨通往南洋下山，不是他们注意的焦点。他们关注的是从过仑到宜夏一带的别墅区位置，并以阿拉伯数字标注出各家别墅的序号。

比较彼彻所画鼓岭草图和现代精准卫星云图，草图中的是当年的山顶通道，卫星云图中的是如今的公路（当然，这条公路也是在当年通道的基础上改扩建而来）。草图中的通道走向和位置基本与现代地理情况相对应。

六

飒爽的秋风中，在鼓岭管委会引导员郭庆向导下，我又重走了一回“鼓岭古道”。踏上长满青苔的石板路，摩挲布满岁月感的道侧枝干，品味千百年的人间变迁，恍如穿过岁月的烟尘，与古道上走过的古人和外国人相逢，万千感慨涌上心头。

“鼓岭古道”，是鼓岭历史文化的重要部分，是文化旅游线路的重要载体。闽越王无诸的“流杯宴席”，在“鼓岭古道”上的桑溪回转；唐代闽国的梵音，至今在古道上空缭绕；海上丝绸之路的出海口，有古道的痕迹；西方人和中国人生活习惯的不同，在古道留下碰撞的火花……

古道文化是一座富矿，正等待着我们继续科学保护、深入挖掘、创新转化，相信在不久的将来，“鼓岭古道”将重现于世，焕发出更加夺目的光彩，带来一个更加生机勃勃的现代鼓岭。

水做的鼓岭

——通往公共泳池的时间之旅

郭志杰

假如在金、木、水、火、土中选择一种作为鼓岭的符号，我的选择肯定是水。抵达鼓岭必须经由水的洗礼。鼓岭耸立于城市东郊之巅，远离城市滔滔不绝的闽江和纵横交错的内河，但闽江的充沛中有你气质与丰韵里的三条溪流，这水是山中气的凝结，气是浮动的南洋溪、游龙潭……捧出它的千千手造就你的“飞水”奇观与惊艳回眸。闽江从城边流过，环绕你周身的却是凤池泉、郑水坑泉、嘉湖井泉等做成的细柔的腰饰。

生命如同一滴水的演绎，时间如同一片海的存储。100多年前，时间之水不仅流向鼓岭的山坳田畴，也流入当地人的隐秘基因。他们生命的五脏六腑里裹挟着鼓岭绵软的内核与密码，因为循环不断的时间之流占据身体的近80%。岁月在他们身体内百回千转，转出一辈子的春夏秋冬。失去水，生命就无法在宜夏歇息，在宋时的古道上跋涉，或在日落石上谈笑风生。人周身贯穿着流动的日子，近水楼台的老街商铺没有过不去的水之“扛荛”，活着就意味着这一元素的充溢与输送。

当时间之水流入人世，必须有个疏通之处。人们习惯将它看作一条东逝的走向，但对于高海拔的鼓岭来说，或许跋涉的并不是同一路径。岁月的载体在这里，选择的是清甜可口的泉流，从至高处汩汩溢出，所有的努力都指向那一坐实的点与线，留下郁达夫“观瀑亭歇息”的不倦身影，和从远古跋涉而来的“仙脚印”。自然是更旷大的有机体，它孕育的这一场景只因经由人的干预，才有望成为凝结着梦幻的“左海小庐山”，文化是其中值得荣耀的冠冕，或者说是随波逐流中的一股甘洌，我们不得不处在它的包围与腾挪中。水是大自然的搬运工，但搬得最辛勤的仍是裹挟其中的钟点工。它的流逝谁也拖拽不住，时间的每一推进都留下必然的波纹。看，在闽江的流湍之上，有你打开了1000多尺高度的放眼，如同“五色鸟”展翼于浴风池之上，唯有云端的水亭有向低处润泽的特权。从某种角度上讲，找到水，就等于找到了鼓岭，越高海拔的水越易于将时间托举到“三天门”的高度，将空间拓展到“映月湖”的宽度，鼓岭用自身迸发出的全部能量，见证了这一奇观。虽然比起泰山、峨眉山、华山等名山，你配不上巍峨雄伟的称号，但你却用800米左右的海拔，让山水敞开胸怀，拥抱出“和平、友谊、爱的生活”。从此，在泉流浸润过的那一特殊时段，鼓岭的精彩不再受拘于那有限的容积，而有了让世界接近与吐露生机的机遇。时间之水由此流出超出地域的神圣超然，流出一个世界的融入与缅怀。

时间是水，也是最好的老师，鼓岭的演变必须通过老师的审阅。今天我就跟着老师亦步亦趋，跟在“江风、海风、山风、林风”的身后只争朝夕，风动“栖鹘”之时也打动着我，让我不曾有丝毫的懈怠，因为风的疾速也在时间的把控之中，再坚固的“挡风墙”或“天然屏障”也挡不住从商周伊始的历史走向。当“古岭”的风吹到“鼓岭”，谁能看出其中扑面而来的绵延与推力？这一切，并不能从横卧的“棋盘石”上看出端倪，风池山边的“观音掌”也解不开其中的奥秘。一切的一切都在时间之水的磨砺下，或消逝或蒸发或重生。留下的仍是时间的“米字纹”“方格纹”。

在鼓岭，在通向泳池这一目标的路上，耸立着一棵1000多年树龄的柳杉树，树高30米，胸围8.6米，其壮硕伟岸令我们惊奇，其浪漫多姿让我们动情。这是岁月的绵绵之水打造成的立体塑像，只因历经千载巍然不倒，和伟大站成了一个系统。两根分开的树杈紧密相依，站成不离不弃的合欢枝、“挹翠亭”，站成永不枯竭的精神之旅。它看似固守于一方，但内在的涌动谁能感应？实则，它也在时间之水中游泳，从有限的一隅向无限开拔。在它的咫尺之间，有股名曰龙泉的泉流从底下汩汩通过，大自然的神圣约定不言而喻。或许，这口泉眼就为了这棵树量身定做，这块土地早已为这棵树的孕育做了充足的物资储备，这一储备贯穿于日月的交替之中，与时间同在。龙泉将其源源不断的精气神，输送到它的枝枝叶叶，完成自身使命的一种亘古传递，这就是从水中来到木中去，从土里来到气中去，跃动的精灵由此获得挺直的骨骼与强劲的双翼，完成了破天荒的革命性过渡。或许，是龙泉的磅礴气势经由树的撑持得以完美地演绎，或是树绝世独立的飞天造型主宰着泉的命名。总之，它们的存在互为呼应，只因彼此有一个对方，终归融合成难以拆分的一体。水木联盟是世上最坚固的联盟，造就了世上蓬勃的新春和你的擎天一柱。只要树仍披枝展叶，仍在履行绿色的使命，这一联袂就将永续。你从萌芽中游出一枝独秀，从茂盛处泳出千古风骨。在我们肉眼察觉不到之处，时间依循着挺拔的躯干，不断地从其坚固的根部盘旋着涌动的力量，吸纳着地下的龙泉，执拗地经由树干的引导划动着、渗透着、漫延着，好好生长，天天向上，向上方将自身举至无限风光，带来高地之上更高的仰望。费希特说："仰望是一个非常舒适的境界。"或许，鼓岭因这一仰望，获得了隶属于自身的精神标杆。这些柳杉树，形似圣诞树，在许多外国人建造的别墅前都留下它的勃勃生机，它似乎正用中国的方式，给外国人带来永远的节日。还有外国人栽种的"番菜"，也在鼓岭生根发芽。一棵树种、一株蔬菜在相互的吸纳与接受之中，共同缔结枝繁叶茂，郁郁葱葱。当时间之水贯穿它的每根枝丫或每片叶瓣，我们是否能感受到树大根深中东西方文化交汇所葆有的一切？它硕大的年轮岂不是水的波纹的演变与记录？这"一棵非常古老的树"，曾定格于一位84岁美国老太太的记忆中，让她在时间之水的不断充溢中，每年都做着"夏天的时候能到鼓岭上去"的梦，也让庐隐期盼着"何时再与这些富于诗兴的境地，重新握手"。

在这里，时间并不仅限于泉的流溢。水的充沛带来空气的浓浓湿度，形成渗透于周围的密集水分子，这是铺陈开的明朗的空气。水将藏掖于天地的心事拱手相托，让水中流逝的光阴生出丰满的羽翼，集结成更紧密更团结的组织架构，将空间打造成或浓重或稀薄的存在。让时间如笼轻绡，在迷蒙与清晰之间"美人照镜"，在庐隐的眼中"雾散云开"，展示光阴稍纵即逝的斑斓多姿与“清幽的绝境”。此时，人们值得放下所有的负累，把信赖交给它管辖，让雾将其包裹乃至化解成荫蔽的形态，让人从水的或隐或现、亦真亦幻、聚散有常的雾状运作中，充分感受光阴的短暂性、丰富性、能动性。让人从意识深处睁着一双明眸，将一种对立推向明晰的结局，乃至让100多年的岚光小学校名都裹上一团晨光中的雾霭，让郁达夫的《闽游滴沥》滴出“鼓岭一日游”的晶莹剔透。大自然的表演或许出自一种本意，让美的事物在隐秘与坦露之中，呈现别开生面的两极，以此顺应自然日落月升的恒定规律。今日天气晴好，遗憾这一行旅未曾与鼓岭的这一特产碰撞。但1920年8月，一位名叫利昂娜伯尔的外国人的邂逅却让我印象深刻，他曾写道，“天气操控员住在这里。他把手伸向大海的方向，抓起一股浓雾，把它吹到我们身上，浓雾飘进了房间……”可以说，也一股脑儿飘进比房间更大的宜夏别墅、古堡别墅、柏岭别墅等300多幢别墅，飘进比别墅更大的外部世界，飘成连接天宇的“白云洞”，“飘”就是这块地域的一部世界名著。世界沉醉于这一朦胧的纵深，时间之水以与人包裹、与自然贴身的行为方式，呈现让人飘飘欲仙的境界。

下一站，我们来到大梦书屋。这家书屋，原是海军名将李世甲居住的别墅，中华人民共和国成立后改为鼓岭小学。或许它的存在并不是无缘无故地发生。水是改变一切的大师，也必然颠覆时间中的门楣。但从琅琅读书声到密匝的书架上琳琅满目的文字方阵，这一变化或许蕴含着某种逻辑上的关联，似乎冥冥中正以无声召唤的方式，呈现朝夕的另一种流向，而你本身就站在时间的一个高地，有幸让人分享文化的新一轮润泽。知识是另一种水，一种指向高海拔的精神泉涌，如同柳杉树内的隐秘流布，看不见，却坚持着恒定的走向，一个世纪接一个世纪从容不迫，走着精神经历过的漫漫旅程。书屋的存在似乎注定给过往的时光一种回眸、一种呼应，或一种许诺。就在离此不远之处，曾有个100多年前成立的万国公益社，这些不远万里来这里避暑的外国人，仍不忘将戏剧表演、音乐朗诵、科学与文学的探寻融入聚餐、茶话会等娱乐活动中。这方宝地，不仅适合避暑，适合休闲，也适合阅读，适合在时间之水中相互的会晤与认识。鼓岭的意义在于认识，鼓岭值得让天下认识。认识就是两滴水（生命之水与自然之水）的碰撞与融合，生命的诞生也源自两滴水的神秘交汇。认识让鼓岭提升到东海之滨新的“鼓顶”。

在通往泳池近在咫尺的坡地上，不知大自然是有心还是无意，正盛开着簇簇五颜六色的花朵，它似乎正用一种极富诗意的方式，表达不同肤色人类命运共同体的咏赞。那一群群不同国度的人们，越过浩瀚的海洋，来到这泉眼的集聚之地——公共泳池。“沉浸”成了这里最广泛最恰当的词语，时间也因这一感受而变得历久弥新。泳池说小也小，它总共只有长19.6米、宽10.5米、深0.75米的容积；说大也大，因为它容纳得下20多个国度的快乐。林则徐的“有容乃大”在一个高度上得到新的演绎。从某种角度上讲，这是海与泉的邂逅，泉与海的联欢，两滴水托举成共同的一滴水，万国公益社就是五洲四海的代名词。当一群群外国友人与本地人在泳池中与水共舞，可以说，这是清凉世界带来生命的盛大景观；也可以说，这是大海的融入达成的人生欢宴。此岸与彼岸，在荡漾的意识中汇聚成团，在一统的涟漪中消遁了界限。生命最重要的元素——自由，在波涌的畅快中得以淋漓地释放。人与人之间，不同肤色之间，经由时间之水这一柔软的纽带，形成小中见大、方中有圆的舞台；文化在此处的相互对撞中，学会了包容与接纳，最重要的是促成了理解与尊重。尽管现在你陷入大地的身躯，已找不到点滴水渍，或许你铭肌镂骨的回忆，已被挤得一干二净。我们曾用人去楼空表达世态的炎凉，但用在你身上却不合时宜，现时的你虽已人去池空，但曾经的一切依然如影随形，不曾忍心白白交给逝去的一切。时间之水仍执拗地在你身上发生前世效力，因为你内含的丰盈足够储存一个未来。

假如生命是条河流，对于一个个体来说，童年的时间之水似乎刚刚从源头溢出，这一初始的时空定位形成美国人加德纳的一生之缘。十载鼓岭的童年生活，成为润泽他一生最饱满的一滴水，虽然10年后他抵达了属于自身的国度，从此不再离开，但那懵懂中带来的快乐时光却成为他的生命永远停泊的港湾。他时常吃的是少时的白萝卜、地瓜粥，辗转反侧的是鼓岭的往事，让情感一路追随着难以释怀。童年与伙伴玩耍与嬉闹的南洋溪、叠潭、游龙瀑、弥勒瀑、白孔雀瀑、玉盘涧瀑已成为他血液中流淌不尽的泳池，并在人生的恣意扑腾中溅出难以干枯的记忆之湿。实则，鼓岭作为避暑胜地被外国人发现，冥冥之中就留下水的倒影。1885年，美国医生伍丁因到连江出诊，在闽江逆流而上，嫌行程慢，改走陆路，取道鼓岭。鼓岭也是一条隐伏于内里的水路，他才发现了这一清凉世界，由此揭开了外国人群起在鼓岭安营扎寨避暑的序幕。此时，逝水东流的时间因一种难以抗拒的逆向缘由，给陌生的视角带来异样的惊奇，一个高地的历史由此水到渠成，翻开心潮荡漾的新一页。或许，正是出于对这一发现的褒奖，当伍丁站在知止亭俯视福州时，稻浪滚滚、水汽充沛的田野捧出一个偌大的字为他祈福。伍丁也由此成为在一个高地上发现“福”文化的外国第一人。

活在这个世上，好奇是人类的天性，时间之水让人产生流淌不尽的好奇。我们总喜欢在各种结果中探讨原因，在各种物象中寻觅源头，这一动力来自水，无论是身内的水还是体外的水，进入内核的水还是跳出界外的水，几乎所有的源头都关联着水。源头本身就含水。水在这里一扯到源头就拉出了一枚邮戳中的“福州鼓岭三年六月初一日”，拉出了1886年任尼在鼓岭的第一座外国人房产，拉出了不同肤色的手合力拽动的那口“公共水井”，拉出了近现代有血有肉有水的鼓岭。公共泳池里曾有一个注入的源头，谁曾料到，注入的是一段不会枯竭的历史。

绣球花美　花溪谷香

杨国栋

一

很久以来，关于闽越王无诸是否登临福州高山鼓岭的争论，专家学者各持己见，没有明确的文献记载，也就不能坐实无诸的鼓山和鼓岭之行。只是民间口口相传，我们可以视之为传说。但是从后人描述的无诸性格特征和他闲不住，喜爱到处狩猎，征服高难度大山的处事风格来看，无诸完全有可能登临福州鼓岭。

海峡书局出版的《鼓岭史话》明确记载：汉武帝派出强大的军队进攻福州，大败余善之叛军后，“徙其民于江淮间”，部分闽越遗民逃往福州北峰、鼓岭山区。鼓岭南洋村遗存一块人造石笋，当地村民称之为蛇角，充分表明南洋村村民沿袭了闽族和闽越族人崇拜蛇的久远习俗。祭蛇拜蛇，是古闽先人的信仰。

无诸治闽时，冶铁技术得到进一步发展。当时，铁制的农具有锄、耙；工具有斧、锤、锯、刀、铁环、铁条等；兵器有长、短铁矛和大刀弓箭等。铁器已普及生产和生活的各个方面。质地坚硬、造型美观且富有地方特色的陶制品，如匏壶、双耳罐、双耳瓿、敛口钵等各种生活器皿，也在闽地十分流行。

当时，闽越百姓安居乐业，无诸与僚属们经常在桑溪和九仙山等处欢聚宴饮。宴饮方式花样翻新，最为出名的是宴饮流觞。即选准一个潺潺流水的高地，酒杯顺水漂流，流到谁的面前，谁就必须伸手将酒杯端起，一饮而尽。民间传说，无诸举办的宴饮流觞，曾经在许多峡谷地带进行，边远的鼓岭山脚下也曾出现过。

无诸的奇特个性是挑战自我。他当年在福州冶山建造高炉炼铁器、铸铁剑，不比他的华夏同辈晚多少时间。

史籍记载：早在商周时代，鼓岭西坡就有人类居住。2007年10月，福州市考古队在鼓岭登山古道入口处的柳山，发掘一处商周时代的文化遗址，出土了方格纹、戳印文、米字纹、席纹等陶片。这表明，鼓岭的文化早在商周时代就已经有了雏形。

二

春夏之交，在鼓岭蜿蜒逶迤的山道边，在起伏高低的流水旁，在空旷的野地里，绣球花仿如天宫仙女，神奇而飘逸地飞临，以她奇特的充满着野性的生命力，在青绿黄红色彩的映衬下，绽放出令世人惊叹的美丽。

绣球花为虎耳草科绣球属植物，花型丰满，花瓣鲜亮，花蕊馨香，大而美艳；魔幻似的能红能白，赏心悦目，提神振气。我国栽培绣球花的时间较早，明清时期建造的江南园林中，少不了绣球花闪亮登场。21世纪初年，福建省，尤其是福州市建设的一大批公园里，丛丛绣球花灿烂地现身。

鼓岭公园和风景区则常常见到绣球花成片栽植，形成浪漫情调的景观。阿尔彭格卢欣品种，花呈深红或玫瑰红色；恩齐安多姆品种，叶为深绿色，花为鲜红色，如果植入PH5以下土壤，则花朵有可能魔幻般地变成蓝色。鼓岭特有的绣球花，变化是常态，不变是暂时。它让我第一次读出了自然界鲜花的哲学与文学意味。

相关资料介绍说：一种叫奥塔克萨的绣球花，有100多年历史，是日本培育的矮生品种，鼓岭山头偶尔也能见到它呈粉红或蓝色的鲜丽花容。

三

鼓岭花溪谷，也是一个富有极大想象空间的景区。

经年不息地打造花溪谷景点，形成持续不断的升级版，是鼓岭管委会各位成员的共识。这些年来，景区拓展升级了花溪谷空间，打造新的游览线路。现在的花溪谷有农田村舍、溪谷森林、瀑布幽潭、梯田花海等丰富的空间层次和多样化的生态景观，整条游览路线设置了东篱、渡月、观瀑、惊石、独听、流韵、洞天等7个重要景点，给旅游者带去了新奇的震撼之感。

鼓岭种植绣球花的历史可追溯至百年前。当时外国人在鼓岭避暑时，喜欢在房前屋后种花植树，绣球花由此落地鼓岭，生根发芽，茁壮成长。在郁达夫的笔下，鼓岭是“小小的厨房，小小的院落，小小的花木篱笆”。因为几乎每一座石砌别墅前总有一丛丛的绣球花，每到夏天，一簇一簇盛放，带来满眼灿烂清凉，通身惬意舒畅。

11万株绣球花在鼓岭长田花园规模绽放，这本身就是一个不小的奇迹。道理很简单，整个鼓岭面积只有24平方公里，山林、田园、河溪、道路、坡地、草丛、房屋等，占据了百分之六七十，现在要拿出大片地域给11万株绣球花栽种、生长、开花、结果腾地方，倘若不进行科学规划，是做不好的。再说了，11万株绣球花占地面积近15亩，这对出门见山、徒步翻山的鼓岭人来说，绝对不是一个小数目。

绣球花喜欢生长在肥沃湿润的土壤中，鼓岭的气候很适合它们的生长。绣球花的花色因土壤酸碱度而变化，遇酸呈蓝色，遇碱则呈红色。同一块土地上同一品种的绣球花，也会开出不同颜色的花朵，甚至同一株花都可能出现颜色不同、变化难料的结果。所以说，鼓岭绣球花形成五颜六色、斑斓缤纷的浩瀚花海。

为了确保科学地栽种绣球花，达到不断地求变、求新、求美的目的，鼓岭管委会经过组织谋划，探讨辩论，形成一致意见。于是，群山连绵、高低起伏的地面上，终于规划施工出像模像样的一片土地，让11万株绣球花热热闹闹、喜气洋洋地扎根在花溪谷秀丽壮美的景色里。

大自然的植物对季节气候非常敏感。就绣球花而言，寒冬腊月、冰天雪地的日子里，便会偃旗息鼓，花色凋零，与其他草本植物一样，孤苦地忍受着寒冷。只有春夏、初秋，无霜无雪、无冰无冻的阳光灿烂的日子里，它们才会生机勃勃，快意生长。

尽管鼓岭最高峰有着海拔近千米的高度，但就鼓岭景区而言，大部分海拔不过五六百米。遇到一年四季中的酷热气候，在大太阳暴晒之下，绣球花的水分蒸发得特别快，时间一长，花朵跟叶子都将失去水分和精气神，以其柔弱之态，忽然间说蔫就蔫掉了。所以，鼓岭管委会友情提醒游客，希望晴天赏花最好赶在上午10点钟之前，或者选择山雾蒙蒙的天气，此时的绣球花在薄薄的阳光之下，可见天生丽质，并会变幻出各种令人意想不到的光泽形态。此刻游人能够体验到若隐若现的色泽变化，产生如梦似幻的感觉，真正地感悟到绣球花带来的喜悦。

每一年的5月至8月间，是福州鼓岭的繁华时间。鼓岭旅游部门基本都要在度假区举办“绣球绽放·醉美鼓岭”——中国鼓岭绣球花文化节端午系列主题活动。在端午假期，主办方为游客们准备了内容丰富的绣球花及端午主题体验活动，如赏花、拍照、插花、写生等，还有外国游客一起参与的包粽子、点雄黄、制香囊等文化体验活动，他们期待以绣球花为媒，以扬名天下的“鼓岭故事”为魂，打造悠然山居的现代版“云上桃花源”。

除了花溪谷，大梦书屋、鼓岭老街、柳杉王公园停车场周边，以及从鼓山瞭望台到般若院的沿途，都可以看到绣球花的笑容身影，真可谓绣球花无处不在，绣球花处处出彩。

四

鼓岭名声在外，被近代西方人称为中国四大避暑胜地之一，与江西庐山牯岭、浙江莫干山、河南鸡公山齐名。

鼓岭山高林密，风景优美，著名景点有白云洞、海音洞、浴风池、风动乌龟石、“美人照镜”等二三十处。古迹以牛头寨最著名，为古福州十大旱寨之一，是明代为防倭寇而设的建筑，寨旁崖壁如削，十分惊险，无径可登；山腰有一瀑布直泻而下，瀑布下方有一个洞，起名“小姐洞”。民国二十五年(1936)2月春节过后不久，郁达夫应时任国民政府福建省主席陈仪的邀请，出任福建省参议兼公报室主任，薪水可观。其时的郁达夫与王映霞结婚后开支庞大，他不得不暂时割舍与妻子的恩爱生活，从上海搭乘轮船来福州。他先是到了福州马尾，接着乘坐轮船逆水溯江而上，在时称南台(现叫台江)的码头轮渡上岸。这时节码头一片繁忙，少男少女穿红戴绿，满城洋溢着叫卖的活气生机。长时间坐船有些疲惫的郁达夫，一下就产生了“买醉听歌”的感觉。

郁达夫对鼓岭和鼓山慕名已久，尤其是夏日到鼓岭避暑，感觉非常凉快、惬意，久久无法忘怀。

《宿鼓山寺》是郁达夫的代表作之一。为了写作此诗，郁达夫特意游览鼓岭和鼓山，并在涌泉寺住宿一夜，真真切切地体验了鼓岭和鼓山的秀丽风景与人文景观。

“夜宿涌泉云雾窟，朝登朱子读书台。怪他活泼源头水，一喝千年竟不回。”诗中的“活泼源头水”，乃是引用朱熹的名句“为有源头活水来”。涌泉寺的“泉”，也是源头。这自然的源泉与文化的源泉一经融合，是可以让无数后人生发感慨且汲取力量的啊！

《福州台江文史资料》中记载说：郁达夫在福州台江期间，有一次日军为了渗透其所谓“日中和善”的虚假理念，以他们办的《闽报》社长日本人松永荣氏为牵头人，邀请了郁达夫等一批福州社会名流参加。会后的宴席中，郁达夫看见日本驻福州领事馆须贺武官等人也来了，内心十分痛恨。他本来想当即离开，看到日本武官只是穿着便服进来入席，也就忍住了，打算留下来看看日本武官到底要什么花样。

席间，郁达夫有意紧盯日本武官须贺。须贺一张嘴哇啦哇啦说话，曾经留学日本的郁达夫就用日语插话，或者反驳须贺的言论。须贺一脸怒气，却也不敢发作。酒过数巡，郁达夫有意站起来大胆地借着酒兴，用中文直指日本侵略军大肆残杀中国军人和无辜百姓的滔天罪行。须贺武官坐不住了，站起来申辩："日本人搞的是日中友好和善……"话音未落，郁达夫就将酒杯重重地往酒桌上一砸，放大声量反驳说："收起你们日本鬼子胡说八道的所谓'日中友好和善'吧，你们就是一伙强盗，你们企图掩盖侵华并大肆屠杀中国军民的罪行，是不可能做到的。"接着，郁达夫愤怒地列举了侵华日军杀害中国人的数据：1931年"九一八"事变，1.6万中国人被杀。1932年1月，侵华日军进犯上海，驻上海十九路军奋起反抗，激战33天，中国军民死伤达1万多人。

须贺辩不过郁达夫，只好低头不语。主持人松永荣氏脸色亦异常难看。有些人看到这样针锋相对、剑拔弩张的场面非常紧张，担心郁达夫可能会遭到日本人的报复暗算。郁达夫本人则泰然处之，毫不害怕。在这里，郁达夫的爱国意识和家国情怀得以大力彰显。

然而，郁达夫怎么也没有想到，就在他离开鼓山，走山路进入鼓岭另一美景的时候，竟然又碰见了这个獐头鼠脑的须贺。郁达夫对之侧目，须贺不敢正眼看着郁达夫，拐弯从另一条路灰溜溜地离去。

郁达夫对小巧玲珑的鼓岭景观赞扬有加，称誉鼓岭为神州大地上最为精巧别致，却又最为耐看耐品耐读、文化底蕴厚重、中西文化交流交融的景区。

岁月如歌

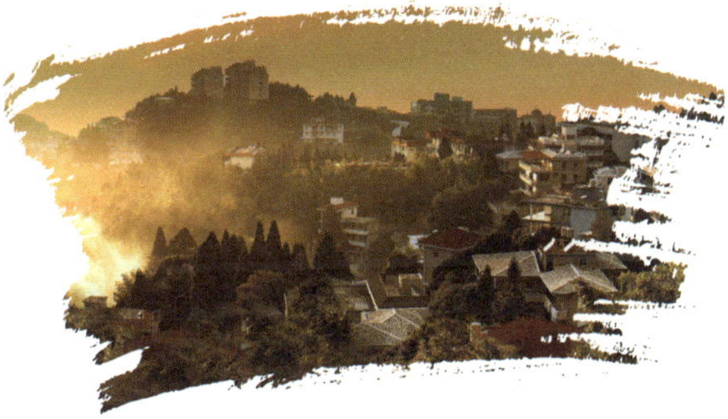

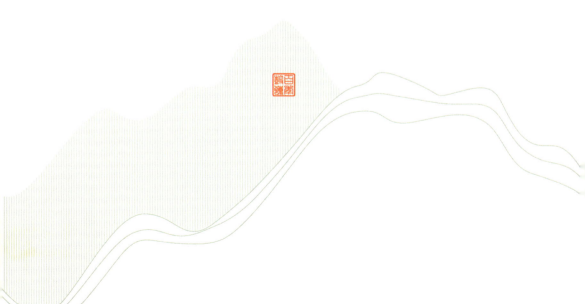

加德纳与他们的时空奇缘

万小英

念念不忘，必有回响。

鼓岭，曾是一个几乎没有存在感的地方。1992年，当中国留美学生钟翰将文章《啊，鼓岭！》投到《人民日报》参加《海外纪事》征文大奖赛时，报社编辑部无人听说福州有个“鼓岭”，打电话到福建记者站核实，记者回答没听说过。这也就难怪密尔顿·加德纳太太此前7次来中国寻访，一直没有找到丈夫临终前口中一直念叨的“Kuliang”了。

但是在大洋彼岸，它是一些人心中永难磨灭、一生盼着再次踏入的记忆乐园。“鼓岭故事”已成佳话，广为流传。人们说那是神奇的巧合使然。确实，种种细节都在验证着这一点。当我今秋再一次造访鼓岭，对发生在加德纳身上，广阔的历史空间里其他“巧合”现象，却更为感兴趣。

它们仿佛是冥冥之中的一种牵连，一种纠缠，一段神秘的时空奇缘。

加德纳与穆蔼仁、穆彼得

加德纳与穆蔼仁、穆彼得，是一座房子的前后主人。他们之间的命运联系似乎又不仅限于此。从“鼓岭情结”的角度来说，穆蔼仁、穆彼得的人生更像是加德纳所冀盼的后半生，替他弥补了缺憾。

对于福州鼓岭，加德纳奉献了纯粹的感情。1岁到10岁最纯真、快乐的时光就是在这里度过，它们是记忆里最早的曦光，此后照亮并温存了他的一生。

密尔顿·加德纳（Milton Eugene Gardner，1901—1986），是美国传教士嘉高美五男一女中最小的儿子。嘉高美夫妇1889年来中国，从事教育工作，负责美国卫理公会在邵武的学校。加德纳的人生以太平洋波涛的考验作为起始：在妈妈肚子里6个月大时，全家漂洋过海从福州回美国；到出生长到10个月大时，又再次在海浪的颠簸中回到福州。

1901—1911年的夏季，加德纳在福州鼓岭度过10年童年时光。在这里他交上了好朋友，尤其是本地孩子，教会他爬树掏鸟窝，用树叶吹曲，尤其是口技，可以凭一张嘴模仿鸟兽等各种声音。他们一起奔跑，山谷里响彻孩童无邪的笑声。鼓岭千年柳杉王树下有一组孩子们玩耍追逐的塑像，其中一个穿着西装的小男孩就是以加德纳为原型。

1911年辛亥革命爆发，加德纳全家回国。临别之际，加德纳对鼓岭的小伙伴承诺道："我一定会再回来的！你们等着我。"他对未来是那样笃定。

到了美国，如同在鼓岭一样，每天他都要吃白米饭，白萝卜是他的最爱。后来他成为加州大学物理教授，在课堂上，他不时会用童年时在鼓岭学来的口技和小魔术穿插其间，引导学生理解物理原理。他的田径和摔跤也很厉害，为母校赢过为数可观的奖牌。

加德纳一生几度想回福州鼓岭重拾幼时的欢喜。但是中华人民共和国成立后，中美没有建交，无法办理签证。1955年终于有个机会，加州大学要派交流学者到巴基斯坦白沙瓦大学，加德纳认为中巴早已建交，通过巴基斯坦去中国是个好办法。他不假思索就报名了。暑假期间，他赶到巴基斯坦首都，找到中国大使馆，希望作为一个福州鼓岭的原居民，得到一纸前往中国内地旅行的签证，结果还是因为中美未建交而被拒签。

这次巴基斯坦之行，不仅让加德纳饱尝无法圆鼓岭梦之苦，而且让他对妻子简妮负疚一生。简妮身体不好，这次别离让她的健康恶化，她的妹妹拜蒂被请来照顾姐姐和管理家务。简妮最后还是丢下她最爱的两个亲人离开了。遵照她的临终嘱托，加德纳与拜蒂再婚，相伴一生。

加德纳1971年退休。作为加州大学终身教授，只要健康允许，是可以不退休的。但是那一年尼克松秘密访华，中美关系回暖，加德纳很激动，认为中国的大门就要敞开了，回到60年来魂牵梦萦的鼓岭指日可待，于是果断退休，准备启程事宜。但是他望眼欲穿，直到1979年才可以办理民间签证，而这时，加德纳已经瘫痪，站不起来了。

加德纳在鼓岭的家，后来由美国人邱永康家族居住。有一张老照片记下了在这栋房子前举行的一次集体野餐合影。那是1913年7月4日，房顶上插上美国星条旗，房檐缀着五角星、星点彩带，还有醒目的圆盘状饰物。女人们穿长裙戴礼帽，男人们西装革履，孩子们都是小小绅士淑女的打扮，有上百人，看起来非常隆重。那天是美国国庆日，他们也是在过节吧。我们仿佛闻到桌上炸鸡、三明治、魔鬼蛋，还有家庭自制的冰激凌和蛋糕的味道。

小加德纳曾经也这样野餐过吧，如同此时在他的故宅前一般。

加州大学在为缅怀该校20世纪已故著名教授而出版的《在忆念中》一书中，对密尔顿·加德纳的一生作了铭记。其中写道，如果不是因为他父母鉴于安全原因暂时回到加州，密尔顿原本应该出生在中国。这段话是加德纳太太一再坚持加上的。或许没能出生在福州，没能成为名副其实的鼓岭的孩子，是加德纳耿耿于怀的“遗憾”。

47年后，一个孩子代替他实现了。1948年夏，加德纳故宅迎来了一个婴儿，那就是穆彼得。他出生在福州，此时才3个月大。10个月大的加德纳与3个月大的穆彼得，两个婴孩仿佛在这栋房子里相聚，冲着对方咿呀说话。

穆彼得的父亲穆蔼仁比加德纳小19岁。1939年，穆蔼仁还是叫唐麦克，19岁，是加州大学学生。而此时的加德纳也在这所学校，是加州大学戴维斯分校物理系讲师，三年后，他被加州大学聘为物理系终身教授。在同一所大学的他们，一个是老师，一个是学生，肯定想不到未来会在万里之外，成为同一所房子的前后任主人。

说来很巧，唐麦克在大学里才开始对中国产生了强烈渴望和向往。那时加州大学在日本举办一个学术交流活动，唐麦克本应和同学在活动结束后返回美国，可是中国近在咫尺，他生出念头：何不去看一看？当时，正在中国境内作战的日本军队封锁了所有海域，他出高价找了一条偷渡船。到达福建后，他在福州英华中学当了一名教师。不久日军轰炸福建，他不得不回国。

“二战”期间，得知“飞虎队”支援中国抗战，他果断报名，作为美国空军飞虎队中尉重返福建。这时他有了新名字：穆蔼仁。穆蔼仁作战勇敢，成绩斐然，后来他的名字留在福州抗日志士纪念墙上。密尔顿·加德纳的侄儿却没有他那般幸运。他是加德纳二哥的儿子，24岁，也是一位前往中国的美国空军飞行员，最后在中缅边界一次迎击日机的空战中牺牲。加德纳婚后一直没有孩子，深爱这个侄儿，为此悲恸不已。

加德纳反对战争，为了早日制止和消灭战争，他投身到“雷达研制工程”。战后欧美有军事评论家说，为盟军终结“二战”的是原子弹，而帮助盟军赢得“二战”的是雷达。

“二战”后，穆蔼仁回到美国完成学业，并结了婚。他无法忘记福州，1947年他带着妻子再次归来，两人在福建协和大学任教。穆彼得就是在这段时间出生的。穆蔼仁一家夏季在鼓岭度假，住处就是加德纳故宅，他们在这里住了两年。有一张老照片，照片上风度翩翩的穆蔼仁手里提着一只鸡，喜气洋洋地走在鼓岭的山道上。那是他给一个受重伤的中国人输了血，中国人以鸡相赠，作为回报。

1949年，穆蔼仁一家回到美国，和加德纳一样，他们认为可以很快重新回来，但也没能如愿，他们遇到了与加德纳相同的问题，中美没有建交，拿不到签证。不一样的是，加德纳没有孩子，而穆蔼仁有穆彼得。他教儿子说中文，看中国老照片，讲中国历史和文化。在穆彼得上高中前，他们一家还辗转到中国台湾，一待就是12年。

在父亲的熏陶下，穆彼得对中国产生了浓厚的兴趣，20世纪70年代，进入哈佛大学东亚学系后，主修汉语和日语。在那里，穆彼得遇到妻子穆言灵，彼时她还叫艾伦（Elyn MacInnis）。他们后来有了一双女儿。1988年，穆彼得终于有机会到中国工作，他的心再也无法淡定，带着一家四口来到南京。两个女儿就是后来的爱中和爱华，曾在央视节目亮相。穆彼得夫妇后来取得了中国绿卡，获得永久居住权。

穆蔼仁依然魂牵梦萦闽地故土。2004年，年逾八旬的他作为志愿者，不远万里到福建武夷学院任教。第二年，因为心脏问题，他回国接受治疗。在告别会上，他向大家一一道别，并表示病情好转后一定会回到大家身边。学生们忍不住流下了眼泪。

穆蔼仁没能再回来，离世的时候，手里还拿着一张武夷学院寄来的圣诞贺卡。他留下遗愿，将部分骨灰带回中国，撒到闽江。穆彼得夫妇帮他实现了。

魂归所念，穆蔼仁是幸运的。而加德纳太太因不知“Kuliang”在中国什么地方，只好租了一架殡葬公司的飞机，从旧金山起飞，直飞向西（中国在太平洋的西岸），在回眸看不到湾区的摩天大楼后，便将丈夫的骨灰撒入海中，口中念念有词：“西去吧，加德纳，去寻找你的Kuliang！”

加德纳和庄才伟、徐光荣

在鼓岭，已经找不到加德纳的故宅，但是遗址还在，并留有一口老井。如果说，加德纳的故宅曾经是他的家，那么加德纳纪念馆就是记录他寻“家”历程的地方。

加德纳纪念馆，石墙木柱青瓦，早前一直被误认为是加德纳故宅。这栋房子最早也是外国人的避暑别墅，美国人庄才伟和徐光荣是最早的主人。

100多年前，鼓山脚下、闽江之畔有一所著名大学——福建协和大学，它是今天福建师范大学、福建农林大学的主要前身之一。庄才伟和徐光荣在校史上扮演了重要角色。

庄才伟（Edwin Chester Jones），出生于美国纽约州一个牧师家庭。1915年当选为福建协和大学第一任校长。他出色地完成了初期的三件急事，申请办学许可、筹措办学经费以及奠定办学永久校址，为福建协和大学的发展可谓殚精竭虑，立下汗马功劳。遗憾的是，在学校日臻完善之际，他却积劳成疾倒下了，于1924年去世，年仅44岁。福建协和大学后来将新落成的科学馆大楼命名为庄氏大楼，以纪念这位杰出的校长。

庄才伟终身未娶，将全部精力投入学校。学校初创，师资紧张，庄才伟在为新学校四处奔走之余，还兼授化学。谢必震编著的《香飘魏岐村》中记录了一个动人故事：当时有些学生迷上了看电影和戏曲，无心读书，每到周末都要上戏院，散场后还要下馆子、饮茶、吃夜宵，常常是深夜才回校。庄才伟并不责怪学生，而是守在窗前，因为他的住处窗子正对着学校后门。一听到学生回校的脚步声，他即刻高声喊门房为他们开门，还在楼道边迎接他们，说声晚安才回房休息。久而久之，那些贪玩的学生感到内疚，改掉了那些不良习惯。

徐光荣（Roderick Scott）是外籍教师中在福建协和大学任职最久的。1917年执教，到1949年才离开学校。他曾两次出任代理校长，1920年至1930年任教务长。最初他教授英语作文，后来讲授哲学。其夫人徐克丽也在学校供职，是协和大学歌咏团的组织者。她不仅教授学生演唱，任指挥，有时还担任独唱的角色。

夫妻俩无子女，但情投意合，亲密无间，在协大一时传为佳话。徐光荣并不通音乐，但是每逢徐克丽与歌咏队演出时，他都是坐在最前排，一曲终了，领先鼓掌喝彩。年迈之后，徐光荣不能亲临演出现场，但当歌咏团乘学校交通船自福州城演出返回时，不管夜有多深，他总是耐心地等待在学校江边的码头，迎接夫人和歌咏团归来。

福建协和大学位于鼓山脚下，盛夏上鼓岭避暑，成为很多外教人员的选择。庄才伟最早住的就是加德纳纪念馆原宅。在他去世之后，徐光荣、徐克丽夫妇选择的也是这里。现在馆内有一架老式的珍贵钢琴，是徐光荣的学生陈明鉴的儿子所捐赠。20世纪20年代，徐光荣夫妇曾叫人抬钢琴上鼓岭——用大棉被包裹着，15名壮汉用大木棍抬轿子一样运上山。当时村民以为扛的是大炮，还出门阻止，经解释与展示之后才将“皮安罗”（piano）放行。

两位德高望重的大学校长、教授旧宅，在今天成为加德纳纪念馆，让加德纳这位曾经的鼓岭的孩子有一处落脚之地，也不失为一种天意吧。密尔顿·加德纳在无线电专业和雷达领域卓有成就，也是一位德高望重的大学教授。在另一个时空维度里，这个地方宛若教授俱乐部，三位教授畅谈着、交流着，他们的英语里偶尔蹦出福州方言；优雅的钢琴声响起，美丽的徐夫人正在一旁弹奏着……

说来也奇怪，他们整天和孩子打交道，教书育人，但是都没有自己的孩子。加德纳由于妻子的身体原因，没有要孩子。庄才伟与徐光荣也都没有子女。对于他们来说，一茬又一茬的学生都是他们的孩子。

加德纳与富品德、穆言灵

加德纳故居遗址、加德纳纪念馆、鼓岭山居博物馆，这三处地方，在鼓岭隔得很近，不超过百来米，形成了奇妙的三角形。

山居博物馆的房子为面阔三间的单层石木房屋，门前种着一棵高耸的柳杉。它又叫富家别墅。

1921年，美国传教士富品德和妻子丽莉来到福州，在此度过了30年光阴。富品德是位出色的管理者，帮助建立并管理福清、龙岩以及平潭等地多家中学和医院，还曾在华南女子文理学院和福建协和大学担任管理职位。丽莉教初中英语和音乐。他们1951年回国，是最后一批离开福州的外国人。“二战”后，富品德与国际社会力量一起筹集资金，参与重建福州。

富品德在鼓岭建的这座避暑别墅，曾经充满了婴孩的笑声与稚语。他的儿子布鲁斯出生在福州，每年夏季他都会带着儿子上鼓岭度假。可惜的是目前没有找到更多的资料，无法得知布鲁斯在鼓岭生活的情形。只知道“二战”期间，布鲁斯在福州与海岸观察哨队并肩作战，帮助美国“飞虎队”空中中队执行轰炸行动。

有没有感觉到，布鲁斯的经历与穆家父子有些相似？出生于福州，并且与飞虎队相关。不知道是不是有这样的因缘，才让穆彼得太太穆言灵对这栋房子油然生出亲近？每次她来鼓岭，都会住在富家别墅。

穆彼得和穆言灵2015年来福州，完成穆蔼仁的遗愿，将他的骨灰撒在闽江。穆蔼仁魂归闽江，遂了心愿，但是从此刻起，仿佛也交出接力棒，“中国心”“福州心”“鼓岭心”转而跳动在穆言灵的身体里。

为了活化古厝，鼓岭管委会将富家别墅交予“福州市荣誉市民”穆言灵使用，打造中外文化教育中心、山居生活博物馆。在这里，我们可以看到当年外国孩子玩的玩具和当年的菜谱、餐具、书籍等，百年前外国人在鼓岭生活的点点滴滴开始清晰起来。我们几乎能看到加德纳、布鲁斯、穆彼得这些在鼓岭的“洋娃们”和本地“土孩子”是如何玩耍，如何在脸上泛起笑容的。

在屋前有一座雕像引人注目：女挑夫肩挑的篮子里有个可爱的宝宝正熟睡着。这个外国男婴正是小穆彼得。这个场景来自穆家的一张老照片，当年他是被当地妇人用篮子挑着上鼓岭的。小加德纳和他的哥哥们恐怕也是这样上鼓岭的。加德纳有4个哥哥，除了大哥雷，其他3个哥哥都是出生在福州。他们对福州和鼓岭的感情深沉而内敛。1911年全家回美国。但是，雷·加德纳在那时已经成年，深爱着中国的他，1913年再次回到福州，并在福州中学（现格致中学）当生物老师。1918年结婚，儿子理查德·加德纳在福州出生。雷对昆虫特别有兴趣。他在鼓岭有自己的避暑别墅，鼓岭也是他的昆虫和农业害虫研究基地。

1987年，理查德曾带着妻子和儿子来到福州寻根，并在白塔下装了一罐泥土作为纪念。2012年、2018年，理查德的两个儿子——加里·加德纳和李·加德纳兄弟俩——也是密尔顿·加德纳的侄孙，两度再来福州。

那一天，在鼓岭的柳杉王树下，随和的兄弟俩忽然让随行陪同人员走开一段距离。大家远远地望着，只见他们健硕的躯体紧紧地抱着同样健硕的大树，脸贴住树皮，手臂伸展环抱着，身体仿佛融进了树干，就那样一动不动——他们的嘴唇翕动着，他们在低语，对着这棵大树：它曾见过他们的祖父在树下捉虫子，曾见过他们的伯父爬上树不小心摔下来，曾见过他们的父亲踏着树叶蹒跚学步……他们相信亲人的灵魂有一部分潜藏在这棵如神灵般的千年老树里，对着它说话，那些逝去的亲人们，那些被大树深深记忆的亲人们，一定可以听到。

当他们回来，人们看见兄弟俩的眼角泛着泪光，不禁动容：在大树跟前，定然是哭了——他们不习惯在外人面前流泪动情，所以才要让陪同随行人员离开。

起雾了，鼓岭的薄雾是一绝。它带来朦胧的诗意，有时又让人眼前迷茫。鼓岭窥探了历史、现在和未来的联通，仿如量子纠缠。一阵清风吹过，鼓岭的清风也是一绝。迷雾渐渐散了。

白立志别墅与禅臣别墅

管柏华

白立志（Dr. Pakenham）别墅在鼓岭宜夏村后浦楼，门牌号先后为68号、395号。后浦楼紧邻柱里景区，沿线约1公里区域散布数座外国人别墅，除禅臣别墅外，均已圮废。白立志1867年出生于英国，1886年进入都柏林大学，1890年毕业，获文学学士学位；1893年又获得医学学位。他随后在爱尔兰开始人生实践。1895年，他被第八皇家爱尔兰轻骑兵团的一名军官说服，并打算前往南美布宜诺斯艾利斯接受一个职位，但当他遇到中华圣公会的鹿峥嵘时，被他的描述所吸引。恰在这时，布市的通知也同时到达。最后他似乎得到上帝的旨意，前往中国，去从事医学传教这项事业。1896年整整一年，他与桑普森博士一起在艾灵顿的新肯特路运营迈尔德梅教会药房。他于1897年10月22日乘轮舟跨洲越洋启程前往中国，先在福州中华圣公会任传教士。1900年，英国教会在建瓯设医馆。白立志在仓长路、青云路购买土地建济世医院和妇幼医院。白立志任院长，医院设男病床50张，女病床30张。不久，古顿医士从英国带来了显微镜，开始做血液等检验，当时医院已能实施一些腹部小手术，白立志作为全科医生往往亲自操刀。1905年，教区委任魏仰基为华人院长，协助白立志开展工作。1910年，医院开始招收学生培养医学人才。1914年“一战”爆发，不久北洋政府加入协约国参战，于是指令医院第一届毕业生赴欧洲战场担任战地救护。战后协约国军队发给战争剩余物资消毒器一台，医院从此有了现代消毒工具。在当时的闽北山区，“打摆子”是常见病，白立志常以西医配合闽山草药予以治疗，往往药到病除，当地人称他为“西来华佗”。史料称：“独鹿峥嵘、白立志能操建郡土音，俱中国衣冠。”也就是说，白医生能说建瓯话，身穿中式长衫马褂。白立志还参与创立了培汉中学，成为今建瓯一中的一部分。早年的传教士威廉·米怜曾感叹道：“学好中国话，要身如黄铜，肺如钢铁，头像橡树，手似弹簧钢，眼似鹰鸟，心情像使徒，记忆像天使，年龄像马苏安拉（《圣经》里的长寿人，享寿969岁）。”由此说来，这些早期传教士都是教会挑选出来的精英。

白立志别墅原为香港富豪吉妥玛所有。吉妥玛是兴隆洋行的经理，他1844年出生在香港，是欧亚混血儿家族——洪千家族的成员，与香港旧四大家族首席何东家族有姻亲关系。这里需要介绍的是洪千父亲是威尔士人，曾在福州经营茶叶生意，母亲是福建人。据黄光域《外国在华工商企业词典》载：“兴隆洋行系福州英商贸易行，由吉廷斯等合伙开办，经营茶叶出口及杂货进口贸易，代理‘保宁’‘公裕’等几家英商保险公司，经理吉妥玛。”经考证，别墅大约在1919年之前开始属于白立志医生所有。

吉妥玛留着帅气十足的俾斯麦式翘胡子，他比白立志年长20多岁，周身洋溢着英国上流社会素有的绅士风度。好几年暑期，白立志都是在后浦楼吉宅度假，这不免使他对柱岗顶这个鼓岭最高峰产生浓厚兴趣。

这里可以东望到闽江口的大海，向南可眺望三江口，五虎山也隐约可见，令人心生豪壮之气。朱德后来有诗赞道："纵有台风声猖獗，从此不敢过闽侯。"说明此处抵御天风海涛，是福州的天然屏障。

白立志长着一张俊朗面孔，气质斯文。吉妥玛送了许多武夷山下梅村生产的发酵茶给他。他其实更喜欢喝绿茶，尤其是鼓岭的柏岩茶，肥厚的叶片茶汤涩而后甘，似乎是鼓岭的清风奶雾的绝配。离白立志别墅不远的华善别墅的主人华善也是英国人，该别墅经常有义兴洋行、宝德洋行、怡和洋行的商人来此避暑。至于说到闽海关税务司华善，他的"吃西口"日食九顿虽然闻名遐迩，却是少而精，所以他长得高大威猛。白立志最初来此避暑时，还在吉宅的客厅里与义兴洋行的大洋洲茶商拉姆齐一齐喝下午茶，聊长天。拉姆齐具有浓浓的乡愁，他把柱岗顶命名为"马其顿山"，并好几次眼望家乡墨尔本方向洒泪。

别墅高两层，安装有一长溜的百叶窗。因要防潮，房子的石础砌得很高。一层客厅防潮斗底砖上铺有琅岐岛湿地生长的细草编织的席子，墙上嵌有维多利亚时代风格的壁炉，冬日里炉火熊熊。这里经常会有本地孩童来玩耍，他们以香草野花馈赠，白立志则以铁盒包装的四角形甜饼干、糖果、洋笔回馈。孩子们一边吃，一边会告诉他，他们原来只偶尔吃过光饼和戚参将发明的征东饼。他们显然受到父亲的嘱托，小心翼翼地观察着周遭的一切，然后回去告诉家长洋邻居家里充实的酒窖、图文并茂的洋书、各式各样的西式金银餐具，以及安放在壁炉上的自鸣钟等。

白立志于1924年回国，该别墅初有本地人来打扫，后逐渐荒废。公社化时代，生产队曾在此种佛手瓜，利用花岗岩石墙、石础搭起瓜架，故相对保留较好。有人以无人机航拍，称酷似英格兰南部的"巨石阵"和黄土高原上列队的秦俑战阵。晚唐吴融曾有《废宅》诗曰："风飘碧瓦雨摧垣，却有邻人与锁门。几树好花闲白昼，满庭荒草易黄昏。放鱼池涸蛙争聚，栖燕梁空雀自喧……"仿佛指的就是今日的白宅。

禅臣洋行的总部设在德国汉堡，1856年在上海设分行。福州分行是稍后的事。其创办者乔治·特奥多尔·禅臣（1816—1886）之侄谢弥沈

（G·禅臣），德国人，1882年移居福州，接手禅臣洋行在福州的业务，主要经销茶叶。据史料记载：禅臣洋行对福州的电话发展以及船政事业做出过重要贡献。当年在禅臣看来，鼓岭的地貌和气候，有些像巴伐利亚的阿尔卑斯山区，这当然是意外之喜。别墅位于白立志别墅的下方，占地20多亩，系由1895年后收购黄姓村民的草庐改造而来。早期建筑为一层结构，房间只有七八间。后改建成两层洋楼，德意志人的严谨大气在建筑上有所反映，最主要的特点就是用杂色花岗岩拼花的外墙，远看有点像现代建筑里的马赛克，所以说是当时鼓岭最高档的洋房。也许是当初收了禅臣较可观的购房款，据黄姓村民说，祖先曾有交代，不可将坟墓建在别墅周边，故别墅周围竹林蓊郁。在布里斯托大学馆藏高士威相册中，我们看到别墅的早期和重建后的照片，其重建后的照片显示，该别墅二层中央有骑楼廊道，房子每层则至少10间。其周边种有棕榈树、绣球等奇花异卉，并建有凉亭。周边有高大的柽树（柳杉），与德意志人笔直的身材相映衬。我们从高士威相册中找到一帧摄于1919年的照片，照片中有24人，全为男性，穿着西装，内有衬衫，说明当时鼓岭夏季早晚气温要比今天低很多（又一说称：照片拍摄于冬季）。参之宜夏村柯达照相馆一老妪说法："10月的鼓岭，番薯米头晚晾于竹篦上，第二天即凝结，掰都掰不下来，非要太阳出来，水分化开，才能扯下。"所以，不论冬夏，禅臣别墅都是人满为患，因为即便在冬天，鼓岭的雪景也是很美的。和白立志别墅一样，禅臣别墅一、二层都有壁炉，他们认为壁炉既实用，又是身份地位的象征。为防火，壁炉门是装有金属合页的包铁门，专门由过桥的白铁匠前来打造。壁炉顶上安放着荣汉斯壁炉钟，比白宅的壁炉钟时尚很多。

禅臣洋行在过桥仓山有几处建筑遗产，一为禅臣洋行旧址，曾位于泛船浦前街禅臣埕，可能始建于19世纪70年代。二为禅臣花园，位于桃花山东南麓，占地15亩，内有西式园林、喷泉、水池、凉亭等，并广植花树，据说其玻璃暖房在当年曾惊动了京城园艺师。该园始建于1891年，是福建近代第一个西洋园林。在保留至今的一帧老照片中，德国海军上将与清朝官员站在园中的六角亭前，这张照片摄于1902年。三为德国驻福州领事馆，建于清末，早期为洋行办公楼，因创办者G·禅臣（谢弥沈）任领事而兼做德国领事馆。1917年，中国参加“一战”后，被北洋政府当成敌产没收。禅臣花园和其中的“城堡”都遭到破坏，雪松倒下，剩余的建筑也在1945年被焚毁。值得庆幸的是，当年栽种的奇花名木历尽沧桑，有相当一部分幸存下来，有多株还成为“中国树王”，仅一、二级保护的古树名木就有27株。这里留下了异叶南洋杉王、落羽杉王、大叶南洋杉王、安波那王、金刚纂王等9棵在全国称王的“国内一号”外来树种。其中的落羽杉王比南京的落羽杉引种早了半个多世纪。金刚纂树还可治疟疾、霍乱等病。

禅臣别墅往南竹林茶园深处有一眼水井，长年雇农人挑水；该水井是天然的小冰箱，可用于保鲜牛奶。外国人雇人挑水、看房子，有的是给银洋，有的则是给“美孚洋油”两箱（一箱50斤），后期也给“救济”大米。100年前，1美元相当于今天的35—40美元，1946年100美元等于240枚大洋。后山与拉姆齐别墅相邻的则是占地20亩的跑马场，处于缓坡地带，角落处筑有马厩。别墅往西有个私人网球场，洋行的高管经常在那里打球。在别墅旁建有冰窖，里面藏有牛肉和由优质的鼓岭牛奶自制的奶酪以及法国红酒。据说德国人也将啤酒花带上山尝试制作啤酒。那帧照片就是在一次午餐派对后留下的，照片里的人也许喝了自制啤酒，似乎都有些微醺。别墅里的蔬菜罐头时果，多由福州大岭顶同昌行包办运来，牛羊猪肉及福州人都津津乐道的“岭鸡”则取自本地。德国人并不爱吃鼓岭出产的芥菜、亥菜，认为太粗粝，不适合做水果沙拉。

有关禅臣别墅的实物照片主要来自谢弥沈的后代。谢弥沈可谓政商双跨，富贵兼得。作为禅臣洋行的创始人，他除了在清光绪二十年（1894）署理德国驻福州领事，翌年转正，还在民国元年至民国五年（1912—1916）担任德国驻福州领事，并兼任瑞典、挪威驻福州的副领事，称得上“福州通”，与清政府在福州的官商各界具有良好的人脉关系。1891年，美国驻福州领事葛尔锡50岁生日时，在鼓岭“福州贸易有限公司”办酒席，谢弥沈作为好友也在邀请之列。有趣的是，葛尔锡与谢弥沈一样，也做过两任美国驻福州领事，并经谢弥沈介绍，于1897

年一度署理过德国驻福州的领事。从档案馆保留的相片来看，谢弥沈方脸略长，高额广颡，深目炯炯，发际线后移，发细如丝，大招风耳朵，嘴角紧抿，明显露出坚毅的唇线。

德国人皈依的是路德教宗，虽然崇尚简约，但既然是度假，就有些飘然若仙、略尚奢华。那些在晨昏时出现在三宝埕万国公益社的男女，纷纷展示着各自的帽子，有戴圆柱形药盒帽的，也有戴窄檐爵士帽的，更有一些德商及各国领事女眷戴着夸张的鸡尾酒帽，搭配长可掩膝的暗色裙子。帽子的小底座上饰有蝴蝶结和各种羽毛，并配以面纱。有趣的是，在老鸦石、牛头崖，这些女眷尽管长裙曳地，仍然手握长筒千里镜观山看水，乐此不疲。

禅臣在鼓岭逝世之时，也是德国国运昌隆的时候。其时德国以“铁血”完成了统一，又挟第二次产业革命的科技创新，开始问鼎英吉利在欧洲的霸权。崎头顶先后建筑有七个修葺平坦呈阶梯状的公共网球场，周边筑有三四层的简易看台，经常有各种赛事，而一年一度的大型比赛则绝对称得上热闹。来自马尾兵舰上的英美官兵会提前几天沿着磨溪至鼓岭的登山道，赶来参加比赛。这时，英德之间的团体大战则尤其引人关注。他们的国家之间虽然剑拔弩张，但在此“仙界”却颇祥和。比赛后的露天大聚餐因为有淳朴的乡民加入，更像万国大家庭其乐融融。锦上添花的是，那天还专门请了天安堂的管弦乐队前来助兴。

《鼓岭史话》称：1885年夏，美国伍丁牧师发现鼓岭，并在嘉湖租房子；次年，英国驻马尾领事馆医生任尼在梁厝村建起第一座别墅。陆领慈《鼓岭见闻记》录：“谣传外人建筑别墅于山巅，居高临下，省城堪危。一时民气沸腾，事闻于福建提督，提督惧，派闽侯知事吴某亲临审核，令乡民不得以土地卖与外人，几经商议，姑准外人租地建屋，注明期限，至今岭上外人只有房屋而无土地。”由于之后的《东南互保协议》以及清末的立宪效仿的是德国的缘故，上行下效，所以总体上华洋尤其是清德之间还是和谐相处。

近代动荡的中国，南京国民政府与德国保持着良好的外交关系，这也使得生活在禅臣别墅的德国人颇为惬意。闲暇时，他们会成群结队沿着官道下到上鼓，一路经分路亭、福厝亭、奶奶亭到山下。从分路亭岔道可去过仑，那里的萝卜甜脆，地瓜也很粉糯。沿途可见络绎不绝的上山避暑的过桥仓山的外国人，男人坐在藤竹编制的篼子上神态怡然，女眷则美丽端庄。有年轻妇女挑着特制的宽扁篮子，里面有酣睡的洋婴儿，队伍里还有人掮着宽大狼犺的藤床。下岭之后可绕过行春门坐上琼河里的木船前往汤门外密如繁星的私人澡堂，他们会在顶戴云集的福龙泉泡澡啖荔，喃喃诵读着“不见莲花见荔枝”的宋郡守程师孟的名句。回程是在傍晚时分到达上鼓，而那时早有鼓岭的篼夫守候在那里，德国人的大高个往往要四个篼夫扛。那些大脚嬷妇神色自信，其中有的还是出嫁到鼓岭的福州城内开金店的女儿，鼓岭已俨然成为富庶的“经济特区”，据说对城里人也有诱惑。她们帮助挑运采购的食品，因为币制汇率的缘故，她们的酬金也颇丰裕。随着海拔升高，江海里饱胀的冷风吹来，外国人会穿上开司米毛线衫抵挡寒冷。

宜夏村在旧时也有少量被称为“洋”的大块梯田种植单季稻。早期的禅臣人会下到稻田里捕捉黄鳝和泥鳅，一边盛以木制秧桶。时当盛夏，田塍上有许多的农人卷着裤腿在看热闹。德国人显然其意是玩要的成分居多，之后他们会到长田溪的深潭或游泳池里游泳，这时偶尔会有一些艳遇，那些英美女子也是落落大方；有的则在溪岸上坐成一排，东倒西歪地谈笑风生。中国古代有许多“花为媒”“酒为媒”的故事，这一点，美国人要比德国人浪漫，来自邵武的福益华医生，为了取悦川石岛的贝敏智老师，特地在她的鼓岭房子周围修建了网球场，以制造球友接触的机会。1902年他们终于修成正果，步入了婚姻殿堂。结婚那天，禅臣的小伙子虽然态度有些矜持，但还是结伴前往道贺，表示了德美之间的亲善。

美好的日子总是容易转瞬即逝，英俊潇洒的白立志已经功德圆满，向圣公会的主教大人复命。而两次冲顶世界霸主的德国终于还是铩羽而归。尽管中德友好源远流长，但这些禅臣容克的子孙们还是站在了龙潭角陡峭的崖岸上，耳听凄厉的汽轮汽笛声，茫然地东望鼓岭，让无数刻骨铭心的记忆随着这条汹涌的东方莱茵河水流走，故国不堪回首月明中。

流动的欢宴

鹿　野

枯叶堆积的林荫古道，一行人穿行其间，每走一步便发出“嚓，嚓，嚓”的声音，那是绵软的落叶被脚步踩碎的声音，令人感觉温暖踏实。松树林间透下来的冬日艳阳照得树枝上的蜘蛛网晶晶亮亮的，像有无数双眼睛在旁观这一切。在这人迹罕至的地方他们要去向哪里，去寻找什么？去探访那不为人知的鼓岭的另一面，一个失落的，又在不久的将来要重新面世的神秘角落。

一

让我们从百年前的一场筵席开始。感谢当时已经有的照相术，令我们得以看见百年前一场中外人士参加的家庭聚会。照片上方用优美的手写体记录了这场宴会的主题“为庆祝葛尔锡69岁生日派对”，时间是1904年，地点写着鼓岭；一块不算宽敞的平地上，摆着五六张方桌，四周的长凳上坐着的有中国人也有外国人，两个光头小孩儿转头朝向摄影师的方向。远一点可见穿着西洋礼服的主人葛尔锡夫妇站在石头垒成的房子门口，那是一栋最为典型的鼓岭石头厝，灰黑的石块以一种近乎自然天成的方式拼接在一起，形成厚重而坚固的墙体。房子并不高，人字形屋顶不过比站立的人高出一点，木质的百叶窗敞开着，让闽江口吹来的海风可以轻易穿堂而过。

百年前像这样的房子在鼓岭上数量众多，最多的时候有300多座。这一座的主人葛尔锡是美国驻福州领事。如果我们到过仓前山的爱国路2号，葛尔锡曾经在那一座富丽堂皇的领事馆里办公。1890年9月至1893年1月，1897年到1912年，葛尔锡两任福州领事，应该说是一位对福州比较了解而且与当地百姓相处比较融洽的美国领事。

葛尔锡在福州的十来年间，大部分是待在仓山的领事馆里处理令人头痛的侨务管理与外交事务。比如1897年，驻福州领事馆翻译职务空缺，领事葛尔锡想要聘用英华书院毕业的中国人，此举引发当地美部会教士不满。30多名教士联名推荐在闽北邵武传教的美部会教士和约瑟任翻译，称“翻译职位应尽可能由美国公民担任，才可以保护美国利益”，葛尔锡只好妥协。又比如在华的教会人士常常越过他直接与地方官沟通，导致他这个领事常常处于被动，他为此在给美国国务院的信中大加抱怨。还有两国之间的商业纠纷，也常常让他头疼。1899年3月28日，葛尔锡收到美以美会传教士孟存慈的投诉，称他们从中国人陈紫绥手上购买的“自动旋转纺纱机”专利权遭到侵犯。因为他们发现闽地退休官员龚易图在福州北峰开办的纺纱厂，其使用的机器原理系仿照陈紫绥发明的纺纱机，要求领事葛尔锡出面阻止。于是葛尔锡进行调查，发现这位名叫陈紫绥的中国人于1884年发明了新式纺纱机技术，并在1898年向总理衙门申请注册专利，获得15年专利保护期。其后，美以美会的孟存慈、蒲鲁士和爱格尔3人合资向陈紫绥购买机器专利权。但龚易图在北峰纱厂所使用的纺纱机又不完全与陈氏发明相同，因此葛尔锡在跟闽浙总督许应骙的交涉过程中，也无法处理此事。于是葛尔锡请求对华公使康格照会总理衙门。但因为其中牵涉到在华传教士是否有权从事商业活动、两国间有关专利的条约不够明确细化等诸多原因不了了之。只是在纠纷过去4年之后，1903年，中方同意将专利保护列入中美《通商行船续订条约》第十款。

这些事情在今天的我们看来似乎是一种饭余闲谈，但对当时身处其间的人来说，怕是令人焦头烂额的棘手之事。于是在这些繁杂的外交事务之余，鼓岭上放飞自我的两个月就成了葛尔锡一家子最盼望也最愉快的福州记忆。

二

葛尔锡在鼓岭的候鸟行迹代表了鼓岭上的大多数外国人，他们一年中大部分的时间在仓前山，身份是领事，是洋行老板，是传教士，是高级打工者，每天要应付的是侨务管理与外交事务之间复杂关系，只有到了夏季最热的两个月，才可以卸下这些身份，全家一起投入欢乐的鼓岭度假之旅。

100年过后，当我们跟着在鼓岭长大的向导郭庆，拨开齐身高的芦苇杂草，深一脚浅一脚到达筵席之地时，照片上葛尔锡的石头房子已经变成废墟，原本看似坚固的石头墙仅剩半截墙根，深秋时节，由绿转红的爬山虎爬满了这些断壁，村民在这些废墟上搭了瓜棚，种了佛手瓜，甚至喂养了鸡鸭。只有残存的低矮的石头地基，依稀能看出当年的格局。

早年间鼓岭的外国人别墅以石砌为主，多为单层（除禅臣洋行和万兴洋行为双层），一般就三四个房间，有壁炉、厨房、卧室、客厅，装修也比较素朴。山上没有电力和自来水，用的是煤油灯，下雨的时候用木桶收集雨水使用，或者雇人挑水。没有抽水马桶，只在一个盆子上面安了个座便成了简易的马桶，每天会有当地的农妇来把粪便倒入田里施肥。雇用当地人挑水、倒粪便，可以为他们带来一些收入，也增进了外国人与当地百姓的日常接触和交往。在这里当大家以一种放松的心情相处，彼此的关系也自然变得融洽，这大概也是葛尔锡的寿宴上为何出现那么多本地人的原因吧！

热爱园艺的外国人，通常还会在门口种上本国带来的树种，比如禅臣花园门口的南洋杉、棕榈树，还有火星花，园林总体突显西式风格。他们还不辞辛苦地修建起私人泳池、网球场，甚至规模宏大的跑马场，真正把鼓岭作为自己的家园，在这里举办婚礼、寿宴，正如我们在照片上看到的样子。多年以后，那些在门前的空地上吃席喝酒的中国人、外国人又去了哪里呢？照片上那两个光着头的中国孩子看向镜头的眼神似乎穿越了100年的时空，他们看得到今天的鼓岭变成什么样子了吗?

20世纪中叶，来自世界各地的外国人陆续离开之后，鼓岭上的石头房渐渐荒废。无主的房子总是难以抵御自然的侵蚀，来自海面的台风一刮就掀翻了屋顶，有的房子被当地居民们用来圈养牲畜，自然地、人为地，这些看似坚不可摧的石头厝消失于时间长河之中。但是没有什么好感伤的。时间永恒，万物都成过去。100年以后，鼓岭以另一种方式再度地热闹起来。有的老房子被修复成为纪念馆，有的被精心布置成为优雅的咖啡馆、民宿，各种诗歌朗诵、艺术品展出、音乐会在这里举办。2015年，一出汇集了国内著名音乐剧制作人李盾、金培达以及美国百老汇、加拿大等地的艺术家，历时3年创作并打造完成的音乐剧《啊，鼓岭！》在全国各大城市演出，由当下最耀眼的音乐剧明星郑云龙主演，剧情就是以曾经的鼓岭居民加德纳寻回儿时记忆为线索，串起两国人民间的动人友谊。这是对鼓岭上中外友人之间友爱相处的精神的复刻，又是一种发扬和延续，因为在这场集中了两国音乐界精英的合作与碰撞中，又诞生了许多动人的故事，新的欢宴仍将流动着，延续着。

三

一个花园，一片树林，一面湖泊——我们大概从来没有像今天这样渴望远离城市回到自然，只有回到大自然的怀抱才可以无拘无束，畅快自由。于是周末我们总能看到越来越多的家庭将帐篷搭在野外草地上。为此，鼓岭管委会专门将鼓岭柱岗顶一大片林地开辟为“湖畔露营区”，高山深林，有湖、有草坪，有金钱松、红枫、银杏、枫香、栾树、苦槠、板栗、竹柏、桂花等乔木，还有各种珍稀鸟类：灰胸竹鸡、颈斑鸠、斑尾鹃鸠、红嘴蓝鹊、大山雀、红头（长尾）山雀、画眉、叉尾太阳鸟、黄雀、白鹡鸰、白晨文鸟、灰头鸦、小白腰雨燕等上百种。百年前，外国人柯志仁、柯约翰父子就是在鼓岭完成了《华东地区550种鸟类》的最后章节，图文并茂地介绍中国华东地区的珍稀鸟类，他们认为鼓岭的鸟最漂亮。

今天越来越多的家庭在周末的时候在树下草坪搭上帐篷，还有很漂亮的彩灯闪烁在天幕边缘，小女孩穿着款式考究的小裙子轻盈地奔跑，几张折叠椅，一张长条桌，桌上摆满了各种零食，亲友欢聚畅谈，耳畔鸟鸣声声风涛阵阵，身心都放松下来。

最早将这种生活方式带进鼓岭的，也是在这一片土地上建立第二家园的外国人。即便缺少今天如此丰茂的植被与草地，老外们仍然在当年鼓岭上发现了很多风景优美的野餐地点，其中有一处叫日落石，在山顶离老泳池不远。在这里，居民们聚在一起野外晚餐，迎着日落唱歌。他们吃些什么呢？炸鸡、三明治、魔鬼蛋，还有家庭自制的冰激凌和蛋糕作为甜点。据当地人回忆，这些外国人只要一有机会便喜欢领着孩子在野外用餐，草地上铺上一片野餐布，篮子里装上丰盛的食物，孩子们尽可以玩耍，女士们穿着漂亮的长裙，男士们也加入其中，甚至西服皮鞋，穿戴得犹如出席盛典一般整齐。

野餐是家庭的聚会和社交形态，孩子们也穿着衫衣西装裤，打扮得很优雅。和今天热衷于拍照发朋友圈的现代中国人一样，当年野外欢聚的场面也随时被喜爱摄影术的老外用相机记录下来，保存到家族相册当中，由此才能带领我们了解彼时外国人的生活方式。

不仅野餐，还有网球、游泳、骑马等，老照片里可以窥见当时不一样的生活。进入鼓岭的外国人带来一种新的生活方式，令当时鼓岭上的居民们大开眼界。比如他们在游泳池里洗澡，还男女同浴，他们打球、游泳、办舞会、开派对，盛夏的狂欢，没有焦虑与牵挂，每个人都优雅松弛，都舒展自由。翻看当时的老照片，很明显地区分出外国人和当地老百姓的不同，不是衣着不是肤色，是他们的神情，他们的姿态。当时的外国人确实更接近一种人的自然状态，挺拔、舒展、放松和自由。今天的中国人当然也活出一种健康的姿态，更明白了人生短短的几十年，生命应该是什么样子——茁壮的，开放的，舒展的，时刻迸发力量与美的，才是生命的本色啊。

四

如果是5月来到鼓岭，长田溪沿岸的花田铺满了大片的绣球花，蓝的紫的，听那花的名字：无尽夏！欢聚与笑声无尽，享乐与童年无尽，灿烂与热情无尽；满坡满谷，灿烂无边，时光无限。如同西方人的生命观：直接，热烈，散发着荷尔蒙，流淌着汗水。他们不如中国人这般婉转、隐秘。中国人也赏花，也热爱自然，但是不是赏物本身，而是赏一种意境、一种寄托。古典的中国审美观念里不爱硕大的绣球花开到荼蘼大片的色彩，更爱梅兰竹菊这些有象征意义的植物，因此在传统中国画或诗词里少见色彩艳丽的绣球。但向导郭庆说，鼓岭上的绣球花还有一个中国名字——“八仙花”，花名来自“八仙过海”的传说，说是在八仙野餐时，何仙姑撒下仙花种子，所以名八仙花。而鼓岭上盛放的“无尽夏”这个品种实际属于八仙花改良的新品，花期比普通的八仙花平均要长10—12周，忍受低温的能力比普通八仙花要强，在较冷的环境中也能开花。伴随着它超长的花期，欢乐明亮的夏季似乎也被延长了，属于鼓岭的夏日之旅也被无限期延长了一般。

我们今天追慕中国古典文人的审美，也学习百年前的鼓岭外国人的生活方式：骑马、露营、野餐；中国人讲究意境、神韵，外国人要的是一种蓬勃的、野蛮生长的生命力，绣球花刚好是这样的代表，粗蛮的，同时又是健壮的，天真烂漫的。在鼓岭上既可以见到大片炫丽的绣球花海，又可以在柱里景区那些密林中发现流苏、木槿、青梅、杜鹃以及曼珠沙华等中式花木，大约来自闽江上的海风和来自柱岗顶的落山风在这里汇集，让不同的植物在鼓岭上蓬勃生长着，正如东西方文化在这里交融共生。

很多天之后我还在想念那天的鼓岭之旅，一行人踩着松软的落叶，行走在树林中。我们深入鼓岭不为常人所识的那一面，不厌其烦地去辨识脚下的一块界碑上的刻字，去寻找被枯草和石块掩埋的老井，去杂草丛生的野地丈量曾经的基石。我们到底在追寻什么？那些消失的，属于异域人的家园，他们的存在证明了什么？

作为“闽都文化”的重要一角，与三坊七巷、上下杭、烟台山等历史文化街区所呈现的士大夫文化或者商业、领事馆文化不同，鼓岭所代表的应该是一种放松的、欢乐的、热爱与享受生命的休闲文化。没有人不热爱美好的生活，没有人不懂得鉴赏自然的优美，我们追寻当年外国人的生活方式不是为了再造百年前的一个梦——如果从物质条件来讲，今天的鼓岭比起百年前的鼓岭要丰饶美丽太多——我们所追寻的是一种超越古今中外的、所有人相通的，对生命与周遭世界的享受与赞颂：所有人放下隔阂，忽略社会性的标签，不同肤色、不同国籍、不同文化背景的人共同投入这个乐园，共赴一场平等的欢宴。

宜夏别墅1984

黄文山

当看到这幢熟悉的老房子和老房子前两棵高大的柳杉树，看到房前钉立的标识牌，我不禁在心里叫了一声：哦，宜夏别墅！

38年前的夏天，我曾在这幢老房子里住过12天，当时只知道这里是鼓岭公社招待所，并不知道它的原名叫宜夏别墅。这情景好像是邂逅一位曾经的故人，却刚刚才得知他的真实姓名，得知他的过去，有一种喜剧的效果。万千感慨一时涌上心头。

从鼓岭老照片以及介绍中得知这座别墅是鼓岭的西洋老建筑之一，当时叫鼓岭疗养院，顾名思义，是旅居福州的各国外国人在鼓岭度假时

的疗养机构。由于来鼓岭居住度假的外国人日益增多，鼓岭开始有了别墅、教堂、邮局、商店、照相馆、俱乐部、游泳池，医疗机构自然不可或缺。1919年，威廉·甘布尔夫人向美以美会捐资4000美元，由美德信医生设计建造了鼓岭疗养院。因为位于宜夏村，所以又叫作宜夏别墅。这幢别墅占地390平方米，建有三个病区，以及一间手术室、一间浴室。疗养院的规模虽然小，却是当时鼓岭唯一的一所医院，很多外国孩子在这里出生，鼓岭当地的居民也能到这里看病。别墅还设有一处开敞宽阔的外廊，便于疗养者休闲、交流。100多年前的一天傍晚，外国人们聚在一起，男女老少都有，有的站在外廊上，有的坐在台阶前，或叉手静立，或敛容凝思。宜夏别墅留下了他们在鼓岭度假的快乐身影，他们的记忆里也因此刻下了一段难忘的福州时光。

我的心中掠过一道闪电，照亮了一段历程。我们也有一张相似的照片，大家参差排列在台阶两旁，或沉思或微笑。旁边，两棵柳杉静静地伫立，相视无语。一样的背景，不一样的人群。因为这座有着宽敞的外廊和众多百叶窗的西洋建筑，曾经也是我们30多位来自全省各地的青年文学作者的聚会之所。

那是1984年7月，《福建文学》编辑部刚刚经历过一次大面积的人事调整。一大批老编辑潮水般地退出编辑部，把他们的位置让给新人。全盛时拥有10多名编辑的小说组仅剩下我一位“老人”，还有两位刚从大学毕业不久的年轻人陈健和廖一鸣。

当时我到《福建文学》已经8年，年头虽说不短，但编辑部里老编辑多，我始终是配角，做的都是助手的活，从未独当一面过。《福建文学》编辑部当年在杨桥路的一座红砖大楼里办公。小说散文组的房间最大，大约有100平方米，十几张办公桌依次分列在墙边，中间摆放着一张乒乓球桌，工间休息时，大家可以打乒乓球。可是现在，环顾四周，偌大的一间办公室，冷冷清清，如同潮水倏然退去的海滩。为了应对编辑人员锐减导致稿件不足的严重局面，我连续组织了两次小说改稿班。第一次在连江筱程，第二次便安排在鼓岭。参加改稿班的都是近年来在创作上较为突出的小说作者。

当时普遍没有空调，夏天办班需要找个清凉的去处。于是有人向我推荐了宜夏别墅，当时叫鼓岭招待所。到了一看，果然十分理想。宜夏别墅为石木结构建筑，墙基高1.5米，面阔25米，进深36米，有10个大小不等的房间，可供40人住宿。特别是它拥有良好的通风系统。通风口就在墙基下，并贯通于各个房间，即便是中午最炎热的时候，房间里仍微风习习，十分舒适。

那次改稿班的时间不长，但要操心的事不少。首先是要自办伙食，煤炭、副食品都需要事先打报告申请。我们还特地聘请了一位退休厨师，又在本地找来一位郭姓小伙子帮厨兼采买。因为有他，我们得以尝遍鼓岭本地所有的可口菜蔬。印象最深的是“鼓岭四宝”：佛手瓜、白萝卜、地瓜和“嗨菜”。后来这位小伙子竟跟随我们到了西郊的省文联机关，担任新办的食堂炊事员，一直到退休。

参加改稿班的作者有肖东、施晓宇、黄锦萍、汪宝珍、王世彦、郑枫、林孟新等，还请了几位闽南作者。其时鼓岭已有公路，但尚不通班车，公交车只开到涌泉寺。从涌泉寺到鼓岭乡还要走将近一个小时的山路。我们包了一部大巴车，从凤凰池省文联大院出发，穿过市区一路向东，直到鼓山脚下的廨院，而后盘旋上山。透过车窗，甚至看得见高耸的屴崱峰。

后来以中篇小说《双镯》扬名的惠安作者陆昭环因为错过了上午的集合时间，傍晚一个人上山。那天我去接他，出了宜夏村，沿着盘山公路走了大约半个小时，到达一处山口，极目眺望。终于等来了瘦高个的陆昭环，他应该也看到了我，老远就脱下身上的外套，在头顶上不住地挥动着。

一位女作者似乎有满腹心事，一天晚饭后，她独自一人到野外散步，直到8点多还不见回来。其时的鼓岭还相当荒凉，远近十几公里没有人家。我急坏了，赶紧叫上几个人，顺着山道找了好几公里，才看到悬崖边一个茕茕独立的黑影。

从事通俗文学创作的张传兴，身体很胖，患有心脏病，不爱动，傍晚大家都去散步，他却常常一个人搬来一张藤椅，静静地坐在别墅的长廊上，对着黄昏的景色想心事。他有一个恩爱的妻子，有一次变天，气温骤降，他的妻子竟独自从山路走上来为他送衣服，让大家好一阵感动。

那年，我4岁半的儿子因幼儿园放假也随我上山来了。宜夏别墅成了他的乐园。儿子淘气，在屋子里待不住，一逮住机会就往外跑。恰好，有位作者的儿子也跟来了。男孩叫俞海，14岁，大家都随我儿子叫他“海哥哥”。“海哥哥”整天领着我儿子，白天在树林里、草丛中转悠，晚上则跟着班里的大哥哥们打着手电筒去山涧抓溪蛙。我不知道，一个充满野性的鼓岭，一段自由快乐的时光，对他们今后的人生会有什么影响。

38年的日历匆匆翻过，而今，我再次行走在这条鼓岭老街上，一切都熟悉，一切又都陌生。根据指示牌，我很快就找到了这座宜夏别墅。经过整修的别墅，成为一处休闲咖啡馆。这里已无人居住，可是昔日的场景却一一浮现在眼前。当年参加改稿班的张传兴、陆昭环、廖一鸣3人已先后辞世，我却仍能记得他们在宜夏别墅时的音容笑貌。有意思的是，这次在鼓岭傍晚散步时，又遇上帮厨的那位郭姓小伙子，不，现在的他已是一位身背微驼的老人了。岁月无情的刻刀，竟不曾落下哪一位过往人。

柳杉、塔楼、外廊、百叶窗、通风口……哦，宜夏别墅，你不也是我人生的一张未曾褪色的胶片？

万国公益社的岭上乐园

小　山

第四次我站在这个敦实的石屋面前了。并非有意，但确实是春、夏、秋、冬四个季节，有留影为证，我在石屋后面迎着清风而立，感受过这里空气流动的微妙……

石屋矗立在一片高处的平台上，它的后面和侧面迎风的位置都有高大厚重的台风墙保护着，黑、白、灰颜色相间的墙体今天看依然体现出建筑艺术的美学价值。石屋却不算大，迈进大门，里面已经作为一个小型展馆使用，墙面上罗列着不同历史时期的种种照片和文字说明，其中有一面墙是大屏幕，不间断地讲述“鼓岭故事”，在此驻足、聆听的人只要耐心，就能仿佛穿越100多年的时光，洞悉尘封中的珍贵往事。进进出出，观看的游人颇多。我看完了展馆，再回到大门口仔细阅读一下石屋的简介，心里涌出诸多好奇。

这就是福州鼓岭上的“万国公益社”。修葺一新的老建筑，坐落在平坦的三宝埕上，据说是鼓岭的中心位置——当年公益社的时钟，代表

鼓岭上的标准时间，鼓岭人都会采用这里的标准时间度过白天和夜晚的忙碌生活。如果将它比喻成100多年前的鼓岭心脏，大概也不为过吧。

于是，我在这个位置眺望四周，在石屋前后转来转去，体会“万国公益社”在时间长河里不可忽略的存在作用，神思远游……

一

应该说，19世纪末，是中国的至暗时刻。

大清王朝的统治进入穷途末路，就连最后一束火花“戊戌变法”也被无情地熄灭，黑暗笼罩了整个社会。腐朽无能的清政府无力改变颓势，陷入战乱和贫穷的中国人灾难重重，身心疲惫，痛苦中沉睡。

与之相反，西方主要国家正处于经济高度发展时期，工业革命以来的科学进步和贸易繁荣，已形成世界市场的突飞猛进。欧美电气时代迅速推动社会肌体的更新换代，文化和教育都步入现代文明的景象中。落后挨打的晚清，被迫打开国门，“五口通商”后的福州，注定走进了一批批远道而来的异乡客。他们当中有一类人，从本国出发时就担当特殊的使命，来到中国，来到福州，身份为传教士。

鼓岭上发生的一切新变化，是从他们来到鼓岭的脚步开始的。

时间巧合的正是这个节点。我注意到石屋前立牌介绍——鼓岭万国公益社前身为成立于1898年的“鼓岭公共促进委员会”和1902年的“鼓岭联盟”。1898年就是“戊戌变法”这一年。

这时候，外国人在鼓岭上有了很多处避暑房屋。一座座外国人别墅建起来，建筑物周围种上了异国他乡的奇异花草和菜蔬，房门前和山路上栽植了更多的柳杉树——这种又叫“柽树”的高大树种，树形很像西方加大版的圣诞树，让外国人们倍感亲切，所以，差不多每家每户大门前都有了柳杉树，蔚然成为鼓岭上的特有风景。住在避暑别墅内的外国人喝咖啡、吃西餐、穿洋装，常常宾客满座，大人孩童欢声笑语，让鼓岭本地居民们耳目一新。随着来鼓岭居住的外国人越来越多，山岭上有了买卖外国商品的商店、店铺，连柯达照相馆都在老街上开张，鼓岭山间的寂静荒凉终于被打破、被改变。

这片山岭有史以来被福州当地人称作“古岭”，也新换了一个名字——鼓岭。近代中国的福州鼓岭，似乎生发出银色的翅膀，名字一次次飞向远方，传遍世界，不愧为一个响亮的名字。

二

全世界的山岭，还有哪一座以鼓命名?

“咚!”“咚!”“咚!”

鼓声阵阵……

鼓声入耳……

把鼓敲起来!

这个新鲜有力度的名字，出自美国传教士毕腓力。在他写成的《鼓岭及四周概况》一书中，用新的名字“鼓岭”，取代了“古岭”。为什么以“鼓”重新命名?我查阅资料，也费心思琢磨，我想，应该和命名者的传教士身份有关吧。史料记载，毕腓力命名“鼓岭”，他解释了这个单词，是“drum pass”（击鼓传递）的意思。“击鼓”在《圣经》中，明示着一种巨大的激励之心。从此，鼓岭走向世界大舞台，为世人所知。

因为福州方言发音的缘故，当年的鼓岭英文写为“Kuliang”。

又是怎样的激励人心，能把那么多国家的人们吸引到一起，使得山巅的故事逐年丰富起来，给昔日古老的生存状态注入全新的生活气息?

这就不能不肯定万国公益社的纽带作用了。

鼓岭避暑别墅建造之快如雨后春笋，不仅福州市区，还有厦门、南平、汕头、香港等沿海港口的外国人也纷纷来鼓岭。每年5月端午节到8月中秋节之间，英、美、法、俄、德等20多个国家的人客居鼓岭山间，一个自发的联合组织应运而生了。毕腓力的《鼓岭及四周概况》一书中记载，万国公益社“目的是组织各国侨民的各项社交、文艺活动。所有在山上的侨民不必经过任何形式的选举或抽签，只需缴纳50美分的入会费。成员缴纳的钱集中起来，用以应付日常的活动开支已经绰绰有余”。

这种组织方式在西方并不鲜见，几乎是欧洲近代文明的重要体现，吸收了中世纪乃至更早的贵族文化的优点，又融入新兴资产阶级上层文化，形成了17世纪以来的俱乐部、沙龙、会所等社交聚会功能，一直颇有活力。

鼓岭上每年一度的公益社“欢迎会”，吸引着来自各国各地的外国人互相认识，彼此熟悉。通过年度固定的野餐活动，人们集中在草地上分享茶点、咖啡、三明治，还有精心预备的演奏、歌唱、朗读、阅读等活动，让陌生人之间产生情感连接。夜里，汽灯闪亮在三宝埕上，公益社厅堂里的舞会开始了，鼓岭人纷纷走出家门……万国公益社，像一块磁石，凝聚着走到一起的人群，成为鼓岭上的一个整体。

到了1902年，公益社已经有了125个成员。这些成员夏季生活在鼓岭上，和鼓岭的当地百姓有千丝万缕的联系。当地百姓，从大人到孩童，不同程度参与了一种新生活，其间与外国人交往的点点滴滴构成了历史记忆，直到百年后还难以磨灭。

万国公益社仿佛鼓声召集各地人奔赴鼓岭。而鼓岭上生活的人们，散居各处的别墅和石屋不再是一盘散沙，从此有了特殊的凝聚力——半个世纪多，汇集到这里的一种大爱情感，也从鼓岭向世界四面八方播撒。

三

联盟，就是两个或两个以上的独立国家、民族为了互相保卫通过协定（条约或合同）建立的集团。个人或多人与其他人结为伙伴关系形成结盟，也是联盟。应该说，这是鼓岭联盟的早期目标。发展为公益社，便有了促进公共事务发展的形态，增加了不少慈善色彩。当时的那座石屋，既有了俱乐部、会所、沙龙的功能，也能起到某些穿针引线的中介作用。租不到房子的外国人，找公益社；邮递、寄存物品不方便的人，也找公益社；当地人想挣个闲钱，或者侨民需要雇佣挑夫，还是找公益社，等等。临时代办的事情一桩桩，这个日常生活离不开的石屋，基本成了鼓岭人的依傍。假如说这些芝麻小事还不足以证明公益社的潜在能量，那么，以下新生事物的开辟，则足以显明它的了不起的核心作用了。

首先公益社“救济旅”创办了一个侨民医院。在宜夏别墅的诊室里，给外国人看病的同时，医护人员免费给鼓岭百姓诊疗，对山民们一视同仁。那时在鼓岭避暑的许多传教士和牧师本身就是医生，他们平日里也经常给鼓岭的穷苦人提供帮助。其次，教会还开办了岚光小学。这些压根儿就没钱读书的孩童，走进了课堂，不用交一分钱的学费，学习语文、算术、常识等新课，后来他们当中有的人成为对国家有用的人才。在岚光小学之后，又建了两所小学。“我们村子后来几个走出去的人，都是受过‘番仔’学校教育的。”今天依旧活在世上的鼓岭老人说。

鼓岭老街上出现了一个小小的邮局，也是当年万国公益社的公益事业成果。

原本是公益社代办收发邮件，到了1902年夏天，正式开办了邮政业务，有了公益社帮助建起的一处办公房子，专供鼓岭邮局使用（邮局1900年7月开办，1908年，闽海关拨款1500两银圆在鼓岭崎头顶盖起一座房子，专供鼓岭邮局使用）。鼓岭这个夏季邮局，成为中国当时四大夏季邮局之一，书信和邮票像鸽子一样起飞，把鼓岭的名字和鼓岭上的幸福生活消息带到了大洋彼岸，带到了世界各地。也正是这里发出的信件上的老邮票，像密码一样存留于人间，数十年后的美国，1992年，谜底显现，才造就了21世纪中美友谊的一段佳话——2012年，时任中华人民共和国副主席的习近平，访美期间在华盛顿讲述“鼓岭故事”，拉开了福州鼓岭建设的新一段发展进程。这一年开始，大规模的老别墅修复整理工程启动，重现历史上的鼓岭之光。

1925年，万国公益社帮助邮局绘制《鼓岭手绘地图》，为鼓岭民居逐个编号，福州市区郊外的鼓岭人，进入更有秩序、紧密连接的生活，呈现出现代文明气质。

在公益社的周围，有教堂、学校、邮局、网球场、游泳池等公共设施，外国人和中国人的生活交织在一起。邮局旁边的老水井，井壁上特意刻上“外国本地公众水井”字样，共享资源的友好心态，分明可见。

外国人带来的体育、文艺、阅读、娱乐活动，以及他们的生活方式，也让本地人开了眼界。万国公益社捐资开辟的公共网球场、游泳池，简直就是鼓岭上的大新鲜事儿，当地人不但见识了外国人的洋派头，还能赚取一些服务费补贴家用，他们当然是乐此不疲。如今已老态龙钟的鼓岭长辈，仍然津津乐道当年作为球童捡球赚小费的趣事，回忆时的笑脸，不经意地反映出往日其乐融融的情景。

即便是外国人自己，日后回了国，也十分怀念当年鼓岭上的欢乐时光。万国公益社为大家举办的一场场室内室外活动和比赛，留存了老照片。那些青春美丽的倩影和友爱联结的一幕幕情景，铭刻在了心头，终其一生。

万国公益社让鼓岭一天天变得更鲜活起来。各种商业齐集在了鼓岭上，老街上的店铺鳞次栉比排列着，有水果行、肉店、药店、修理洋鞋店、理发店、书纸店、仪器店、印刷店、成衣（西装）店，还有咖啡馆、古董店、茶叶店，等等，请客宴会、生日宴会所需的物品，都可以满足。过去萧索、守旧的鼓岭人一成不变的生活，被外国人们带动起来。鼓岭山间的那些个年月焕发出勃勃生机。

20世纪50年代后，鼓岭上的外国人别墅人去楼空，名气颇大的万国公益社也仅存空屋任凭风雨剥蚀。但是冷清坚固的石屋没有坍塌，石木结构的老房子经久耐用的本质未变，后来被用作仓库、老人活动室。改革开放的春风，再一次引来大洋彼岸的朋友们，鼓岭故事又萌生了新的内涵。万国公益社的石屋里，又一次次热闹起来。学生们的音乐会、朗诵会在这里举行。艺术家的画展、摄影展、吉他演奏会在这里举办。还有高端的学术研讨活动和中外文化交流活动在这里组织。公益社门前的桂花树四季飘香，院内和三宝埕上长着青苔的老树生发了新叶簇簇。一拨一拨来访的外国友人，重聚在老别墅、老石屋前，由衷地露出笑脸……

久别长相忆

丰　日

金秋十月的鼓岭，染上苍翠和流丹的色调，亦浸润着风和海的味道。风由远方而来，带着海气，在薄雾、柳杉和古厝间荡漾，清凉而松爽。到处都是风，在窗外、屋檐下、灿烂阳光里，甚至在细碎的刘海、眉梢上。倘若这风是从亘古时间里持续或间歇地流泻至今，那应算是曾与鼓岭休戚与共的故人吧。

鼓岭有很多很多故事。听风，便是在听故事。

一

80多岁老人梁为民，是土生土长的鼓岭人。现住于鼓岭宜夏村梁厝81号，四层砖石楼房，其中三层租给他人办民宿，取名“德泉山庄”，

剩下顶层留给自家生活。有闲钱，有闲情，观鸟、晒太阳，这是老人异常惬意的晚年生活。掩上被风刮开的门扉，梁为民坐在一楼餐凳上，倒上一杯散着热气的茶水，便打开了话匣子。那些回忆，本以为都已模糊，但一旦触发，便如水中涟漪，顿时鲜活、波动起来。原来，它一直安睡在灵魂最柔软的地方。

梁为民刚出生几个月，父亲便因病早亡。母亲扛起生活重担，含辛茹苦地拉扯他们11个兄弟姐妹。因生计艰辛，她只得忍痛把梁为民的双胞胎妹妹送人，但是妹妹最终还是难逃夭折的命运。母亲终日忧心梁为民等子女的出路，彻夜难眠。

当时，鼓岭是外国人聚集的避暑胜地，西式别墅、网球场、游泳池、会所、医院、教堂等兼而有之，外国传教士、商人、教育家、医生等也把鼓岭当作自己的第二故乡，与当地村民和睦地相处。

美国传教士伊芳廷是鼓岭远近闻名的慈善家，60岁上下，戴着细边眼镜，身形消瘦，慈祥恺恻，喜穿西服并搭配各式领带。他曾在福州永泰传教、办学，并帮助许多鼓岭孩子进入永泰教会学校读书。大家都亲切地唤他“伊先生”。母亲鼓起勇气带着年幼懵懂的梁为民，前往伊先生所住的别墅求助。

伊家别墅开阔轩敞，考究的西式家具弥漫异国风情，雅致又温馨。别墅西侧还有一座半月形游泳池，在日光下波光粼粼。伊先生热情款待这对衣着简陋、言行拘谨的母子。他轻声细语地询问梁为民：叫什么名字？多大年纪？想不想读书？梁为民懂事地一一回答。伊先生点头赞许，让母子回家安心等消息。

很快，母子俩便得到佳音。第二次再去拜访伊先生时，伊先生让女儿从衣橱里拿出一件崭新的绿黄白条纹毛背心，送给梁为民，叮咛他要潜心念书。

毛背心漂亮又柔软，穿在身上，暖在心底。梁为民很宝贝这件毛背心，即使后来身量拔高，也央求姐姐用其他毛线给毛背心加宽、加长，一穿便穿了四五年。

伊先生推介的教会学校在永泰。梁为民跟随二哥、堂哥等人，需徒步从古道下山，再辗转坐船才能到达。鼓岭古道陡峭、漫长，幸好散落几个茶亭，有村民会自发煮些土茶，供人歇脚解渴。下山后，行至仓山码头，坐上二三十人的大船至青口，再转乘摇曳的竹竿船，又步行一段路程，才能到达学校。学校在永泰县城一片山坳坳里，梁为民进入小学部，二哥、堂哥进入初中部。因年代久远，梁为民已记不清学校的名字，但大致推测，应该是永泰一中的前身。永泰一中创办于1902年，前身为美国教会创建的永泰格致学堂、德育女子学堂。格致学堂便是伊先生和妻子创办的，精选场所、建造楼舍、优化教学，样样亲力亲为。格致学堂的钟楼旧址前，还保留有伊先生当年铺筑的石板小路。

伊先生除了热心教育，还酷爱摄影，留下了许多鼓岭和永泰的珍贵资料。1903年，伊芳廷在鼓岭参加美国领事葛尔锡生日宴时，拍摄下一张当地村民受邀共宴的生动照片：一座石头房子前，摆着五六桌酒席，桌边坐满了穿着清朝服装的中国人，妇女挽着髻子，孩童光头，不少人正用汤匙舀东西吃。靠近房子一侧，站着6个人，4名当地村民；远处站着2个外国人，年龄四五十岁，男的白衣白裤，扎着领带，女人则穿着白色长裙。

这张老照片的背后还有一段英文，也是伊芳廷所写："葛尔锡教授，夫人，帕特小姐和另外一位不知姓名的人，其余不知道名字的人（大致90人），他们是葛尔锡教授邀请来参加生日宴会的街坊邻居。我们度过了快乐的时光，这是他们在鼓岭的家，离我们不远。"其乐融融的氛围，依然力透纸背。

还有鼓山涌泉寺和尚的合影，在山下拍摄的闽江千年古桥后的鼓岭等，一幅幅画面，定格下无数的记忆。此外，他也拍摄了100多张有关永泰的照片。这组照片跨度50多年，记录了永泰的历史宗教、古迹名胜、民俗风情、人文教育等，特别是伊芳廷夫妇创办孤儿院、教会学校等相关活动的照片，真实再现了永泰一中在清末民初经历的风风雨雨。在一张摄于1914年的永泰县城全貌照片中，大樟溪、埔头尾以及龙峰山半山腰呈八角楼状的校舍清晰可见。据了解，当年伊芳廷把这些照片拿到美国教会刊物发表，才有幸得到收藏，保存至今。

照片里，有的孩童面对镜头，还很羞涩，甚至想要闪躲。刚入教会学校的梁为民也跟他们一样，拘束、怯懦。幸好，洋老师们都像伊先生般和蔼，鼓励、帮助他很快适应了新环境。教会学校是寄宿制的，免学费，并提供膳食。食堂菜品简陋，但是只要有米饭吃，梁为民便很欢喜。他孜孜不倦地读书，一切渐入佳境。岂料时局变迁，他与教会学校的缘分竟然只有短短一年。

此后，青黄不接的日子、成长之痛便不断磨炼着他。长大成人后迫于生计，他只身前往外省工作，一去便是几十年。背井离乡的岁月，有思念，有愧疚，还有很多萦绕的情怀，理不清，也辨不明。人生折腾一大圈，历经酸甜苦辣，白发苍苍之时，他才回到故土，安度晚年。

鼓岭已然大变样，崭新得很，又熟悉得很。道路是新的，游人是新的，鳞次栉比的楼房是新的，但是粉红、黧黑的流纹岩，鱼腥草、白毛藤、糯米酒，还有那风和父亲打下的百年古井依然是怀旧的、丰盈的。

每年炎炎夏日，民宿总是挤满客人。餐桌上，荔枝肉、红烧猪蹄、咸水鸭、小酥肉、亥菜蛋饼、炸溪鱼，琳琅满目，各种香味混在一起，撑起一方烟火。梁为民享受这样的日子，仿如依然穿着那件忘不了的毛背心，暖在心里……

二

鼓岭基督教堂是鼓岭标志性建筑，外观宏大，庄严、神圣，被绿意和木芙蓉环绕，仿如油画。黄时敬先生是鼓岭基督教会的负责人，一直参与外国人传教士的别墅旧址修缮工作。因工作机缘，他接触到许多来鼓岭寻访的传教士后代。

多年前，他正在主持修葺一处破败的英国传教士别墅。旁侧山坡上，走下来七八个打扮得体的外国人。其中一位老妇人，竟然用流利的福州话跟他攀谈起来。原来，她儿时曾跟着父母在这座别墅生活，度过了美好的童年。这次千里迢迢而来，就是想再看看这个魂牵梦萦的地方。她满含深情地四处打量那些残存的砖墙，说道："我对这座房子非常有感情。”说着说着，眼泪便淌下来。

“这附近住的谁谁谁还在吗？”她又想起那些熟悉的村民。

这些人，黄时敬正好都晓得。“有的还在，有的已经搬到福州城区，有的已经过世。”几十年后，终于听到他们的状况，她感慨良久，却也放下了诸多牵挂。

临别时，她再次注视这座老建筑，就像在凝望难以割舍的亲人。看着它一点点被重新“治愈”，甚是欣慰。她非常亲切地拉住黄时敬的手，甚至跟他拥抱，亲吻他的脸颊，表达感激之情。

如今，这处旧址已修缮妥当，石头墙壁，窗明几净。那位外国老人如果再与它相逢的话，想必又会勾起更多回忆。其实，这位老人是幸运的。鼓岭某些遗址已淹没在杂草、荒凉里，难以寻觅……

有一位外国友人，是援华抗日的美国飞虎队队员的后代，名叫白登德。20世纪80年代，他拿着许多老照片来到鼓岭，寻找父亲和祖父的埋骨之处。他带着翻译人员，漫无目标地询问多时，才终于找到黄时敬。白登德非常激动，指着老照片，讲述父亲和祖父在鼓岭生活的点点滴滴。根据各种线索，他们寻到父亲和祖父曾经居住的山华别墅。山华别墅已被岁月摧残得残破不堪，父亲和祖父的墓地更是怎么也寻不到。白登德不肯死心，每隔几年便来一次鼓岭，一次次失望，又一次次鼓起勇气，到处寻访、打探。终于，他了解到鼓岭许多外国人的墓迁到了仓山洋墓亭，便赶忙赶往仓山。仓山洋墓亭始建于1848年，曾葬有西方传教士、医生、领事、商人等400多位死者。“文革”期间，洋墓亭被“破四旧”的红卫兵砸毁夷平，仅余两根石柱。后来，在美国人穆言灵（她的公公穆蔼仁曾是美国飞虎队中尉）的帮助下，联系仓山文物局等有关单位，白登德才终于找到祖父的残余墓碑。抚摩着墓碑上的斑驳文字，这位铮铮男人忍不住热泪盈眶，难以自制。最终，白登德并未把墓碑迁回美国，而是让其灵魂永远留在热爱的土地上。白登德笃信，这是至亲的夙愿。

当年，山华别墅仍是一片废墟，野树、杂草丛生。身穿白衬衫的白登德和黄时敬曾在断墙残瓦前面合影留念。而后，村民在此处重建楼房，自家居住，却依然保留下“山华别墅”的名字。2017年9月24日，年迈的白登德时隔30多年重返鼓岭，与黄时敬捧着放大的那张旧照在新的山华别墅前再次合影。同样的地点，同样的人，不同的面貌，怡悦从光阴堆积的皱纹里散发出来。即使山华别墅已不复旧貌，但是只要名字还在，记忆便不会褪色。这对白登德来说是莫大的安慰。

三

类似故事还有很多，黄时敬接待过一批批远道而来的外国人。他们对鼓岭的感情，就像一丛丛的紫阳花般，团团锦簇，热烈奔放，又延绵无尽，经得起时光的洗练。鼓岭感受着来自世界各国的思念和情谊，变得越发俊秀而深情。

为了更好地保留这份联结，鼓岭管委会等单位不断搜寻建筑旧址，补旧修损，希望重现西式别墅群的盛世样貌。比照着成册的泛黄旧照片，翻山越岭，以周围磐石、树木为对照，寻觅残垣断壁。技艺精湛的匠人们剥去苔藓和杂土，让沉睡百年的砖石再次复活，焕发出生命的光泽。

外国人与本地村民，金发碧眼与黑瞳黄肤，两个不同阶级、不同层次的人群曾在鼓岭谱下和谐之章，进入历史画册。两种文化碰撞、相融在日常之中，村民吃到了五彩缤纷的外国糖果，听懂了不少外国话，外国人也学会了用筷子，甚至尝试说起福州语。孩童们更是无所顾忌地玩耍在一起，在有着壁炉和百叶窗的别墅里跑来跑去，在混杂着樟树、榉木、楠树的密林里摘下绿叶吹起口哨，还有山麂、野兔、鹧鸪为伴，笑着闹着，慢慢长大。

鼓岭记录着一个特殊时代，又把最纯粹而美好的东西，珍藏至今。秋日渐浓，别墅附近的猕猴桃林又结起累累硕果，成熟果实掉落于地，啪啪作响，被松鼠捡了便宜。浓郁果香，伴随风，打着旋地飘散至天空，又缓缓落至行人的肩头、裤脚。原来，鼓岭不仅有风和海的气息，还有酸酸甜甜的“乡愁”味道。

力玛莉、哈娜和阿曼达

黄文山

1985年10月18日上午，一阵悠扬的钟声自绿树葱茏的烟台山升起，缓缓播远，溶入浩渺的江水。新中国第一所私立女子大学——福建华南女子学院举行了首届开学典礼。就在这一天，美国西海岸洛杉矶城内一个女婴呱呱坠地，她被命名为“华南”。从此，远隔整个太平洋的这两座城市间好像架起了一条“热线”：有关华南女子学院的消息和小“华南”的生长情况，通过电波，来往穿越于浩瀚的大洋。架起这条“热线”的是力玛莉女士，而小“华南”正是她的外孙女。

1940年，日军逼近福州，形势十分险恶。在遥遥的炮声中，力玛莉深情地瞥了一眼烟树深处的华南女院，遽然放下教鞭，随同家人登上小火轮，匆匆地离开了这座生养了她的东方美丽城市。回美国后，她做的第一件事，便是给她的学生们写了一封很长的致歉信：因为行期仓促，还有一节英语课，她来不及上完。她希望尽快返校，为大家补上这节课。谁知自兹一别，40年风流云逝。先是太平洋战争爆发，而后她成了家，有了孩子，再后来则由于政治上的原因，力玛莉不可能再到中国来了。而这件事，则成了她一生中最大的遗憾。

1980年，福州作为沿海对外开放城市，第一次接待了一个美国旅游团。旅游团登上鼓岭。这里，过去曾是外国人避暑的胜地。山坡林下错落地散布着一幢幢英美式的乡间别墅。有的完好如斯，有的则已经坍圮，断壁残垣，保留着对过去繁华的记忆。旅游团里一位华巅飞雪的老太太，在一座藤葛虬结的别墅前驻足沉思。四周弥散着淡淡的草香。她脸上的表情时而惊喜，时而变幻为深深的叹惋。这位老太太叫力玛莉，就出生在这幢小房子里。令她惊喜的是，她刻在阳台廊柱上的一条条年龄线，至今仍依稀可辨。这使她回想起童年快乐的辰光。她想起花间草丛无拘无束的追逐嬉闹，想起那些鹑衣百结的农家女伴。正是在这里，她认识了旧中国农村的贫困、愚昧和妇女的不幸。这促使她选择了人生第一个职业，为中国平民女子施教。她缓缓抬头，目光越过那些细小、幼稚的线条，看到了她用英文深深镌下的华南女子文理学院的校训“受当施”，不禁黯然神伤。

力玛莉一家和福州渊源颇深。1887年，力玛莉的祖父到福州传教，此后便定居在这里。她的父亲也是在福州出生、长大的，曾担任过福州协和医院院长。而她成人后便执教于华南女子学院。当她听说，这座名播遐迩的教会学校已于34年前降下校旗，心头不由袭上一阵惆怅。40年前那桩未了的心事此时更加强烈地困扰着她。

1984年，力玛莉再度来福州，她会见了好几位旧华南的校友。从她们那里她得悉，刚成立的华南校友会决定复办女子学院。她心中那一星未熄的火苗又重新燃烧了。她表示，学院成立，她要自费前来任教。

年届古稀的力玛莉，舍弃舒适的生活环境，抛下绕膝的孙儿，怀着年轻人一样的兴奋心情，孤身一人，远涉重洋，来到这座生她、养她的东方城市，来实现她青年时代未竟的夙愿。她讲公共英语，常常一天接连上4节课。她觉得自己仍如45年前那样精力充沛。

几乎每隔两、三个月，力玛莉就要上鼓岭一趟，在那幢绕满青藤的别墅里寻觅一番儿时的痕迹。她的生命从这儿开始。这里埋藏着她童年的欢乐、少年的梦想以及青春的愿望。每次，她都要对着那刻有“受当施”校训的廊柱喃喃自语。每次，下山来她总是神采奕奕，清癯的脸上溢满笑纹。她在给家人的信里写道：“我到中国来，是为了找回青春，找回生命的活力。而这只有在华南女子学院才能实现。我感到从来没有过的年轻。这所学校充满希望，前程美好，就像我命名的小‘华南’，因为她代表着新生。”

如果说力玛莉是由于这一段无法割断的感情线来到“华南”的，那么，比她年轻得多的哈娜和阿曼达动机则要单纯得多，甚至还带着些浪漫色彩。

23岁的美国哥伦比亚大学硕士哈娜·普莱希卡和25岁的弗吉尼亚大学硕士阿曼达·爱基都是由美国爱德基金会推荐来中国任教的。

金发碧眼、娇小玲珑的阿曼达生性活泼、兴趣广泛，在大学学习期间便担任过学生刊物的编辑和记者。她看了中国的功夫片，对少林拳发生了浓烈的兴趣。从想学习少林功夫到进一步了解这个不同政治制度的国家，于是她放弃了自己工资优厚的簿记检查员工作，报名来到华南女子学院。

乍看去，鬈头发、高鼻梁的哈娜更像个英俊的小伙子。她文静的性格和老成的态度，使人很难判断她的实际年龄。哈娜不仅精通英语教学，而且能阅读汉文书报。在公安部门前来登记临时户口时，她全部用汉字填写的表格，令在场的人们惊讶不已。

四年前，哈娜曾到台湾大学学习中文。她开始接触到源远流长的中国文化。可是在和台湾学生接触中，她发现许多人对大陆情况一无所知，她因此渴望了解海峡那一边的实际情形。回到美国后，哈娜担任了中国留学生的英语教师。大陆留学生对长城和黄河的动情描绘，使这位好学的美国姑娘对中国大陆更加神往。哈娜决然辞去在美国的教职，向爱德基金会递交了一份履历表。

美国专家们被安顿在学院L形大楼的南侧，从这座高耸于烟台山的白色大楼上，可以俯瞰闽江清流，远眺三山两塔。阿曼达刚卸下行装，便像一只欢快的小鸟扑向阳台。她的目光越过秀丽的街景，凭着她当过记者的敏锐，首先注意到那摩肩接踵的人流。令她感佩不已的是，在中国，人和人之间竟然如此接近！之后，她常常骑着一辆自行车，独自在大街小巷漫游。走到哪里，有了发现，便随意停住车，津津有味地欣赏着。在美国，她决计看不到这样动人的景象：一家老少三代团团而坐，边吃晚饭边看电视。祖母为孙子夹菜，媳妇给公公添饭。阿曼达的眼眶都红了。尽管他们的饭菜很简单，看着屏幕很小的黑白电视，但她觉得他们享有的是一种更丰盛的东西，那便是感情。人的感情是多么微妙！阿曼达上街，从不用翻译，一个微笑、一个手势足矣！这是一个感情充溢的泱泱大国，阿曼达徜徉其间，就像鸟儿附着于气流，随心俯仰，任意东西。

哈娜常到学生家进行家访。这位文静的美国姑娘最受不了主人们的那一份殷勤和热情。她常被弄得手足无措，只是一迭声地用普通话说："谢谢！谢谢！"学生们的住房大多不宽敞，甚至一家小院里住着好几户人。每家的炉灶也都砌在一起。有时张家买到一把新鲜菜，随手便分给李家一半。郭家灶上的稀饭沸了，王家大嫂立即伸过锅铲帮助翻搅。哈娜看得入神了。她是喜欢中国文化的，但有一些汉字语音，她老弄不清，比如"相濡以沫"就很费解，现在，她一下全明白了。

让哈娜和阿曼达倍觉人情温暖的还有她们那些中国同事们。这些旧"华南"的老姐妹们大都到了退休的年龄，她们全是义务到"华南"工作的。她们有的撇下多病的老伴，有的辞退高薪的工作，以一种忘我的热忱来创办这所新型的职业大学。哈娜和阿曼达亲眼见到这样的场面：由于没有教工宿舍，午休时，一群白发苍苍的老姐妹围坐一圈打盹。她们正是从这些中国同事身上开始认识"华南"并一下热爱上这所学校的。

而为了照顾她们这两位年轻得多的美国专家，华南女子学院特地成立了一个外事组，八十高龄的余宝笙院长亲自主持外事工作。具体陪伴她们的是63岁的许道锋。许道锋是位退休的中学英语教师，从到南京接回哈娜，她就始终陪伴在美国专家身边，一面担任翻译，一面照料她们的生活。那次到武夷山实习，一回到学校，哈娜和阿曼达都喊累。可是恰在这时，力玛莉的妹妹从美国来，想去平潭看看海景。许道锋听说后连家也没回，拎起行李便又陪着力玛莉姐妹出发了。哈娜拉肚子，许道锋昼夜守护着她，为她端饭打水、洗衣服。哈娜感动得拉住她的手连声叫她："我的中国妈妈！"

还有她们那些可爱的学生。阿曼达生病的时候，学生们听说她不想吃饭，于是买了精粉、韭菜和肉，端着锅盆来为她包饺子。一时间房间里热气腾腾，笑声喳喳。饺子煮好了，香喷喷的，诱得阿曼达一骨碌起了床。她不会用筷子，一夹一个滑溜，最后干脆用手抓，引得笑声不绝。阿曼达被姑娘们的深情所感染，病都好了一半。

“华南”建校后的第一个圣诞节，美籍专家是和中国师生一起度过的。中国学生装扮的圣诞老人向3位美籍教师赠送了福橘。“为什么要送我们橘子呢？”阿曼达好奇地问。学生们七嘴八舌地解释说，橘是吉的谐音，新年送橘子是表示祝愿对方一年吉祥如意。力玛莉高兴地将橘子放在鼻前嗅嗅，用福州话连声说：“橘，橘！”大家都笑开了。哈娜则在心里默默地记下了这一切，她对中国文化的了解更进了一层。

随后，阿曼达和哈娜领着学生跳起了美国舞。“叮叮当，叮叮当，铃儿响叮当……”欢快的乐曲将两位美国姑娘带回到她们那铺满冰雪的故乡，带回到她们那充满欢乐的童年……把她们心中刚刚萌生的一丝客愁也荡涤净尽。接着，是师生互赠礼品。淘气的阿曼达早已准备了好几个熊猫头，正有点得意扬扬。可她却没想到，同学们回赠给她的是一尊木制的“七品芝麻官”。阿曼达捧着“七品芝麻官”立刻摇头晃脑地表演开了，把全场人弄得前俯后仰，力玛莉笑得都岔了气。

她们就生活在这种融融如春的气氛中。随着教学的进展，她们和学生的友谊不断加深，对“华南”的感情也愈加醇醪。美籍教师们为“华南”带来了一套灵活、开放的教学方式。哈娜和阿曼达担负特区实用英语的教学，哈娜教听、说，阿曼达教读、写。每一堂课，都是她们精心设计的艺术场面。学生们被一步步诱入浓郁的艺术氛围里，在不知不觉间获得丰富的知识。

哈娜初到中国时，曾应邀在南京为英语教师讲学。她别具一格的授课方式和生动的课堂效果，令一座倾倒。来福州后，哈娜又被省农学院请去为青年英语教师训练口语和为研究生“托福”进行考前指导，短短一个月时间，效果空前。在农学院，掀起了一股“哈娜英语旋风”。然而很少人知道，为了备课，哈娜每天都要工作12小时以上。

美籍教师们有一个执着的信条：学生在哪里，教师就应该在哪里。到武夷山实习回来，在南平上火车，工作人员为哈娜和阿曼达买了软席票，可是她们却执意不肯和学生分开。而无论遇上什么事，美籍教师们也从不缺一节课。一个生病，另一个就顶上。阿曼达的母亲患了癌症，家里拍来电报。这位特别富有感情的美国姑娘却强忍住悲伤，一直坚持到上完期末最后一节课，才泪流满面地登上飞机。可是母亲已经去世，她终于没能和亲爱的母亲见上最后一面。

一年期满，3位美籍教师都要回国了，她们应该自豪，不到一年时间，她们的学生已能熟练地担任翻译，和外宾自由地交谈。海内外多家公司都纷纷向“华南”预定外语人才。她们在回国之前，就已经看到了这所新型大学希望的曙光。

哈娜回国后还会继续钻研中国文化吗？阿曼达可是表示：她喜欢中国菜，喜欢武夷山风光，喜欢人和人那样接近……她希望回国学习一段，再到“华南”来。而力玛莉，她的17个孙儿正招手呼唤着她，她在藤葛网络的别墅前，喃喃地说些什么，谁也不知道。但是她越过太平洋架起的这一条“热线”，却使得远隔万里的两种文化在悄悄地接近和融合。

一个医生世家的鼓岭缘

陈　俊

江风轻拂，柳杉摇曳，福州鼓岭避暑山村一座东面带有半圆形突出房间的别墅附近，一群男女老幼笑逐颜开地欢聚在一片灌木林前，留存下这张有些发黄的照片（图1）。这是莆田圣路加医院院长余景陀一家三代在鼓岭度假时的合影。细看这张颇有年代的老照片，不由地激起我的兴趣，牵扯出再次探究民国时期莆田医界与鼓岭缘分的兴致。

鼓岭，福州近郊一座海拔800多米的山村，自1886年，美国医生伍丁在出诊连江途中的一次邂逅，诞生了鼓岭宜夏村的第一栋度假别墅之后，这个默默无闻的僻静山乡，成为榕城乃至附近县域的外国人士，以

图1　1940年，余娟医生一家三代人在鼓岭拍的全家福相片。前排右2为年幼的余娟医生，后排右4为母亲高振珍，右5为爷爷余景陀；后排左3为余宝笙，左4为父亲余文光

及国内的豪商巨贾、文人闲士、医生护士等人士趋之若鹜的避暑度假胜地。20世纪30年代，这里已拥有上百幢风格各异的避暑别墅和教堂、医院、学校、网球场、游泳池、万国公益社（俱乐部）等公共设施，鼓岭夏季邮局也成为我国早期五大著名夏季邮局之一。这个时期，兴化圣教医院的医护人员也成了这里的常客。

数年前，笔者看到旅美闽籍集邮家张又新在《一枚老信封里的乡愁》一文中展示的一枚早期实寄封，就是1912年莆田圣教医院任职的余景陀医师寄给在鼓岭度假的康师姑收的（图2）。这枚清代红条封的正面贴加盖"中华民国"清蟠龙邮票2分、1分各1枚，销"福建/元年.九月.初一/兴化"腰框戳，封背面销"福建/元年.九月.二日/福州"双圈干支中转戳和一枚"福州鼓岭/元年九月初三日"的拱桥式落地戳。收信人康师姑系当时在莆田"兴化圣教医院"负责医务工作的英国人康施恩（A.F Forge）和康淑恩（F.A Forge）姐妹之一，由此可见，当时作为英国圣公会办的兴化圣教医院，其中的外国医师和护士已经是鼓岭的夏季居民了。

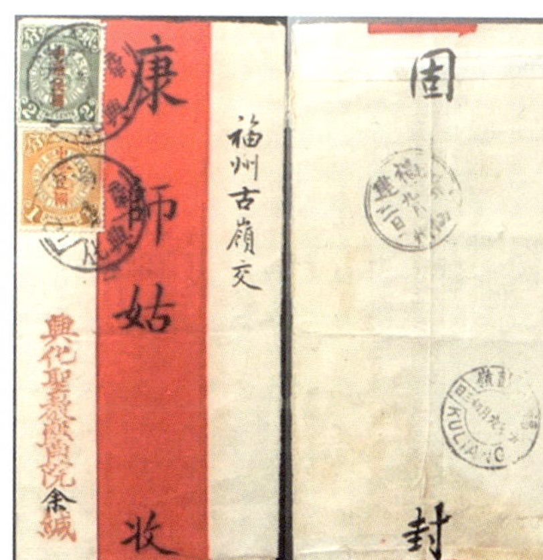

图2

寄信人"莆田兴化圣教医院余缄"的"余"系当年在医院工作的余景陀医师，之后经余医师孙女，旅美中医师余娟女士辨认，信确是她的祖父余景陀寄出的。余景陀（图3），宁德洋中人，福宁医务学校毕业。1896年，随圣公会福州教区西议会宁德圣教医院英籍医师雷腾（Dr.B.Van S.Taylor）到莆田筹办兴化圣教医院。他们先后租用莆田城内坑边大夫祠和小西湖滨民房开办诊所、医院，并在莆田北门街购地兴建医院。1899年兴化圣教医

图3 余景陀院长

院落成，首任院长雷腾医生。这是西医传入莆田的开端。清光绪二十三年（1897），为了培养更多的医务人才，满足圣教医院医疗的需要，他们在北门街再创建了一座新校舍，命名为“兴化双凤医学院”，修业期五年，雷腾自任校长，这也是莆田学院医学院的前世。1911年，英人华实博士接任院长。

1912年，兴化府治取消，改名“莆田圣路加医院”，院长仍为华实博士。1925年，华实返英，院长一职由余景陀接任。同时，其长子余文光刚从英伦留学回来，担任该院外科主任，1937年，交由余文光担任莆田圣路加医院院长。余景陀院长不仅医术精湛，仁心仁术，兢兢业业地为莆田医学和百姓康健竭心尽力，而且他教子有方，培养的6个孩子后来大都在各自领域中都成为出类拔萃的人才。

图4 余文光院长

长子余文光尤为突出（图4）。他1901年出生，自幼聪颖，16岁就考入了亚洲顶级大学——香港大学医学院学习，1922年，便以医学和外科双学士的优异成绩从香港大学毕业。1923年，赴英国剑桥大学基督教学院学习，并以全优成绩获取了公共卫生毕业文凭（D.P.H）。1925年春，返回莆田。一回到家乡就开始忙于从事外科新技术的开展和医生及护士、助产士的培训等业务，协助其父余景陀院长打理院内业务。1932年，余文光再次出国到英国苏格兰攻读F.R.C.S学位（英国爱登堡皇家外科学院院士学位，这是英国外科三个学位中最高的一个学位）。1937年，任莆田圣路加医院院长兼圣路加高级护士、助产职业学校校长。1949年10月，余文光离开莆田往杭州广济医院（后为浙医大二院）任外科主任。先后历任浙江医学院第二教学医院副院长兼外科主任、教授，院长，还兼任中华医学会浙江省分会副理事长和外科分会理事长，浙江省科委顾问，中国民主促进会的中央委员和浙江省副主任委员，浙江省历届政协委员，1979年当选省政协常委。

我最近收集到一枚余文光1946年从莆田寄英国的实寄封（图5），封背面贴百城一版孙中山像邮票3张，带边纸，销1946年2月9日莆田（兴化）实边虚格英汉双地名三格式日戳，背面还有一枚福州（闽侯）2月11日的双地名点线三格式中转戳。收信人为英国伦敦中区西部第一邮区，布卢姆茨伯里广场麻风救济会的唐纳德·米勒先生，为该救济会秘书长。这枚封和之前我见到的多枚余教授寄往国外的实寄封可以看出，当时在莆田医界颇有盛名的余文光院长，还与国外同行保持频繁的交流，不断提升自己的医疗水平。

图5

余文光的大妹妹余宝笙（1904—1996）（图6）是我国著名的生物化学家、教育家、社会活动家，曾任福建师范大学教授、福建华南女子学院院长。1922—1924年就读于私立华南女子文理学院，1924年春赴美国留学，1928年获哥伦比亚大学硕士学位，1937年获生物化学博士学位。1937年起担任华南女子文理学院化学系主任，1953年任福建师院副教务长兼化学系主任、全国政协委员。1985—1990年先后被评为省教育先进工作者、全国系统劳动模范、全国优秀归侨侨眷知识分子。享受国务院颁发的政府特殊津贴。

图6 余宝笙教授画像，李晓伟作

另外，余文光的弟弟余文荣和余文耀分别是中国香港和美国有名的医生；小妹叫余熙笙，也是学医的，在美国纽约行医多年，颇有名气。余家第三代也基本上都在医学领域为世人悬壶济世，余文光的女儿余娟毕业于山东医学院，后去美国留学，在美国加州开设Santa Barbara中医和针灸诊所，医术精湛，颇受当地所有病人的敬重。

据余景陀孙女余娟女士回忆，每年夏天，她祖父都会带子女和莆田的传教士上鼓岭避暑。余家在鼓岭的别墅位于鼓岭梁厝附近，约建于清末，是一栋简易的单层石木结构的建筑（图7）。房子东侧带有半圆形凸出的房间，东、北侧有台风墙。（1919年以前的门牌号为93；1933年后的门牌号为474）。该栋原为卫理公会（美部会）传教士、天安堂圣经部领导和裕德（Eddy Lucius Ford）所有，本地村民称为“和家别墅”；根据1934年《鼓岭手册》记载，1927年，和裕德夫妇回国后，本建筑的居住者是余文光、余宝笙两兄妹。如今这座别墅整体上保存较好，依然静静坐落在香悦云舍民宿的庭院里，和岭上其他各具特色的古厝一起，见证着鼓岭的兴盛和中外情谊的持续交融。

图7 20世纪三四十年代余家在鼓岭的别墅今貌

外国传教士与鼓岭

罗　彬

鼓岭，亦称古岭，位于今福州市晋安区境内，平均海拔750米至800米，夏季气候凉爽，以其“清风、薄雾、柳杉、古厝”四大风光特色吸引着众多游客。其实，鼓岭旅游开发的历史早已开始，近代以来与浙江莫干山、河南鸡公山、江西庐山牯岭一起被西方传教士誉为中国四大避暑胜地，也因此与传教士结下了不解之缘。

发现鼓岭

第一次鸦片战争后，福州作为“五口”之一，被迫开放。一时间，西人大量涌入。从1844年5月英国最早在福州设立领事馆始至1903年已有17个国家先后在福州开设领事馆。西方人对福建最感兴趣的是茶叶，尤其是武夷红茶，福建的茶叶贸易在全国举足轻重，因此当福州的大门刚刚开启，外国商人们便蜂拥而至。传教士们也不甘落后，美国归正教会的雅裨理来福建传教时，甚至比《南京条约》的签订还要早5个月。这样，西方的外交官员、商人、传教士们怀着各样的目的，齐聚福州。但他们很快发现，福州的气候并不尽如人意，尤其是酷暑的炎热让他们无法适应。找一个凉爽的地方去消夏成了这些西人们梦寐以求的事情。在这样的诉求下，鼓岭慢慢地揭开了她神秘的面纱。

美国传教士毕腓力在《鼓岭纪胜》一书中说鼓岭作为外国侨民避暑胜地的最初发现，始于一位来自美部会（美国公理会海外传道部，简称美部会）的名叫吴思明（又译作伍丁）的传教士。著名作家郁达夫也在

《闽游滴沥之四》中记述了这一事件：当时兼任医生的吴思明被请去连江会诊，由于病人病情紧急，于是便抄了这条要途经鼓岭的近道。时值盛夏，福州的高温让吴思明牧师苦不堪言，但当他们路过鼓岭时，仿佛一下子进入了一个清凉的世界。细心的吴思明记住了这里，回来后便在这里租下了几间民房，度过了一个凉爽的夏季。那一年是1885年，从此以后，鼓岭以其独特的魅力吸引了英、美、德、奥、荷等十余国的使节、商人、传教士从福州、厦门甚至是汕头等其他的口岸来此避暑。

定　居

外国传教士以及商人、使节等在鼓岭的避暑活动绝不是几间民房就能满足的，随着前来避暑人数的加增，鼓岭上一系列的基础设施的建设也开展起来。他们在鼓岭上租住、改造、修建别墅，进而又成立“鼓岭联盟会”和“公共发展委员会”来管理，并开展丰富多彩的社交、休闲类活动。

1. 别墅

第一个在鼓岭修建私人别墅的是英国医生任尼。任尼是当时福州著名的基督教会医院——塔亭医院的首任医师，在西方侨民中有一定的影响力。他的行为马上就吸引了其他外国人的跟从，一时间，各种样式的外国人别墅如雨后春笋般拔地而起。虽然开始的时候受到了中国政府的限制，但是由于一些既成事实，政府不得不同意开放。《鼓岭乡志》载，至1935年鼓岭最兴盛时，别墅数量达到300多栋，当然其中也有一部分是中国人修建的。除了别墅，外国人们还修建了游泳池、网球场、医院、教堂等配套设施。由于多台风的气候以及近代中国的历史动乱，很多别墅已经破败不堪，目前保存较完好除宜夏别墅外，还有万国公益社、李世甲别墅（现鼓岭避暑历史文化博物馆）、柏岭别墅（现竹林山庄）等。

2. 公共发展委员会

公共发展委员会是侨民们为了提高鼓岭地区旅游度假品质而自发成立的。在委员会成立之初，为保证鼓岭地区各项事业的开展，一件重要的工作就是修造和保养道路。平均每年有30至40条新的道路被修建。这些道路规模并不大，都是由石头铺成，往往只有1米多宽，长度最多也只有5公里左右，但对在鼓岭避暑的人来说却是非常便利的。除了修路，保养工作也在同时进行，他们认真地为这些道路剪除杂草，疏通排水沟。其次，为了便利度假人群的对外通信，在委员会的努力下，鼓岭夏季邮局于1900年正式开办，它隶属于福州邮务总局，每年从6月中旬营业到9月中旬，是中国早期五大著名夏季邮局之一。它每天接收和分发邮件一次，下午还提供门对门的投递服务。邮局的开办，方便了前来避暑的侨民们与外界的联系。一个个盖着"Kuliang"邮戳的信封，也使得鼓岭的名声更加传扬。最后一项重要的工作便是处理劳动力市场价格问题，当时前来避暑的侨民们上下山时往往会雇佣轿夫或者搬运工，这样就涉及劳动力价格的问题。由于关系到侨民们的日常生活，这不得不引起委员会的重视。经过数年的努力，委员会与劳力们订立了详细的协议，按路程远近、人数多寡来制定价格。他们甚至成立了两个管理中心，人们可以通过管理中心雇佣工人。这样的努力使侨民们在一个合适稳定的价格下享受到良好的服务。

3.鼓岭联盟会

鼓岭联盟会，成立于1902年，设在万国公益社。其目的是为会员举办社交活动，提供娱乐。它被誉为福州最早的会所。万国公益社内设有歌舞厅、化妆室、更衣室等，设施非常完善，山上所有的外国人都可以参加，且无须交纳入会费及年费。联盟每年会先组织一场见面会，让所有在山上避暑的人们可以互相熟识。然后还会举办讲座以及圣乐会等。他们还会举办一年一度的野餐会，野餐经常在草地上进行，除了丰富的食物外，还有精心准备的节目，包括器乐演奏、唱歌以及朗诵等。

传　　教

传教士来鼓岭虽然是为了避暑休闲，但是他们的传教活动并没有停止。

1. 福音工作

和别处一样，传教士在鼓岭的传教工作主要是通过医疗和教育展开。最早在鼓岭传播福音的即是发现鼓岭可以避暑的吴思明牧师和美以美会的李承恩牧师。吴思明在鼓岭逗留的夏天里向他的房东及周围的中国人宣讲福音，但是效果并不好。接下来，英国圣公会的高师姑和朗彼西女士开办了妇女儿童学校，螃蟹岭的大多数儿童都在这里学习过。后来一些从福州来的分属于不同差会的圣经妇女（中国本地妇女传道人）也在此传福音。美部会的富姑娘和鲍姑娘在梁厝开办主日学，并使村里的一个小女孩去福州上学。吴思明夫妇在家湖地区传福音，带领了一些人受洗，还把一些男孩送去福州上学。

以上的工作大多是在夏季传教士们来避暑时展开的。到1888年，各差会合作，支持一位教师在鼓岭定居，同时进行传教工作。这一工作由英国圣公会的一位成员监督，到1901年改由美部会负责，1905年又由基督教青年会接手。后来翁先生被邀请来做本地牧师及一个日间学校的老师。他的妻子翁夫人通过在文山女中的学习，成了他的得力助手。她在冬季农闲的3个月里开办妇女补习班，一些妇女们开始对基督教教义有所认识，并参加礼拜。1906年开始，这些福音和教育机构增加了一个新的项目，每个月的3个晚上，牧师会邀请村民来到礼拜堂，为他们念一些中文的宗教期刊，希望通过这些时事消息、宗教故事引起人们的兴趣，开展福音工作。

除了教育，医疗工作也在鼓岭展开。例如侨民医院，虽然服务对象是侨民，但是对鼓岭山民一视同仁。外国传教士一般都经过医疗培训，他们来山上避暑的时候，也经常为村民免费治疗。

2. 夏季集会

每年夏天有200多名传教士在鼓岭集会。他们认为鼓岭为他们在忙碌的工作之余提供了一个休闲的地方。他们在这里互相交流。传教士夏季在鼓岭的集会大致有以下4种类型：祷告会，这是基督教徒的一种常规性聚会，他们在每周三的5点到6点进行。鼓岭大会周，一般在8月进行，会议讨论一些传教方面的实际话题，由不同差会的不同传教士主持。

鼓岭大会周之后就是传教士联会。来自不同地方的传教士汇报当地的传教进展情况。他们互相学习，互相鼓舞，互相劝勉。福建教育协会每年8月在此召开教育协会会议，目的是促进各差会在教育上的合作。所有的新教传教士，无论是否参加教育工作，都被邀请来参加会议，他们希望以此来促进中国基督教教育的发展。

传教士对鼓岭避暑胜地开发的影响

因为一个偶然的机遇，传教士发现并开发了鼓岭，然而在那样一个国门洞开，西人大量涌入的时代背景下，一切又仿佛是历史的必然。虽然传教士们的初衷只是在此避暑，但是对于这个远离尘嚣的山间胜地来说，他们无异于天外来客。他们的语言、服饰、生活方式、宗教信仰等等无不令当地人惊讶诧异。历史的潮流不可阻挡，此时的中国正处于大步迈向近代化的进程中，代表先进科技文化的西方人在鼓岭的所作所为无疑产生了重要的影响。

第一，促进了基督教在鼓岭地区的传播。传教士虽然进行了很多教育和医疗工作，但归根结底，这些工作的开展都是为了实现传播福音这一目的。每年夏天，如此多的传教士齐聚鼓岭，在这里一边避暑、一边传教，到后来又有各差会联合委派定居牧师，由此可见基督教在鼓岭的影响。

第二，带动了鼓岭地区近代教育、医疗的发展。鼓岭地处山区，受当时社会经济水平及交通条件的制约，发展较为落后。鼓岭避暑度假区的开发，不仅增加了当地居民的经济收入，也因为传教士的活动，为他们带来了新型的医疗和教育，使一个较为封闭的山区，很快地受到西方先进文化的浸染。例如鼓岭联盟会的“救济旅”在鼓岭的三宝埕和梁厝创办教会附属小学——岚光小学和侨民医院；当时在永泰办学的美国牧师伊芳廷，夏天来鼓岭避暑，送梁为民三兄弟到永泰教会中学、福州青年会和福州高工读书。这样的例子还有很多，这些都直接促进了鼓岭近代化的发展。

第三，推动了中国近代避暑度假旅游的发展。避暑度假在中国人中并不是一个普遍性活动，一般仅局限在帝王及官宦、富商中。如清代皇家避暑的行宫承德避暑山庄以及王维的辋川别业等。早期来华的西方人由于还没有享受到这么多的不平等条约的庇护，活动受到限制，他们的避暑度假活动也并不明显。鼓岭宜夏别墅的修建，开启了中国近代避暑度假区建设的先河。从此西方人在避暑地建造别墅成了一个普遍现象，西方人养成了避暑的习惯，有实力的中国人也纷纷效仿。人们在一个气候适宜的地方共同建造住宅及各种基础设施，在工作之余进行休闲活动，这不同于以往的皇家或私家园林，近代意义上的避暑旅游度假区开始形成。虽然这时的避暑度假仍局限在外国人、中国富商、文人雅士等小群体中，但在某种意义上，它起到了一定的示范作用，为中国度假休闲旅游的发展指明了一个方向。

鼓岭风云

鼓岭风云

林思翔

中国四大避暑胜地之一的鼓岭，不仅气候宜人，还是一处绿满山崖、风光秀美的好地方。难怪20世纪20年代中国四大才女之一的庐隐，在这里小住一段后依依不舍地说："我往往想，这种清幽的绝境，如果我能终老于此，可以算是人间第一幸福人了。"

生态自然、空气清新的鼓岭，是福州的东部屏障，是福州通往东部江海的战略要地。数百年来，鼓岭屡遭侵略者的蹂躏与践踏。这里的人民富有血性，不甘凌辱，为保卫福州、护卫这片"绿宝盆"，前仆后继，英勇无畏，谱写了一页页抵御外侮和抗击邪恶势力的壮丽篇章，留下了一个个可歌可泣的故事。

硝烟弥漫牛头寨

在鼓岭过仑村大坪顶，如今还保留着一座石墙高筑的古寨，寨墙延绵至悬崖边。因紧靠牛头崖旁，故名牛头寨（又名鼓岭寨）。斑驳的墙体和残存的石磴路，为我们讲述了400多年前戚继光将军在此率部抵御倭寇的往事。

明嘉靖三十年（1551）后，在浙江被戚家军重创的倭寇突然转向福建骚扰。他们在福建沿海烧杀抢掠的罪行惊动了朝廷。嘉靖皇帝飞诏浙江总督胡宗宪，命令戚继光领兵入闽抗倭。嘉靖四十一年（1562），戚家军漂亮地打了几次围歼战后，倭寇更加残暴狡猾，多次采用长途奔袭、声东击西战法，侵犯福州、福清、莆田等地，残害平民百姓。

戚继光入闽后及时召集军人谋士共同商议破倭之法。随他入闽征战的汤将军祖籍福州，他建议戚将军分兵设伏，在倭寇必经的鼓岭险要之处修筑关隘驻兵防倭。

鼓岭与鼓山相连，峰耸岭峻，古木森森，是福州通往闽东的必经之路。当风尘仆仆的戚家军赶到鼓岭时，天色已经昏暗。当地长老举着火把，连夜陪同汤将军考察山形地势。汤将军到鼓岭过仑山通往连江的古驿道察看后，认为大坪顶地势险要，宜于设立关寨拒敌。于是，他连夜造影画图，飞报统帅戚继光。戚继光接报之后，驰令汤将军在两个月内修好关寨以御倭寇。同时，提出要分兵排布鸳鸯阵，以缓解倭寇翻越鼓岭进攻福州给北门带来的压力。

于是，戚家军分出兵力，三五成组布成鸳鸯阵，在数十里古驿道险要之处，布置了弓箭、火铳等暗器，准备随时与来犯之敌周旋。同时，又集中兵力在鼓岭过仑山的山顶修筑军事要寨。当地山民见戚家军一心为民守护福州，也纷纷四处动员，邀请鼓山下的乡亲一道上山修寨。他们还积极献出石头、木料、砖瓦等修寨材料。不到两个月时间，一座雄伟壮观、固若金汤的军事要塞在过仑山山坪上出现了。山寨居高临下，扼住驿道咽喉，雄伟的寨墙直逼东边的牛头悬崖之上。

明嘉靖四十二年（1563）初，在福州南部高盖山绿野寺一带被戚家军痛歼后逃出闽江口的倭寇不甘惨败，又集结人马，在当年隆冬，从闽东古驿道奔袭福州北门。由数百倭寇组成的偷袭队伍穿山过涧，衔尾而进。早已埋伏于数十里驿道两旁的戚家军小股部队不断用弓箭和火铳等兵器杀伤倭寇。但倭寇还是冲出了鸳鸯阵，一直进逼到了鼓岭过仑山下。那一路受惊、损失不少的倭寇想趁风天雪夜翻越鼓岭直袭福州时，戚家军早已得到探报，陈兵牛头寨，枕戈以待。

只见大坪顶之上，一座雄关巍然屹立在古驿道中。寨门紧闭，高耸的门楼上灯火辉煌，旌旗飞扬。而那倚崖修筑的土石寨墙绵延数里坚如磐石，为一道难以逾越的关隘。望着戚家军人声沸腾的牛头寨，倭寇军心大乱，无心恋战，只得灰溜溜地从古驿道撤退逃到闽安镇。一路上再遭戚家军袭击，又损失了不少人马。从此，鼓岭牛头寨抗倭美名传扬福州。

如今战争烽火早已没入历史风烟，人们仍经常来牛头寨参谒，听古寨陈墙讲述鼓岭军民同仇敌忾，抗御外侮的往事，缅怀英勇善战的戚家军。

战歌长留别墅间

在鼓岭宜夏村的一座石墙别墅里，70多年前曾住着一家美国人，主人叫唐迈克（中文名穆蔼仁）。

1940年，19岁的穆蔼仁还在上大学，机缘巧合中，他获得一个前往日本参加学术会议的机会。穆蔼仁一直对与日本相邻的中国很感兴趣，于是到日本后，就找机会来了一趟中国。那次中国之行让他对这个神秘东方古国印象更加深刻，带着美好记忆返回美国。

1944年，对中国念念不忘的穆蔼仁选择了参军，结果被挑选加入了美国陈纳德将军志愿援华的航空队，即赫赫有名的飞虎队，投入抗日反攻阶段。穆蔼仁中尉不怕牺牲，英勇杀敌，为中国人民抗日战争做出贡献。战争结束后，他又带妻子来到福建，在一所学校任教。每年夏天全家都上鼓岭避暑，他爱上了鼓岭，也与鼓岭村民结下了友谊，还曾输血救了村民轿夫的生命。

这位“鼓岭居民”抗日英雄的芳名，被镌刻在福州“三山人文纪念园”的福州抗日志士纪念墙上。受他的感召和影响，其儿孙辈也一直在为传承中美友谊效力。

在鼓岭梁厝村柳杉王公园边，有一座二层杉木结构的别墅，门额上挂“大梦书屋”四个大字。这座书屋曾经是海军名将李世甲的别墅。1936年，李世甲从万兴洋行购得这座古屋，作为自己的度假别墅。

原籍长乐的李世甲，抗战期间可是声名显赫。13岁考取烟台水师学堂，学习驾驶。由于学习勤奋，每试均列前茅。1911年6月毕业后在“通济”练习舰见习。同年10月武昌起义爆发，“通济”舰响应起义，李世甲随舰参加光复金陵等战役。

1937年抗战全面爆发，身为海军少将的李世甲，下令撤除闽江航道标志，征用一批商船、民船和超龄舰艇装载沙石沉于长门港道，在闽江两个港道填抛石堆161堆，阻遏敌舰深入。1939年6月，日军侵占闽江口外的川石岛，与长门要塞对峙，李世甲加紧在重要港道布雷，增设辅助封锁线，严加戒备。

1941年4月19日，日本海陆空军大举进犯福州，日舰猛攻长门。李世甲率驻闽海军在马尾、长门地区与敌战斗，伤亡颇多，长门、马尾相继弃守。4月20日福州沦陷，李世甲转移至鼓岭地区，被围困两昼夜。突围后，移驻古田水口。是年5月，任闽江江防司令，仍兼海军陆战队旅长。9月1日，福州的日军开始撤退，李世甲率队随即收复马尾、长门。1944年9月日军再度进犯福州，李世甲率部抵抗，在长门至岭头之间作战七昼夜，后因大北岭陆军主阵地被攻破，乃奉命撤退，布防于桐口、白沙一带，继续与敌周旋，大小战斗共数十次。

1945年5月，日本准备撤退，李世甲率海军陆战队与陆军八十师分三路进迫福州。福州收复后又收复马尾、长门。8月，日本无条件投降，李世甲作为接收专员，负责接收厦门和台湾的日伪海军。1949年8月初，李世甲携妻儿前往厦门，准备赴台湾。旋闻海军前辈萨镇冰、陈绍宽等人没去台湾，遂于8月15日返回福州，于1970年4月病逝。

穆蔼仁居所、李世甲故居，两座别墅见证了一段中外人士勠力同心抗击侵略者的光辉史实。

暗流涌动大洋坪

在鼓岭宜夏村大洋坪，有一座石墙围起来的二层石屋，屋前的空坪上散落着石鼓、石桌、石凳、石磨、石臼以及零星的石板条，还有一面镌刻英文的石条路牌。屋内摆放着打石，雕刻用的凿、钳、锤、铁盘等工具。看得出来，这是一户打石人家。当地朋友介绍说，这就是解放战争时期闽浙赣游击队在鼓岭联络站旧址，主人是石匠刘慈帧。

刘慈桢，原本姓林，1905年生，永泰人。他长期在鼓岭以打石谋生，后入赘刘家，与刘家二女儿刘福弟成亲，改为刘慈帧。1945年的一天，刘慈帧在干完活回家的路上，遇见一位身穿灰色长衫、头戴礼帽、手持竹杖的中年男人向他问路。这位说是找外国人谈生意的商人，自称“老李”。这个“老李”就是当时闽浙赣游击队负责人林白。老李与刘慈帧攀谈起来，并拿了一块大洋定做一对石料镇纸。

说话间，老李从衣衫内袋掏出一张字条，递给刘慈帧，叫他刻在镇纸上。字条上写着：“终当力卷沧溟水，来作人间十日霖。”刘慈帧不明含义，老李笑而不答。刘慈帧忙拿着这字条走到院子里，给孩子姑妈刘淑瑜看，姑妈是个有文化的人，她明白这是宋代诗人王令的诗句，语出其诗《龙池》，意思是久旱盼甘霖，愿为其赴汤蹈火的意思。她隐约觉察到字里行间有为大众谋幸福之意，但没有说，只是声称山里近日有老虎，让刘慈帧送老李上山。她暗中叮嘱刘慈帧，老李叫做什么就做什么，不要多问。

从此，刘慈帧在铁锤柄上凿了一个空隙，接上锤头，放在平日干活背的棕包里，开始为中共地下工作者传递消息。他主要负责联系东岭上的游击队。

一天夜里，窗外忽闻狗叫，刘慈帧急忙穿衣开窗，窗外什么也没有。他不放心，就起来到狗窝旁细瞧，只见狗窝顶上的稻草丛里，夹杂着一根红色纸卷，他赶忙抽出纸卷回屋。这便是刘慈帧传递的第一份情报。

一晃就到了1947年，两年来，在中共闽江工委的组织领导下，城市干部、党员不停地走进大山，发展了许多游击队员，他们星罗棋布地分散在福州周边各县。这期间，刘慈帧做了许多工作，也经历了许多。为使游击队同志在紧急情况下便于撤离，他在自家厅堂正面墙体上砸开个穿堂小门，直通后山，平时则用立柜挡着。游击队时不时就在其后山石坑开会。

1948年3月中旬，由于叛徒出卖，一批地下党员被捕。一日晚间，刘文耀拖着疲惫的身体敲开刘慈帧家的门，他浑身泥泞，草草吃了饭，胡乱洗了脸就睡了。没多久，村里甲长杨道金便来到刘慈帧家，一脚踢开房门，把还在睡梦中的孩子们吓得哇哇大哭。这伙人把屋子上下搜了个遍，没发现什么。

原来刘慈帧这一普通农家居所的楼上暗藏秘密。孩子姑妈刘淑瑜住的小阁楼里，床底下有个暗格，至少可藏进去一个成年人。每次刘文耀独自留宿的时候，只要山里远远有狗的急叫声，家人就会马上把床上的草甸子一掀，木板翻开，让刘文耀躲进去。因为是闺房，一般没有男人出入，不会被发觉。刘淑瑜阁楼里有许多书籍，还有圣经。甲长杨道金来刘家搜查时，还从阁楼里搜到一本英文书。刘慈帧夫妇不知这是一本什么书，也不知是从哪里弄来的。后来刘淑瑜告诉他们，那本书叫《马克思主义哲学原理》。

1948年4月，阮英平遇害后，闽浙赣省委严查城工部，作为城工部负责人的林白受到牵连。他只能在自己设置的几个地下联络点轮流落脚。一天，林白与刘文耀又来到刘慈帧的石厝。因刘慈帧要带岳母进城看病，就与林白交代了几句，让他们在屋里待着，并从外面把门锁上。此时，在外面鸡舍里放哨的游击队员出来透气，正好被盯梢的杨道金看到。于是杨回去带了人马赶来，欲抓游击队员。林白与刘文耀以最快速度从后门上了后山。当刘慈帧一家从城里回来时，鸡舍已被烧毁，正冒着青烟，家里人去楼空，这天是他们最后一次见面。联络站的任务也就从此中止了。

70多年过去了，当年为革命胜利做出贡献的林白、刘文耀以及刘慈帧等人都已离世。但人们永远忘不了这“红色前哨”，忘不了不怕牺牲、英勇无畏的革命者。如今，经过修复的古厝，成为一处爱国主义教育基地，绿树拱卫，四季常青，为人们讲述着革命者激情燃烧的风雨春秋。

鼓岭“赘婿”与红色前哨

万小英

在福州鼓岭，有一位“赘婿”，为福州的解放事业默默地做出了特殊的贡献。他就是石匠刘慈祯。刘家老宅被今天的人们誉为“红色前哨”，也记录着那段黎明前共产党人追求真理、寻找光明的岁月。

一

鼓岭宜夏村大洋坪5号，是一栋二层石头木板老房子，这是刘家老厝。刘慈祯，原名林宝水，1905年出生，永泰人。他是一个苦命人，从小父母双亡，兄弟姊妹零落，只剩他一人，自小跟着叔公到处打石为生。他为人聪敏，后来学到手艺，独立揽活。这老厝原是他岳父的房子。刘家没有生养男孩，只有两个女儿，20多岁的他在福州鼓岭做活，经人牵线，与刘家二女儿刘福弟成亲，入赘刘家做女婿，改名刘慈祯。

这是普通的石匠人家，当时岳父过世，除了刘慈祯夫妇与两个孩子（1949年后还有两个孩子出生）外，其岳母与孩子姑妈也一同住于此。刘慈祯是家里的顶梁柱，白天手脚不停，不是去后山采石，就是一锤一凿做工刻石，有时也做做木匠活，很是能干。

至今院落里还到处是石鼓、石桌、石碑等，有些石刻是英文，当时许多外国人在鼓岭避暑建别墅，这些是为他们打制的。

1945年的一天，刘慈祯在几里外的东岭牛头寨一带干活。400多年前，戚继光部队曾经在此设抗倭要塞，建军寨，至今古城墙与古道遗迹仍存。刘慈祯不知道，这里还隐秘地活动着游击队。这时，一位身着灰色长衫，头戴礼帽，拿着手杖，老板模样打扮的中年男人忽然出现，与他打招呼。那人自称“老李”，是上山找外国人谈生意的茶商。攀谈后，老李拿出一块大洋要定做一对石料镇纸，并递给刘慈帧一张字条，上写“终当力卷沧溟水，来作人间十日霖”。刘慈祯不懂其意，老李并不解释，只叫他把这几个字刻在镇纸上。刘慈祯回家后，拿给孩子姑妈看。她是刘慈祯妻子刘福弟的姐姐，名叫刘淑瑜，是个文化人，毕业于英华女校，当时是协和医院护士。

刘淑瑜看到这两句诗，明白这是宋代诗人王令的诗句，语出其诗《龙池》，意思是一定要用尽全力裹卷起沧海之水，为久旱的人间连下十天大雨，表达了济世思想。久旱盼甘霖，愿赴汤蹈火为大众谋幸福，刘淑瑜隐约觉得不寻常。她叮嘱妹夫，老李让做什么就做什么，不要多问。这个老李其实就是林白。

二

林白，原名林威廉，化名林泉、林仁泉、老张、老李、王先生，仓山城门人，出生于1911年3月。曾先后任新四军教导队第五中队党支部书记兼党总支委员，福建省委政治交通、省委教导队军事教员，闽江工委委员，闽浙赣地下军司令员，闽浙赣省委城工部副部长，闽清、古田、林森、罗源、连江五县中心县委书记。福州解放后，历任福建省军区第四军分区独立团团长、省委组织部“二办”副主任、中共福州市委常委、福州市副市长等职。1971年8月2日因病逝世。

1945年6月，日军撤退，福建省委在长乐南阳召开扩大会，决定派庄征来福州，联络隐蔽在福州的党员，恢复建立党组织，开展城市工作。林白在福州与庄征取得联系。1947年1月，福建省委在南（平）古（田）（建）瓯地区召开的省党代表会议上，决定改省委为闽浙赣区党委，改闽江工委为闽浙赣区党委城市工作部，庄征任部长、李铁任副部长、林白等为委员。

经考察，林白决定发展刘慈祯为闽浙赣五县中心县委游击队秘密信息联络员。刘家老厝处于东岭游击队与鼓山抗日游击队的中间位置，作为秘密交通联络站，联络沟通山上山下信息。

打石靠铁锤，刘慈祯的铁锤不普通。锤子的木柄被凿空，用来藏情报，安上锤头，就与普通的铁锤一个样。他平日干活总是背着大棕包，这把锤子混在随身携带的工具中。他经常到东岭或其他地方传递情报。不走大路，而是从没有人烟的溪谷走。石匠在山里采石倒也无人怀疑，万一遇到人问，刘慈祯总是回答生意不错，现在城里人也有找他做活的，所以要多出来采石。神不知鬼不觉地，接头人将情报塞进铁锤柄里，刘慈祯干完活回家后，过不久林白就会派人来取情报。有时，刘慈祯直接连夜送去市里接头的地方。

三

刘家老厝隐匿在一片山林之中，少人注目。作为地下联络站，这个家的每间屋、每面墙都可能藏有玄机。

为了能让游击队在紧急情况下安全撤离，刘慈祯在厅堂正墙开了一个小门，直通后山。平常这个小门用立柜挡着。厅堂摆有一桌、四椅、两条凳，这是一家围坐吃饭的地方。留心一下，可以发现有两把椅子上绑着铁丝，有些歪扭。据说，1948年3月，由于叛徒出卖，一批地下党员同志被捕，情况比较危急。一日晚间，五县中心县委军事部长刘文耀拖着疲惫的身体来到刘家，浑身泥泞，吃了点饭，胡乱洗了脸就睡了，天还没有亮，又没了踪影。刘慈祯和往常一样去干活了。

大概听到了一些讯息，没多久，村里的甲长杨道金带着人来了，他一脚踢开刘家大门，孩子们都还在睡梦中，被吓得哇哇大哭。他们上下里外搜共产党人，没有发现什么，气急败坏之下，举起椅子摔到地上，椅子腿断的断，歪的歪。闻讯赶回来的刘慈祯看着狼藉的家，拳头握得更紧了，他默默地将椅子腿用铁丝缠紧。

刘家老厝东西阁楼也大有奥秘。东屋阁楼是孩子姑妈刘淑瑜的房间。据刘慈祯之女刘美金说，刘淑瑜自小生得聪慧漂亮，受到美国一牧师全家的喜欢，拿出50块大洋让刘淑瑜到山下的英华女校学护士专业，17岁她学成回来。没想到，她回来的消息立刻被订了娃娃亲的翁家所知，她被强行掳到南洋村成亲，后来生下一女。刘淑瑜在夫家的日子过得倒还宽裕，时不时托人捎带一袋米、半袋面回来。可是好景不长，没有几年，丈夫去世，女儿也夭亡，她带着一些细软回到了娘家，住在这间阁楼。

后来，她下山到协和医院做护士，常常捎来一些粮食与物件。可以看到，这间屋子的布置与其他房间不太一样，有一些平日里看不到的东西，有银勺银叉、果盘、喇叭口高脚杯……但在看不见的地方，还有特别之处。掀开床板，可以看到有暗格，里面至少可以藏身一个成年男子。据说每次刘文耀独自留宿的时候，只要有情况，家人马上把床上的草甸子一掀，木板翻起来，刘文耀就躲进去。

西屋阁楼是祖孙房。平时外婆带着孩子们在这里睡，有点像大通铺，最多的时候可以挤下20多人。这里经常是游击队员留宿睡觉的房间。

四

走出后门，抬眼望去，屋子的左后方有一块巨石屏障，如今画上了党徽。

有重要的事情需要商议，人数多的情况下，游击队常常会选择在后山开会。这里隐蔽性强，地势又高，后山没有上山的路，一般没有人出没。如果有情况，游击队员可迅速躲进山里。

大家把枪支武器藏在马槽里，马槽上盖上一块石板，就成了临时的会议桌。在桌上，常会铺上福州的地形图，他们一起商议如何从农村包围城市，如何里应外合两边夹击，逐一拿下敌人的据点。目前，这里被开辟为石坑会议旧址。

后山靠近老厝不远处，有一个大鸡笼，这其实是瞭望哨卡。游击队来这里开会、落脚的时候，都会有两名游击队员负责放哨。放哨者一个蹲守在鸡笼里，一个躲在东屋墙下。这里视野开阔，当发现敌情，蹲守在鸡笼里的游击队员迅速用弹弓射出石块通知东扇墙底下的队友，队友以最快的速度通知扇内的人，迅速从后门向后山撤离。

以林白、刘文耀为核心力量的游击队伍，建立的鼓岭这座“红色前哨”，是游击队信息联络沟通的重要据点。作为信息联络员的石匠刘慈祯及其家人，在极其艰难困苦的环境中坚持革命斗争，历经磨难，为及时传递组织命令、掩护游击队等革命工作做出了突出贡献。1948年，“城工部案”发生，林白被审查，五县中心县委下属各支游击队发生动摇。正是联络站传出的重要情报，使五县中心县委核心人员绝处逢生，也促进了城工部冤案的平反。

刘慈祯给家里留下了一块刻着“仁”字的石鼓，做青红酒的时候可以用这块石头压在酒缸上。据说有一天，刘慈祯因为一些琐事与族人发生争论，他在工作间拿起凿子和铁锤，想刻一个“忍”字，转念一想，最后刻了“仁”。一字之差，显示了他的思想在进步。刘慈祯与妻子在20世纪70年代去世，刘淑瑜在80年代去世。

刘氏古厝2019年重新修缮，已成为鼓岭的红色教育基地，正式对公众开放，在这里可以看到隐蔽战线上波澜壮阔的一段历史。

义魄归来日

柏　荣

要去岭头门的早晨，天色骤变，空中彤云密布，继而下起疏疏落落的雨。轻轻的薄雾，罩得远近山峦一片迷茫。我们乘坐的车子独行在盘山公路上，看不到来往的行人车辆，四围一片寂寥。

岭头门，一个熟悉而又陌生的地名，带着沉痛的历史印记，在我的脑子里不住地盘桓。

前些年报刊上的一篇署名文章曾引起我的关注。文章在写恩顶水库的前世今生时，提到一件抗战往事。文章里是这样写的：

> 1944年9月29日，日军占领连江县城，并由潘渡攻入大小北岭，继而再度进犯福州。时任海军马尾要塞、闽江江防司令李世甲率马尾要塞司令部所属的海军陆战队第三营，二度占领岭头门，在岭头门至思洋垱一带布防阵地，分别在岭头门和思洋垱的笔架山设有炮台，从思洋垱沿恩顶修筑战壕，指挥部设在恩顶村，并以一个连留守鼓岭，作为岭头门右侧卫；另以教导队占领附近山口，作为岭头门左侧卫。30日拂晓战斗全线展开。战斗中三营九连连长陈崇智身负重伤，数十名官兵伤亡……10月4日，福州地区第二次沦陷。坚守岭头门的海军陆战队经数天战斗后，奉命撤退，突破日军围攻，经福州东郊上铺、溪口，转向魁岐渡林浦江，进入南台岛，再从闽江右岸撤至闽侯甘蔗等地。因撤离岭头门时间匆忙，战斗中牺牲的烈士由官兵或民众就地草草掩埋。日军撤退后，海军陆战队有关人员重上岭头门，雇当地农民收集烈士遗骸并集中埋于岭头门，李世

甲为其撰写碑文。岭头门抗日战争烈士墓在岭头门古磴道边。

这一段关于第二次福州沦陷时岭头门战斗的描述，十分详尽。日期则定格在1944年10月4日。

而今，我也来到了岭头门。岭头门顾名思义，是北岭通往福州的一处要隘。我们站在岭头新建的亭子里，极目远眺。近旁的两座山峰，一座是笔架山，一座是五寺山。两山夹峙，山势陡峭，面前无遮无拦，福州东区尽收眼底。一条迤逦古道从茂密的草丛中穿行，一直延伸到山下的登云水库。这条古道，由西向东贯穿整个思洋垱，据说建于宋代，由福州东门出，沿溪盘山蜿蜒而上到达岭头门，再由岭头门经降虎寨到连江，是古时福州东郊通往闽东北的进京要道。

思洋垱自古就是兵家必争之地，可依山据险。思洋垱峡谷的西出口就是岭头门，是个天然隘口。岭头门之下便是福州城的东城门。当年侵华日军的一支，就是通过这处隘口，直扑福州东门。

我们一行跟着恩顶村的老支书，沿着密林中的一条小道，趺趺撞撞地走下山坡，眼前豁然出现一座圆形碉堡状的墓冢，正面赫然刻着“岭头门抗日战争烈士墓”10个大字。墓前摆放着一排花束，显然，清明时节，有民众前来祭扫，缅怀烈士英魂。

墓前立着晋安区政府关于2002年将“岭头门抗日战争烈士墓”公布为第五批区级文物保护单位的石碑。然而，当我们转到石碑后，看到碑文中的记载，才知道原先刊登在报刊上关于岭头门抗日战争烈士墓的文字与史实不符。

碑文中明确记载：烈士墓中安葬的是1941年5月在岭头门战斗中牺牲的11位烈士遗骸。

由此可知，这11位烈士是日军第一次侵占福州时，在岭头门战斗中壮烈牺牲的。1940年，日本准备发动太平洋战争，为加强对国民政府的诱降和军事压力，制订了福州作战计划，并于次年4月实施。4月19日，日军出动飞机轰炸闽江口，之后兵分多路，从福清、长乐、连江登陆，于21日第一次占领福州。驻防福州的第二十五集团军一〇〇军所属部队节节败退。

是年5月，第二十五集团军得到情报，并发现日军似有从福州、连江抽调兵力发动泉州、漳州攻势的迹象。集团军总司令陈仪决定制敌先机，率军反攻福州，借此减轻闽南方向压力。5月13日和15日，闽江南北岸的部队先后行动，向驻守连江、闽侯和福州大北岭的日军发起进攻，一度取得进展。5月16日中午，陆军一〇〇军第七十五师光复连江县城，并随即进占宦溪。不料，18日福州城内日军迅速集结兵力反攻。七十五师进军不利，仓促回撤，一部在岭头门至思洋垱一带抗击日军，战斗十分惨烈。日军以山炮猛轰阵地，致使守军伤亡严重，不得不全线后退。

战场上遗下殉国战士的尸体。待硝烟散去，恩顶村民来到阵地，收拾尚完整的烈士尸体，在山坡上草草埋下。后来，由山下的登云村出资，修建了这一座“岭头门抗日战争烈士墓”。

可是在网络上、在一些书刊的文字资料中，沿用的依然是一份与事实不符的信息。

当然，墓冢中的英魂应该不会在意这样的错讹。这些年轻的战士，谁也不知道他们的姓名，也不知道他们的家乡在何方，他们的父母兄弟姐妹，来找过他们吗？还有他们的性情、兴趣爱好，乃至他们的笑容、他们的叹息，都在一场残酷战斗中如落叶般归于黄土。

“毅魄归来日，灵旗空际看。”80年过去了，为国家慷慨捐躯的英魂们，应该安息了。

天空又落雨了。大颗大颗的雨珠，打在树叶上，发出声声脆响。少顷雨止。抬头看，一道绚丽的彩虹，正高挂在天穹，露出微微的笑意。远近的山峦，为雨水所洗，益发苍翠明媚。

附录

闽游滴沥（之四）

郁达夫

在上一回的杂记里，曾说记鼓山的话已经说完了，这一次本应该记些别的闽中山水的；可是当前七八天的那一天清明节日，又和朋友们去攀登了鼓山后卫的一支鼓岭；翻山涉谷，更从鼓岭经浴凤池西而下了白云洞的奇岩，觉得这一段路景，也不可以不记，所以想再来写一次鼓山的煞尾余波。文字若有灵，则二三十年后，自鼓岭至鼓山的一簇乱峰叠嶂，或者将因这一篇小记而被开发作华南的避暑中心区域，也说不定。

鼓岭在鼓山之北，省城的正东；出东门，向东直去，经过康山、马鞍山等小岭，再在平原里走十来里地，就可以到鼓岭的脚下。走走需一个半钟头，汽车则有二十分钟就能到了；鼓岭的避暑之佳，是我一到福州之后，就听说的，这一回却亲自去踏查了一下，原因也就想租它一间小屋来住住，可以过去一个很舒适的炎夏。

岭高大约有二千余尺，因东南面海，西北凌空之故，一天到晚，风吹不会停歇；所以到了伏天，城里自中午十二时起，到下午四点中间，也许会热到百度，但在岭上，却长夏没有上九十度的时候。二三十年前，有一位住省城内的美国医生，在盛夏的正中，被请去连江县诊视急病；自闽侯去连江的便道，以翻这一条岭去为最近。那一个病人，被诊治之后，究竟痊愈了没有，倒已无从稽考；但这一条鼓岭，却就被那一位医生诊断得可以避暑，先来造屋，现在竟发达到了有三四百号洋楼小筑的特殊区域了。

鼓岭的外观，同一般的山中避暑地的情形，也并无多大的不同。你若是曾经到过莫干山、鸡公山一带去过过夏的人，那见了鼓岭，也不会惊异，不会赞美，只会得到一种避暑地中间的小家碧玉的感想；可是这小家碧玉的无暴发户气，却正是鼓岭唯一迷人之处。

山上的房子，因为风多地峻的关系，绝少那些高楼大厦的笨重式样；壁以石砌，廊用沙铺，一区住宅，顶多也不过有五六间房间；小小的厨房，小小的院落，小小的花木篱笆，却是没有一间房子不备的。此外的公众球场、游泳池、公会堂、礼拜堂之类，本就是避暑地的必具之物，当然是可以不必说了。而像这一种房子的租金的便宜——每年租金顶多不过三百元，最廉者自百元起——日用的省约，却是别的避暑地力所找不出的特点。

我们同去者六人，刘爱其氏父子、刘运使、王医生，以及新自北方南下的何熙曾前辈，在东西南的三处住宅区里，看了半天，觉得任何一间房子都好得很，任何一个地方都想租了它来。对于山水的贪爱，似乎并不妨碍廉洁，但一到了小家碧玉的丛中，看到了眼花缭乱的关头，这一点贪心，却也阻滞了决定的选择；佛家的三戒，以贪字冠诸痒，实在是最有经验的哲理，我这一次去鼓岭，就受了这贪字之累，终于还没有决下想租定那里的一间。

还有这一次的鼓岭的一个附带的节目，是我们这一群外来的异乡异客，居然杂入到了岭上居民的老百姓中间，去过了一个很愉快很满足的清明佳节的那一幕。

在光天化日之下，岭上的大道广地里，摆上了十几桌的鱼肉海味的菜；将近中午，忽而从寂静的高山空气里，又传来了几声锣响；我们正在惊疑，问“有什么事情发生了么”的中间，一位须发斑白的老者，却前来拱手相迎，说要我们去参加吃他们的清明酒去。酒是放在洋铁的大煤油箱里，搁在四块乱石高头，底下就用了松枝树叶，大规模地在煮的。跑上前去一看，酒的颜色，红得来像桃花水汁；浮在面上的糟滓，一勃一块，更像是美人面上，着在那里的胭脂美点。刘运使出口成章，一看就说这是牛饮的春醪；我起初看了，也觉得这酒的颜色不佳，不要是一醉千日的山中秘药。但经几位长者的殷勤劝酌，尝了几口之后，却觉得这种以红糟酿成的甜酒，真是世上无双的鲜甘美酒，有香槟之味而无绍酒之烈；乡下人的创造能力，毕竟要比城市的居民，高强数倍，到了这里，我倒真感得我们这些讲卫生、读洋书的人的无用了。

酒宴完后，是敬神的社戏的开场。男女老幼，都穿得齐齐整整，排列着坐在一个临时盖搭起来的戏台的前头；有几位吃得醉饱的老者，却于笑乐之余，感到了疲倦，歪倒了头，在阳光里竟一时呼呼瞌睡了过去，这又是一幅如何可爱的太平村景哩！“出门杨柳碧依依，木笔花开客未归，市远无饧供熟食，村深有紵试新衣，寒沙犬逐游鞍吠，落日鸦衔祭肉飞，闻说旧时春赛罢，家家鼓笛醉成围”，这虽是戴表元咏浙江内地的寒食的诗，但在此时此地，岂不也一样地可以引用的么？

我们这一批搅乱和平的外客，自然没有福气和他们长在一道享受尽这一天完美的永日；两点钟敲后，就绕过东头，在苍翠里拾级下山，走上了去白云洞的大道。鼓岭南下，是一条弯曲的清溪，深埋在岩石与乱峰的怀里；峡长的一谷，也散点着几枝桃花，花瓣浮漾在水面，静静地向西流去，去报告山外的居民以春尽的消息了；到了谷底，回头来再向鼓岭一看，各人的脑里，才涌起了一种惜别的浓情。千秋万岁，魂若有灵，我总必再择一个清明的节日，化鹤重来一次，来祝福祝福这些鼓岭山里的居民；因为今天在鼓岭过去的半天，实在太有意思，太值得人留恋了。当我这一个念头，正还没有转完，而重从谷底向南攀缘上岭还没有到几十级之先，不知是我这私念感动了天心呢？还是鼓岭的老百姓在托天留我，忽而一阵风来，从东面吹起了几朵乌云，雷声隐隐，从云层厚处，竟下起同眼泪似的雨滴来了，于是脚上只穿着毛布底鞋的我和刘运使两个，就着了急，仍想跑回鼓岭去躲雨去。究竟还是前进呢还是后退？大家将这问题在商量着还没有决定的一刹那，前面树荫底下却突然闪出了一位六七十岁的乡下老寿星，在对了我们微笑着走上前来了。刘运使说：“这是来救我们的急难的山神老土地！”而刘家的小弟弟广京，跑上了前头，向这老者去请了一下示；他果然高声地笑着，对我们作满足的报告说：“这雨是下不大的。大约过五分钟就会晴了。”对于天候的经验，我不如老农，对于爬山的勇气，我又不如这位小弟弟，等雨滴住了以后，路也正绕到了浴风池的西边，他们大家往前面去了，我却自怨自艾，对了山头的怪石，又做了半天的忏悔。

向西一转，走到了山头尽处，将到白云洞的里把来路中间，忽而地辟天开，风景大变，我们已走入了一条万丈绝壁的鸟道的高头；头上面只有一块天，眼底下只是黑黝黝的大石壁，石壁中间盘旋着一条只容一个人走得的勉强开凿出来的小曲径；上这里来一看周围，我才晓得从前所走过的山路，直等于平坦的大道，一般人所说的白云洞的奇岩险路，果然是名不虚传的绝景了。

原来鼓山西面的这一处山坳，是由两大块三千尺高的石壁，照人字形对立着排列起来的。所谓白云洞者，就是在人字的左面那块大石壁中间的一个洞，上面有一块百丈内外的方壁横盖在那里。这一块方壁就叫一片岩，而那个佛寺，就系以这一片岩为屋顶，以全洞做它的地基的。西北角里，接近人字上半部的一角一片岩下，还留起了一弓空地，造出了几条石椅石桌，可以供游人的栖息，可以看雨后的烟岚，更可以大叫一声，听对面那块大石壁里返传过来的不绝的回音。

白云洞的寺并不大，地方也并不觉得幽深曲折与灵奇，可是从寺门走出，往下向绝壁里下来，经过陡峭直立的头天门、二三天门、云屏、挹翠岩，与夫最危险的那条龙脊路，而到凡圣寺的一段山路，包管你只叫去过一次，就会得毕生也忘记不了，妙处就在它的险峻。同去的何熙曾氏，是曾经登过西岳华山的绝顶的，到了龙脊路上，他也说，这一块地方倒确有点儿华山的风味。

凡圣寺，是曾居士在住修的一所新庵，庵左面有瀑布流泉，在大石缝里飞奔狂跳。瀑布下面，一块大方岩的顶上，有一处空亭，也安置了些石桌石椅，在款待游人。我们走过寺门，从寺门前一小块花园里走上这观瀑亭去的中间，在关闭着的寺门上，看到了一张字条，上面写着说："庵主往山后扫落叶，拾枯枝去了；来客们请上观瀑亭去歇息！"这又是何等悠闲自在的一张启事书！

从凡圣寺下来，再走上三五里路，就是积翠庵了；陡绝的石壁，到此才平，千岩万壑的溪流，到此汇聚；庵前有一排大树，大树下尽是些白石清泉，前临大江，后靠峻岭，看起来四平八稳，与白云洞一路的奇岩奇石一比，又觉得这里是一篇堂而皇之的唐宋八大家的文章，而白云洞那面却是鬼气阴森的李长吉的歌曲。积翠庵下，是名叫作布头的一个村子，千年的榕树，斜覆在断桥流水的高头，牛眠犬吠，晚烟缭绕着云霞，等我们走过村上面的一泓清水的旁边，向烈妇亭一齐行过最敬礼后，田里的秧针，已经看不出来，耕倦了的农民，都在油灯下吃晚饭了；回到了南台，我和熙曾，更在江边的高楼上喝酒谈天，直到了半夜过后，方才上床去伸直了两只倦脚。一九三六年的清明节日，就这样地过去了。人虽则感到了极端的疲倦，但是回味津津，明年此日，还想再去同样地疲倦它一次，不晓得天时人事，可能容许？

一九三六年四月十三日

房　东

庐　隐

我们坐着山兜，停在一座山坡上，那里有一所三楼三底的中国式洋房。这种幽丽的地方，我们城市里熏惯了煤烟气的人住着，真是有些自惭形秽，虽然我们的外表强于他们乡下人，但是他们乡下人至少要比我们离大自然近得多，他们的心要比我们干净得多。

就是我那老房东，虽然她的样子特别的朴质，然而她却比我们这些好像知道什么似的人，更知道些自然的趣味。她已经五十八岁了，她的老伴比她小一岁，可是他俩所做的工作，真不像年纪这么大的人做的。他们的儿媳妇一天到晚不在家，早上五点钟就到田地里去做工，到黄昏的时候，她有时肩上挑着几十斤重的柴就来家了。在他们家里，从不预备什么钟，他们每一个人的手上也永没有带什么手表，然而他们看见日头正照在头顶上便知道午时到了，除非是阴雨的天气，他们有时见了我们，或者要问一声：师姑，现在十二点了罢！据他们的习惯，对于做工时间的长短也总有个准儿。住在城市里的人每天都能在五点钟左右起来，恐怕是绝无仅有，然而在这岭里的人，确没有一个人能睡到八点钟起来。

说也奇怪，我也喜欢上了早起，朝旭未出将出的天容和阳光未普照的山景，实在别有一种情趣。我们的女房东，天天闲了就和我们说闲话儿。他们家有上百亩的田，据说好年成一年仅粮食就有几百块钱的裕余。另外还有一块大菜园，还有白薯地五六亩，猪牛羊鸡和鸭子，一样不缺。并且那一所房除了自己住，夏天租给来这里避暑的人，也可租上一百余元。老母鸡一天一个蛋，老母牛一天四五瓶牛奶，倒是纯粹的好汁子，一点不掺水的，我们天天向她买一瓶。他们吃用全都是自己家里出的，每年只有进款加进款，却不曾消耗一文半个，可说是“外干中强”。我们却是“外强中干”只要学校里两月不发薪水，简直就要上当铺。

有一天夜里，月色布满了整个的山，青葱的树和山，更衬上这淡淡银光，使我恍疑置身碧玉世界，我们的房东约我们到房后的山坡上去玩，她告诉我们从那里可以看见福州。我们越过了许多壁立的巉岩，一带的松树被风吹得松涛澎湃。东望星火点点，水光泻玉，那便是福州了。那福州的城子，非常狭小，民屋垒集，烟迷雾漫，与我们所处的海中的山巅，真有些炎凉异趣。日子飞快地悄悄地跑了，眼看着就要离开这地方了，又要到那充满尘气的福州城市去了。

那一天早起，老房东用大碗满满盛了一碗糟菜，送到我的房间，笑容可掬地说：“师姑！你也尝尝我们乡下的东西，这是我自己亲手做的，这几天才全晒干了，师姑你带到城里去，管比市上卖的味道要好，随便炒吃炖肉吃，都极下饭的。”我接着说道：“怎好生受，又让你花钱。”那老房东忙笑道：“师姑！真不要这么说，我们乡下人有的是这种菜根子，哪像你们城市的人样样都须花钱去买呢！”我不觉叹道：“你们满地的粮食，满院的鸡鸭和满圈子的牛羊猪，是要什么有什么……这怎不叫人佩服！再说你们一年到头，各人做各人爱做的事，舒舒齐齐地过着日子，地方的风景又好，空气又清，为什么人不羡慕？！”那老房东听了这话，点头笑道：“可是的呢！我们在乡下宽敞清静惯了倒不觉得什么……去年福州来了一班耍马戏的，我儿子叫我去见识见识，我一清早起来带着我大孙子下了岭，八点钟就到福州，我儿子说离马戏开演的时间还早咧，我们就先到城里各大街去逛，那人真多，房子也密密层层，弄得我手忙脚乱……师姑！你就多住些日子下去吧……”我笑道：“我自然是愿意多住几天，只是我们学校快开学了，我为了职务的关系，不能不早下去……”

我们的房东听了这话，只点了一点头道：“那么师姑明年放暑假早些来，再住在我们这里，大家混得怪熟的，热剌剌地说走，真有点怪舍不得的呢！”

可是过了两天，我依然只得热剌剌地走了，不过老女房东的印象却深刻在我的心幕上；还有她的家庭，她的小鸡和才生下来的小猪儿……

1948年的《鼓岭之秋》

吴　星

这是一篇1948年9月27日刊登在《福建时报》上的署名文章，作者吴修平。原文以简体字重录如下（个别不可辨识的文字以符号“□”代替）。

鼓岭之秋

本报记者　吴修平

【本报特写】这里是“天上人间”，在多难的大地上它是一个最安谧的角落，优美的环境和气候，使它驰誉远近，在人们的心目中，是一个多么美丽而使人爱慕的地方，绣球花、夹竹桃、□甑树（土名）、虹树、桂花树，点缀在每一条山径和丛林之间，显得那么的娇艳，最使人陶醉的便是这里的气候了，酷暑不会来到这天上的人间，凉爽和清幽没有一些市区的污浊□气息，来过这里的人是不会再想离开它，没有来过这里的人，慕名而向往更不知有多少。

从城内过汤门路，一直向东门进发，过塔头街、东岳前、东岳岭、安下亭而至竹屿，这一段是有人力车代步的，虽然路是不平而崎岖的，但当你怀有一颗好奇的心想登“鼓岭”的时候，便觉得这是一条安舒的道路，因为在前面你将会享得烦嚣的城市里所享不到的清福。竹屿过去，会走路的人不妨慢慢地散步，欣赏着纯朴的田野风光。假使有几个伴侣同行，在那散步里更有意想不到的快乐，途上牧童樵子，村野姑娘，一切使人迷恋的景色，将会使人们的心头豁然开朗，心旷神怡。不能走路的人只要花了二百多万的法币便可以从竹屿坐一部竹轿上鼓岭，再下去是横屿，不多远就到了山麓。仰望苍翠的山岭，清幽可爱，有时云雾密布，登岭迷蒙，到“难倚坪”就是这里所谓的第一亭，七百三十层的石阶都是崎岖的岭道。再走一千零二十层的石阶已经使人开始喘息了，这是第二亭的“佛厝”，在这里可以略事休息。再走到“分路”（即知止亭），又是一千零九十二层的石阶，两旁耸立□岩石和一片葱郁的树荫，无限的大自然之美，毕露眼底，清风徐来树影婆娑，置身这里有如天堂之梦，再上“坪下岭”（内有契头顶，三脚路），又是七百三十九层石阶，走三十五层到良厝里，这里是“鼓岭”的顶头，是“鼓岭警察所”的所在地。从山麓到岭顶一共是三千六百十六个石阶，全岭周□约四公里，□目远眺，东到头柱顶，柱□顶交界，西有坪下岭，下歪分路、佛厝、难倚坪、上鼓、横屿、竹屿、安亭下、东岳岭、塔头街、东门而至城区，南临□浦楼、白云洞、鼓山、马尾，北方毗邻牛头塞、南洋、亭头。在警察所对面有一山谷，名为长田溪，可达仙溪，地下是野子涧，能够直通“牛头塞”。岭顶高山环绕，山峰起伏，有如骆驼之背。遥望原野大地，披上了绿色的外衣，那市区里庞大的“万寿桥”更显得是那么的渺小。这个地方虽然没有“夏都”牯岭的健全的设备，可是每当夏天，它也都会盛极一时，今年中外人士避暑到岭上来的约在二百人左右，其中外侨是占上了一百五十几位。

岭上的建筑物，全是洋化，□时完整者有七十余座（今年房租一个夏季每幢约五十到一百美金），到了今天只剩下了一半，住在这里的多是基督教的信徒。也许有人会怀疑到岭上的生活一定是很枯燥的，其实不然，这里除了有三个球场外，还有那半圆形和方形的两个游泳池，管理这游泳池的一位名叫郑依五，那方形的一个游泳池经常是有售卖门票的，星期天他们照样是休息。也许更有人会考虑到岭上的生活必需品可能是很缺乏的，事实上在离开城市这么远的一个别有天地里，的确对日常的生活必需品是会感到缺乏的，因为它没有“夏都”牯岭那样的完善的设备，可是在这环境之下也更应运而生许多为岭上人们便利的一些买卖商人。有两家水菜馆是经常为住在这里的人们“服务”的，假使你明天需要什么青果、水果、鱼、肉、鸡、鸭，他们可以替你代办一切，只要你头一天开好了所需要物品的单子，他们就会统筹地派人来到城市里购买，第二天早晨，就不会遗漏地送到了你的府上。在岭上除了警察所在保护整个的治安外，还有许多为适应避暑人们需要的一切，像邮政局的设立。在这里也有三个邮柜，分布在大家便利的地方，更有三个郭依松、梁吓俤、王乃升是这里的“轿头”，他们无论在什么时候都可以供给你代步的竹轿。有一位那是再投机没有的了，为了岭上的外国人很多，他们都喜欢福州的“古董”，这位先生名叫倪玉尔，是为贩卖古董来到这里的，有时候获利真有我们想不到的好处。皮匠林家铭也是这里唯一的专为岭上人们修理皮鞋等的一个唯我独尊的人物，假使在这里一旦皮鞋坏了，那就非来“请教”他不可。另有一个医务所还能够为这里的人们免费治疗疾病。一切人们所需要的在这里也都已经做到了给大家的便利，这一个虽然是未经开发的地方是足使人们流连而忘返了。

岭上的一切是可爱的，无论那夹竹桃、绣球花和光彩焕发的朝阳，以及那艳丽的晚霞，都使人迷恋。徘徊在山径上，凉风习习，有时送来了一阵阵的钢琴□韵音，抑扬顿挫地震动了人们的心弦，这时谁都无法否认在这里是享到了人间的清福。

秋天的女神来了，当她的风吹过了这座鼓岭，告诉这里的人们夏天是去了，应该是下山的时候，大家都收起了行囊纷纷赋归。秋风带人们下了山，鼓岭开始寂静了，这几天听不到了钢琴的声音，它在待着明年更繁荣的来临，重新地接受人们的恋爱。

这篇文章全文2000多字，内容丰富，可谓多方位、全视角地向读者介绍了鼓岭风光和人物，为今日研究鼓岭历史提供了难得的参考资料。现根据这篇文章，结合其他文史资料，解读如下。

一、《福建时报》和记者吴修平

福建历史上有两个《福建时报》，此处所言是创刊于1946年11月1日的《福建时报》，与1919年出版的同名报纸并无任何关联。这份《福建时报》为当时福建省政府之机关报，每日出报，对开四版。副刊以文艺性和综合性为主，有不少介绍福州风光典故的文章，故颇受大众好评，日发行量最高达5000份左右。该报一直出版至福州解放的当天，即1949年8月17日出版了最后一期。可以说在20世纪40年代末期，代表国民党福建省党部的《中央日报（福建版）》和代表福建省政府的《福建时报》，是当时福建省内最有影响力的两份报纸了。

吴修平（1927.7—2016.4.9），福建福州人，肄业于上海的中国新闻专科学校，1947年参加中国民主同盟，先后在福建时报社、正义日报社、福建中央日报社担任过记者和编辑。1949—1952年任中共福建省委台湾工作委员会干事。1952年后历任民盟福州市委组织部副部长、部长兼秘书处主任，民盟福建省委组织部干事、秘书长、副主任，福建省政协秘书长等职。1986年后历任民盟中央执行局委员、中央常委、秘书长、专职副主席、名誉副主席。

吴修平还是第六届全国政协委员，第七届全国政协常委、副秘书长，第八届全国政协常委、副秘书长、提案委员会副主任，第九届全国政协常委、副秘书长、外事委员会副主任。2016年4月9日在北京因病逝世，享年89岁。

二、福州方言与地名

《鼓岭之秋》中提到的多处地名，与现在的叫法略有不同，值得关注和研究。比如鼓岭第一亭，文中称之为“难倚坪”，其实原名叫“奶奶坪”，现已改为“乃乃坪”。“难倚坪”目前仅见此文使用，估计是受福州方言影响的缘故。在福州方言中，“奶奶坪”三字连读与“难倚坪”读音十分接近。可能作者是在询问了当地人之后，匆忙之间记录下来，选取了读音最接近的字。类似例子在文中还有佛厝（应为“福厝”）、良厝里（应为“梁厝里”）、仙溪（应为“鳝溪”）、坪下岭（应为“螃蟹岭”）等，无一例外都是福州方言的“音译”。

三、登山古道和警察所

在鼓岭公路修建之前，登山石阶是往来福州和鼓岭的唯一通道。《鼓岭之秋》也着重介绍了这个登山古道及其沿途风光，最为难得的是，作者统计出了登山古道的石阶数。按照文中给出的“分段”数据，作者最后总结出石阶数是3616级。统计鼓岭登山古道石阶数的资料，目前仅见于此。当然，由于鼓岭公路的修建，现存的古道石阶层数，早已与往昔不同，具体还剩多少，尚待有心人去考究。值得一提的是，本文在介绍登山古道终点（即岭顶）时，顺带提了一句此乃“‘鼓岭警察所’的所在地”。据悉，民国时期鼓岭是否存在警察所，尚有疑义。此文不仅证实了有警察所，还标明了具体位置，可以说是非常珍贵和难得的史料。

四、邮政一瞥

但凡描写鼓岭的文章，总离不开介绍一下鼓岭邮局，本文也不例外。作为我国早期五大夏季邮局之一，鼓岭邮局不仅吸引了普通集邮者的关注，更因为起到承载中外文化交流的重要作用而被文史界青睐有加。根据目前所掌握的史料，1948年是鼓岭夏季邮局的最后一年，受时局影响，1949年的鼓岭夏季邮局没有再开业。另外，当时鼓岭上除了一个夏季邮局，还有三处信柜，根据笔者查阅的福建省邮政管理局1924年档案资料，这三处分别是柯舍境、梁厝里和禅臣里。后期是否有变化，尚有待进一步考证。

五、其他亮点

《鼓岭之秋》还有很多亮点值得关注，比如文中提到的好几个人物均有名有姓，其中既有本地泳池管理员、轿头、皮匠等，也有外来的商人、投资者等。其他诸如生活配套服务、商业运作、别墅及其租金等，这些文字资料对于鼓岭历史和文化研究，极具参考价值。

总之，1948年的《鼓岭之秋》不仅是一篇文笔优美的游记，更是难得的文史参考资料，希望笔者此番摘录和解读，能对进一步研究鼓岭文史有所助益。

鼓岭探“古”

从1885年至中华人民共和国成立初期，鼓岭因其景色秀丽、气候宜人，吸引了众多在榕外国人士前来聚居避暑。此间，鼓岭在当地人和大批外来人员的共同开发建设下，成为一个充满“国际范儿”的避暑胜地，孕育形成了中西交融、独具特色的鼓岭文化。那么，在外国人大量到鼓岭聚居之前，原来的鼓岭又是怎样的呢？

“古岭”

从史料记载来看，应是先有“古岭”之名，再有“鼓岭”之称。鼓岭佛舍岭现存一段宋代大观戊子年（1108）的摩崖石刻，记录了铺砌石磴路的经过，当时称其为“古岭”。直至1888年，郭柏苍《葭柎草堂集》记录外国人设寨事宜时，亦称之为“古岭”。

佛舍岭现存摩崖石刻其中一段

鼓岭主入口

鼓岭老照片

光绪二十一年（1895），美国传教士毕腓力《鼓岭及其四周概况》及其绘制的《鼓岭手绘图》，以正式出版物记载"鼓岭"之地名。1925年，鼓岭委员会绘制《鼓岭手绘图》，则继续称"鼓岭"。毕腓力等外国人把"古岭"改称为"鼓岭"，可能是鼓岭与鼓山相连，或者是两者中文谐音之故，现已难于考究其改名的动机了。

商周时代，鼓岭西坡就有人类居住。闽越国灭亡时，部分闽越遗民逃亡北峰、鼓岭山区。随着中原士族南迁，鼓岭梁氏先祖、刘氏先祖等也陆续到此定居，逐步形成宜夏、过仑、南洋等村落。

宜夏村现有人口800多人。梁氏先祖于宋天禧三年（1019）辞官隐居

宜夏村老照片

柳杉

鼓岭宜夏的梁厝，至今已繁衍千年之久。除了梁氏，宜夏村人口较多的还有郭氏等。清风、薄雾、柳杉，是宜夏最负盛名的三大风光特色。尤其是雄伟优美兼具的柳杉，在宜夏村可谓漫山遍野，当地老百姓把柳杉当作风水树，对它顶礼膜拜、祈求福泽。

鼓岭风貌

过仑村现有人口700多人，刘姓为主要姓氏。刘氏先祖于明神宗四十七年（1619）从鼓山湖塘迁居牛头寨琴山厝地里，至今已逾400年。村民世代辛勤劳作，利用肥沃土壤，适应气候特点，种植了久负盛名的鼓岭“夏萝卜”“鼓岭番薯”等农产品，深得游客青睐。

鼓岭番薯

夏萝卜

近年来，利用过仑村集山、水、林、田、湖、草资源于一身的特殊优势，把打造美丽乡村和建设国家级旅游度假区有机结合起来，古村落焕发了新生机，吸引不少游客慕名前来打卡。

嘉湖停车场

南洋村村貌

南洋村现有人口100多人。清道光二十四年（1844）蓝氏先祖从新店移居南洋村，世代繁衍生息。整个村落地处山谷盆地，周围群山环抱，显得格外静谧淳朴。

和其他地方的古村落一样，鼓岭的村庄里也有地方神庙，当地村民称之为“境”，最著名的有柯舍境、庄上境。庄上境供奉着闽越王郢第三子白马三郎。据《榕城考古略》记载，在闽越王郢治理冶城期间，长乐的恶豹、鳝溪的恶鳝常常出没伤人，并偷食了不少牲畜。为了让老百姓安居乐业，郢命白马三郎前往剿灭。白马三郎先到长乐射杀恶豹，然后回军鳝溪除鳝。白马三郎先是射中了恶鳝的喉咙，但是恶鳝用尾巴死死地缠住了白马三郎和他的随行人员，拖入深潭，最终同归于尽。当地的百姓为了纪念白马三郎，专门建了庙宇供奉至今。

在庄上境，最引人好奇的是境内天井下一块花岗岩石笋状的雕刻，当地村民称之为“蛇角”。这是福州地区已发现仅存的石笋，在福建省内也属罕见。庄上境的石笋，可能是闽越族民蛇崇拜的遗存，也可能是原始部落生殖崇拜的产物。那么，这“蛇角”是刻制后安置在这里的，还是这里原本有一块花岗岩就地刻成？有待破解。

位于鳝溪的白马王庙及内部

鼓岭过仑村大坪顶东侧有处牛头寨。因山顶悬崖绝壁处有一块酷似牛头的“牛头崖”，大家将边上的古寨称之为“牛头寨”。牛头寨地势险要，寨旁崖壁如削，历来为兵家必争之地。明嘉靖年间，倭寇屡次从连江沿石磴路进攻福州。戚继光率兵平定倭寇时，在牛头崖附近建寨，以防御倭寇进犯。

牛头寨

抗日战争期间，时任海军马尾

古城墙

要塞司令、闽江江防司令李世甲率辖下的海军陆战队在鼓岭的岭头门、牛头寨至宦溪镇降虎寨一带抗击日军进犯。后来，牛头寨遭到了破坏。2002年重修寨门，整修倒塌部分寨城。寨墙用块石叠砌，长136米、厚1.7米、高2—3米。游客登临此处，依旧能穿越历史，领略当年英雄们抗击侵略、保家卫国的风采。

鼓岭历史悠久，勤劳淳朴的鼓岭人祖祖辈辈在此安居乐业，在创造美好生活的同时也留下了深厚的文化积淀。百年前，随着一批外国人士的上山聚居，当地文化与外来文化相互交融，又给鼓岭增添了一份独特的魅力。

跨越百年，老物件“讲述”鼓岭故事

典雅的蒂凡尼古董青花瓷碗，精致的石制中式家具摆件，生动翔实的家族史……2023年6月26日上午，“鼓岭之友”藏品捐赠仪式在鼓岭举行。穆蔼仁、加德纳、程吕底亚、柯志仁、蒲天寿等家族的后人和林轶南等鼓岭“老朋友”带来了一批珍贵的老物件。

2023年“鼓岭缘”系列活动“鼓岭之友”藏品捐赠现场

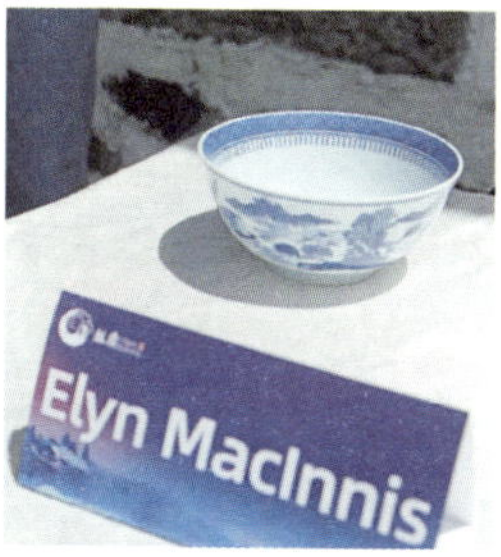

捐赠者：穆言灵（穆蔼仁家族后人）
捐赠物品：蒂凡尼青花瓷碗等共计三大箱藏品

这些跨越百年的老物件背后有哪些故事？这些“老朋友”又分享了哪些关于鼓岭的珍贵回忆？让我们一起来听听这些捐赠藏品背后的鼓岭故事。

“我被中国文化深深吸引”

当天上午，在众人的目光中，穆言灵在捐赠仪式上打开了她带来的三大箱“礼物盒”，里面装着钢笔、一袋弹珠、泛黄的圣经、黑色女士毡帽、铁水壶、手动压缩鼓风机、铁皮雪茄盒等。“这些老物件的年代可追溯到1890—1940年，它们是当时西方人日常起居的生活用品。”穆言灵介绍。现场，穆言灵选择了一件蒂凡尼古董青花瓷碗进行展示。瓷碗釉面上印有中国的塔寺、松树和芭蕉等中国元素。“这些中国元素被奢侈品牌印在珍贵的瓷器上，证明了

中国文化在国际上的影响力，我也被中国文化所深深吸引。”

穆言灵是美国“飞虎队”成员穆蔼仁的儿媳。穆家三代与中国交好——穆蔼仁曾多次踏上中国土地，帮助中国抗战、战后重建和传授知识；丈夫穆彼得还在襁褓中就躺在挑夫的篮子里，到鼓岭度夏；2015年以来，穆言灵致力于鼓岭西洋文化研究和中美友好交往工作，创建了面向外国友人的鼓岭英文网站（http：//www.guling-kuliang.com/），并组织了多次外国友人“寻梦鼓岭”活动。

在母亲怀抱中的穆彼得

“鼓岭之友”发起人穆言灵女士

2019年，鼓岭管委会将富家别墅交予穆言灵，将其活化为“鼓岭山居生活博物馆”，在其中展出了两三百件实物、资料，向游客生动再现百年前鼓岭的趣味山居生活。当地居民也常常在街上碰见这位“邻居”。

在努力讲好鼓岭故事的过程中，穆言灵对“鼓岭精神”的认识也在不断深化，“鼓岭精神是‘和平、友谊和爱’，如今，还要再加上‘理解’和‘尊重’。”

“鼓岭就是我的‘第一故乡’”

捐赠仪式上，毕乐华带来了一套精美的石制中式家具摆件——圆几、长案、中式扶手椅，甚至烛台、花瓶一应俱全，精雕细镂，纤毫毕现。“这份藏品是由外祖父传至我母亲手中，我妈妈又传给我的。”

捐赠者：毕乐华（柯志仁家族后人）
藏品：石制中式家居摆件、中国扇子、喜字烛插、山水小像等

打虎归来的柯志仁（左一）

“鼓岭之友”毕乐华
（柯志仁家族后人）
在鼓岭的童年时光

毕乐华的外祖父柯志仁是一名外籍传教士，在鼓岭期间，曾帮当地人打虎除害。同时，他也是一位生物学家，由他编撰的《华南鸟类》以鼓岭鸟类种群为研究对象，在中国植物学界至今仍有很大影响力。

毕乐华和父母均出生在中国，7岁之前年年在鼓岭度夏。在她看来，鼓岭不是她的“第二故乡”。“这里就是我的‘第一故乡’，我女孩子（诸娘囝）时就住在这里。”乡音难改，80多岁的她至今还能用福州话讲简单的句子，且口音地道。

在毕乐华带来的藏品中，还有两柄精巧的中国扇，一柄扇子的绢制洒金扇面上隐约还能看到花卉图案，扇柄垂挂流苏，似乎还带着幽香。另一柄木扇采用雕镂工艺，扇面上两只憨态可掬的胖黄鹂正低头啄食，包装盒上印有“上海信昌扇庄”等字样，扇面上看不出虫蛀、磨损等痕迹，包装盒也很完整。“我父母曾先后在上海和福州的教会学校英华学校教书，这把扇子就来自他们上海任教期间的收藏。”

“想起鼓岭，最想念的就是‘阿嬷’”

捐赠者：蒲光珠、凯茜
捐赠藏品：鼓岭租住房产的地契原件、家族编撰的小说

协和医院最后一任美籍院长蒲天寿

蒲光珠在现场捐赠了当年其家族在鼓岭避暑时所租住房产的地契原件，另外还有一本家族编撰的小说，里面有关于鼓岭生活的详细描述。蒲光珠是协和医院最后一任外籍院长蒲天寿的女儿，在古田出生，12岁之前的夏天都在鼓岭度过。当时，蒲天寿在鼓岭的小诊所没有助手，蒲光珠在父亲给居民看病时，常作为小助手，学着如何照顾病人。

蒲天寿家族中有4个孩子，当时，他找了鼓岭当地同龄的孩子来陪伴照顾家中的孩子。蒲光珠一直记得有一个名叫“秀（细）妹”的“阿嬷”，童年时，摔倒了或受伤了，她不是先去找妈妈，而是找她的小“阿嬷”。即便离开中国后，她也依旧放不下这段回忆。1984年，蒲天寿的家族成员回福建寻根，蒲光珠见到了她的小“阿嬷”。分别时两人尚是豆蔻年华，再见已是儿女成行、鬓已成霜，两人亲切相拥，完成了跨越近半个世纪的拥抱。此次重返鼓岭，蒲光珠说："想起鼓岭，最想念的就是'阿嬷'。"陪同蒲光珠前来的是她最亲近的孙女凯茜，"这次能来到祖母儿时的故乡真是太高兴了！祖母给我讲了很多她在中国鼓岭的故事，每次听到我都会热泪盈眶。"

"这里的变化越来越大"

捐赠者：李·加德纳（加德纳侄孙）
捐赠藏品：加德纳家族年谱及历次到访鼓岭的相关图文资料

"这是我第四次来鼓岭了，这里的变化越来越大，交通基础设施完善了许多，环境更美了，有花有树，可游可逛的景点非常多。"70多岁的李·加德纳是"鼓岭故事"主人公密尔顿·加德纳的侄孙。这次，李捐出了加德纳家族的完整年谱及历次到访鼓岭的相关图文资料。

百年前，密尔顿·加德纳在鼓岭度过了美好的童年，这份乡愁跨越了半个多世纪，在最后时刻他还在念着"KULIANG，KULIANG"。2018年10月，加德纳展示馆重新开馆时，李和哥哥加里来到了父辈的"第二故乡"，为加德纳圆梦。他们参观了父母曾居住过的街道，在鼓岭夏季邮局寄出了跨洋的明信片，从加德纳当年用水的井里打起了一桶甘甜清冽的山泉水。

程高登现场捐赠了其父在90岁高龄编写的程吕底亚家族史，书中部分情节详细介绍了20世纪在鼓岭的生活情

捐赠者：程高登、索尼娅夫妇（程吕底亚家族后人）
捐赠藏品：程吕底亚家族史

况。程吕底亚在中国传教办学50余年，创办了西式女子学校毓贞女子初级中学（福清市第二中学前身）和私立华南女子文理学院（华南女子学院前身）。

“她创办女子学校，引入先进的数学、科学等学科，推动了女子教育发展，改变了当时落后蒙昧的观念。”为了寻访程吕底亚的足迹，侄孙程高登在退休后来到福州，夫妇俩还曾在华南女子学院担任外籍教师。

让老建筑、老物件“开口说话”

捐赠者：林轶南（华东理工大学副教授、鼓岭文化研究学者）
捐赠藏品：瓷餐盘、幻灯机、玻璃幻灯原片等

林铁南现场捐赠了一对在鼓岭生活的外国人当年用过的瓷器餐盘，以及保存百余年的鼓山灵源洞玻璃幻灯原片。当天，他还用幻灯机播放了这张原片，“可以看到灵源洞的变化并不大，基本结构和现在相差无几”。此次捐赠中体积最大的藏品也来自林铁南——一台从美国拍卖行购得的幻灯机。幻灯机的铁皮外壳和插头锈迹斑驳，满是岁月的痕迹。“当时万国公益社和教堂学校都有配备幻灯机，用来放映照片、教学资料等。”林铁南说。

2016年，林铁南在协助穆言灵寻找加德纳故居时，投身鼓岭老建筑的研究，并着力挖掘背后故事。当时很多关于鼓岭的英文文献上的街道、人名等都是用英语拼的福州方言（如KULIANG等），作为福州人，林铁南可以很快解译这些信息。不仅如此，林铁南还带领学生团队自主研发了集历史文字信息、原始物

料信息（老照片）以及数字媒体信息为一体的历史文化信息数据库，运用大数据和人脸识别等技术，为鼓岭画出了社群关系网，让老建筑、老物件“开口说话”。

打开社群关系图，可以看到，主要家族之间以线相连，代表存在人际往来互动，越近代表关系越亲密。而通过人脸识别和人工辅助鉴定，将不同年代的老照片的人物关系进行梳理，可以快速确定人物在社群中的关系，将人物童年、青年、中年、晚年不同时期的面貌串联起来。“前不久，我通过分析穆老师提供的家族合影，还找到了穆蔼仁夫妇在协和大学任教时的中国同事后人。”林铁南说。

每一件藏品都积淀着珍贵的历史记忆，承载着拥有者家族深厚的情感。

鼓岭旅游度假区管委会主任林隆怖表示，这些藏品的捐赠，既是历史的传承，更是友谊的传递。管委会一定会十分珍惜并保护、利用好这批藏品，和“鼓岭之友”、专家学者一道，继续做好鼓岭历史文化的挖掘工作，努力把更多美好的交流交往故事整理出来、传播出去。让“鼓岭故事”影响更加广泛、更为深远！

后　　记

在习近平主席向“鼓岭缘”中美民间友好论坛致贺信发表一周年之际，由福州市闽都文化研究会和福州市鼓岭旅游度假区管委会共同组织编撰的文学作品集《百年鼓岭》出版发行。

《百年鼓岭》收录了省内外30多位作家描写鼓岭前世今生的作品，皆有感而发，情采毕现。

将鼓岭故事和鼓岭情缘传承和传播，是我们编辑、出版本书的初衷。但囿于编者眼界和篇幅所限，加之时间仓促，还有不少描写鼓岭的佳作未能入选，遗珠之憾，或不能免，祈请读者谅解。

编　者

2024年5月